KB272149

신외숙 25권 째 소설

봄꽃에는 향기가 없다

도서출판 한글

봄꽃에는 향기가 없다

2026년 3월 20일 1판 1쇄 인쇄
2026년 3월 25일 1판 1쇄 발행
저   자 신외숙
발 행 인 심혁창
디 자 인 박성덕
인   쇄 김영배
마 케 팅 정기영
펴 낸 곳 도서출판 한글
우편 07384
서울특별시 영등포구 신길로 41라길 13-9
☎ 02-363-0301 / FAX 02-362-8635
E-mail ： simsazang@daum.net
창업신고 1980년 2월 20일
신고번호 제2025-000116호
* 파본은 교환해 드립니다.
* 정가 15,000원
* 국민은행(019-21-0314-095 도서출판한글 심혁창)

ISBN 978-89-7073-655-6-(13810)

‖ 목 차 ‖

봄꽃에는 향기가 없다

봄꽃에는 향기가 없다.

진달래 숲길을 헤치며 등반하는 감성 캠핑족들 사이에 경민의 모습이 보였다. 그는 아침 일찍 집을 나서 5시간 동안 운전한 끝에 드디어 ○○ 항구에 닿았다. 공영 주차장에 자동차를 파킹한 후 섬으로 가는 여객선에 올랐다. 진달래가 만발한 산 정상에 올라 맘껏 봄을 향유하고 싶었다.

바닷물을 가르는 동안 그는 가슴속 깊이 자연을 호흡했다. 갈매기가 떼를 지어 날며 존재감을 과시하고 있었다. 사람들이 던져주는 새우깡을 받아먹으며 계속 배 주위를 맴돌았다. 여객선 안에는 등산복 차림의 남녀들이 몇몇 보였다. 저들은 봄을 만끽하기 위해 직장에 연차를 내고 왔을 것이다.

아님 백수이거나. 경민은 모든 걸 자기중심적으로 해석하는 경향이 있었다. 그는 어떤 동질감을 느끼며 어느덧 그들 무리와 합류하고 있었다. 여객선은 항해한 지 한 시간 만에 섬에 닿았다. 기분 좋은 화창한 봄 날씨였다. 백팩을 멘 등산객들은 삼삼오오 목적지인 산을 향해 걸어갔다.

한 십 리쯤 걸었을까. 등산로 입구가 보였다. 안내판에 산봉우리와 해발고도를 알리는 숫자에 모두 시선이 집중했다. 진입로는 평평한 맨땅으로 벚꽃과 개나리가 군락을 지어 피어 있었다. 봄향기에 취해 저절로 마음이 업그레이드 되는 기분이었다.

진분홍과 샛노랑 새하양이 뿜어내는 봄 색상이 마음을 환하게 물들이고 있었다. 그야말로 딱 머물고 싶은 순간이었다. 마치 천국 지상낙원을 걷는 기분이었다. 그러게 감성 캠핑이라지. 누군가 지나며 말했다.

그래 맞아, 이게 감성이고 낭만이지. 이보다 더한 행복이나 평안은 없을 것 같다. 사람들은 모두 천사 날개를 달고서 가파른 등산로를 오르고 있었다. 중간에 쉬는 사람은 한사람도 없었다. 무언가 홀린 듯이 산줄기를 따라 계속 전진했다. 언젠가부터 경민은 캠핑에 도전했다.

장비를 구입하는 데만도 거금이 들어갔다. 어떨 땐 직장 동료와 함께 떠났지만 대부분 혼자 캠핑을 했다. 소형 자동차도 구매했다. 자동차 회사 영업사원인 친구의 권유도 있었지만 캠핑을 위해 무리해서 구매한 것이다.

캠핑은 그에게 새로운 진면목을 알게 했다. 도전이나 모험을 싫어하는 그였지만 자연이 주는 힐링 효과는 대단했기에 결코 멈출 수 없었다. 여행과 캠핑은 힐링의 대명사였다. 자연은 마음을 순화시키는 기능을 했다. 마음의 찌든 때를 욕망을 일시에 잠들게 했다.

또 자연은 넉넉한 마음을 품게 했다. 그는 생각했다. 자연을 사랑하는 사람 치고 악인은 없을 것이었다. 지금 경민이 가는 곳은 산과 바다를 동시에 감상할 수 있는 ○○○산이다. 해마다 많은 백팩커들이 찾는 이유가 거기에 있다.

20리에 가까운 대장정을 두고 진행하는 산행은 고난도 이전에 그만큼 뷰가 좋기 때문이다. 가파른 오르막길에는 벚꽃 무리와 개나리가 온 산을 뒤덮고 있었다. 바위틈 사이로 진달래도 수줍게 피어 있었다. 바위 돌산을 걸을 때는 숨이 턱까지 차올랐다.

걸음을 옮길 때마다 새소리가 등산객들을 덮었다. 어미 새 새끼 새가 등산객 주변을 돌면서 시끄럽게 짖어댔다. 16킬로가 넘는 백팩을 메고서 산행을 하면서도 마음은 천국을 오가고 있다. 어깨와 등짝이 무너져 내릴 듯 걸음마저 휘청거린다.

가끔씩 까마귀도 날았다. 이왕 시작한 산행 끝까지 정상에 이르고 말리라. 경민은 자신에게 다짐하고 채근했다. 자! 좀 더 힘을 내자 끝까지 도전해 성취감을 누리자. 중간에 포기하면 안 간 것만 못하리.

미니멀로 준비했다지만 가방의 무게는 16킬로가 넘었다. 슬슬 다리에 힘이 풀리기 시작했다. 땀이 비 오듯 흐르고 숨이 차 더 이상 걷기가 힘들 정도였다. 하지만 눈을 떠 바라보니 정상을 500미터 앞두고 있었다. 조금만 더 힘을 내자. 반드시 정상에 올라 맘껏 뷰를 감상하며 조물주를 찬양하리라.

그는 돌산을 오르며 마지막 안간힘을 썼다. 시원한 산바람이 불어왔다. 그 청량감이라니, 행복했다. 자연이 주는 기쁨에 온몸이 떨려왔다. 자연은 힐링이다. 평안이고 안식이다. 외치며 드디어 정상에 올랐다. 눈앞에 산 이름과 해발고도가 적힌 돌 표지판이 보였다. 감개무량이었다.

이 기쁨을 위해 고난의 행군을 한 것이다. 가슴 가득 환호의 물결이 들려왔다. 산 아래 초록과 새 하양 새 노랑 연분홍 풍경 드라마가 펼쳐져 있었다. 양팔을 벌려 심호흡을 하는데 갑자기 강풍이 불기 시작했다. 후두둑 빗방울마저 듣기 시작했다. 사람들은 당황했다. 일기예보에는 전혀 없었는데 비라니?

어서 박지를 정해야겠다. 경민이 서두르는 사이 다른 등산객들도 서둘러 박지를 찾아 걸음을 옮겼다. 정상에서 조금 벗어난 곳에 박지(泊地)가 보였다. 거대한 바위 사이에 작은 공간이 보였다. 바람을 피할 수 있는 최적의 장소였다. 그는 서둘러 텐트를 꺼내 피칭을 했다. 일인용 텐트라 장소가 협소해도 안성맞춤이었다. 어느덧 해가 지고 어둠이 찾아왔다.

그는 랜턴을 꺼내 걸었다. 불빛이 텐트 안을 비추면서 마음속에 설렘이 일었다. 평안과 내밀한 기쁨이었다. 바람소리와 함께 초록 향기가 코끝에 다가왔다. 아늑한 느낌과 함께 행복이 가슴속에 출렁였다. 그는 발포매트를 깔고 침낭을 편 뒤 자리에 누웠다. 바람소리와 함께 거센 빗줄기 소리가 들렸다.

전혀 예상치 못한 비 소식에 횡재 만난 기분이었다. 마침 최적의 박지를 찾은 것에 감사가 나왔다. 가방 안에서 바로쿡과 생수를 꺼냈다. 발열체를 넣고 물을 붓자 치직하고 하얀 김이 뿜어져 나왔다. 그는 용기에 생수를 붓고 라면을 넣었다. 텐트 안에 습기가 가득 찼다.

라면은 끓는가 싶더니 어느 사이엔가 멎었다. 그래도 맛은 좋았다. 뜨거운 라면을 후후 불어가며 먹는데 맛집이 따로 없었다. 이래서 사람들이 솔로 캠핑을 하는가 보았다. 누구에게도 간섭받지 않고 혼자만의 아늑함과 자유라니. 그는 시인이 된 것 같은 착각에 빠졌다. '

간단하게 혼자서 커피 타임도 가졌다. 보온병에서 물을 꺼내 믹스커피를 타 마셨다. 다른 캠퍼들은 원두커피를 직접 갈아 마시는데 비해 그는 믹스커피를 즐겼다. 고기 대신 일품요리를 선호했고 불멍은 하지 않았다. 화재에 대한 염려도 있었지만 아예 장비조차 없었다.

내일 아침에 일출 광경을 보려면 빨리 잠자리에 들어야 했다. 침낭은 아늑하고 편안했다. 산행을 하느라 피곤한 탓인지 눕자마자 잠이 쏟아졌다. 잠을 자면서 걱정했다. 내일 아침에 비가 오면 일출 광경을 못 볼 텐데. 새벽에 눈을 뜬 그는 텐트 밖으로 나와 날씨부터 살폈다. 어느새 비가 멈췄는지 청량감이 들었다.

그는 정상을 향해 힘차게 올라갔다. 이미 많은 백패커들이 카메라와 장비를 들고서 일출 맞을 준비를 하고 있었다. 산 주변으로 태양이 붉은 빛줄기를 내뿜으며 서서히 타오르고 있었다.

비구름이 걷히면서 바다 한가운데서 바닷물을 핏물처럼 물들이며 산 전체를 둘러싸고 있었다. 산이 바다를 품은 것인지 바다가 산을 품은 것인지 태양이 온 천지를 붉게 물들이며 타올랐다. 세상에 지상낙원이 따로 없었다. 모두 숨죽이며 카메라와 핸드폰으로 일출 광경을 찍고 있었다.

조물주에 대한 탄성이 여기저기서 터져 나왔다. 누군가 십자가 성호를 그으며 외쳤다.

창조주 하느님 감사합니다. 너무 멋있어요. 하느님 짱입니다.

일출 광경을 보고 내려오니 텐트 주변으로 구름이 내려와 신선이 된 듯한 느낌이었다. 옆을 지나던 여자가 또 외쳤다. 하느님 정말 짱입니다. 너무 멋있어요. 여행은 특히 산행은 미지의 그리움을 향해 나가는 길이다. 힐링의 대명사 여행은 백패킹이 단연코 압권이다. 설렘과 기대감이 우울감과 스트레스를 씻어버리고 과거와 미래를 망각하게 한다. 산 정상을 향해 오르다 보면 어느 사이엔가 자신감과 성취감을 누리게 된다.

경민이 처음 산행을 시작했을 때는 정상은커녕 중간도 가지 못하고 도로 내려오곤 했다. 힘들거나 지치면 그대로 주저앉고 마는 성격 때문이었다. 아무리 주변 경관(view)이 좋아도 무리하는 건 딱 질색이었다. 그러나 실패할망정 자주 하다 보니 근력도 생기고 몸에 변화가 일어났다.

매일같이 달라붙던 피곤도 없어지고 짜증과 우울감도 씻은 듯이 사라진 것이다. 다 자연 덕분이었다. 자연은 그에게 많은 가르침을 주었다. 숲에서는 피톤치트를 통해 폐를 정화시켜 주었고 다리와 어깨 근육을 강화시켜 주었다. 무엇보다 떠남에 대한 설렘은 웬만한 일에도 스트레스를 받지 않게 했다.

아! 이래서 사람들이 주말만 되면 기를 쓰고 산행을 하는구나 싶었다. 사계절 중 자연이 주는 색상의 변화는 절묘하고 아름다웠다. 그는 오토캠핑보다는 백팩킹이나 트레킹을 즐겼는데 거기엔 나름대로 이유가 있었다. 백팩킹이나 트레킹은 경비 절감은 물론 혼자 여행하기엔 안성마춤이었다.

산행을 하다 보면 유투브 방송을 진행하는 유투버들도 종종 만났다. 그들은 카메라를 들고 다니면서 촬영하는데 기술력이 대단했다. 드론으로 촬영하는 유투버들도 있었다. 그들은 산 전체를 기하학적인 측면으로 촬영해 영상을 올리는데 탄성이 절로 났다.

산(山)은 인간으로 하여금 최소한의 겸손을 깨닫게 했다. 자연의 아름다움을 대할 때 조물주의 빼어난 창조 솜씨를 감탄하지 않을 수 없다. 이것을 두고 종교에서는 자연계시라고 한다. 가끔 멧돼지나 고라니 다람쥐 산고양이들도 만나는데 이 또한 행운이다.

자연을 먹이사슬로 살아가는 동물들은 인간을 적대시 하지 않는다. 오직 인간만이 욕심에 발동이 걸려 해코지할 뿐이다. 산행에는 화기를 사용할 수 없어서 비화식인 바로쿡 발열 도시락도 구매했다. 핫쿡 음식도 사용하긴 했지만 바로쿡이 더 실용적이었다.

발열팩을 넣고 미리 조리된 음식을 용기 안에 넣고 데우기만 됐다. 늘

시간에 쫓기듯 살았는데 백패킹을 하면서 본말이 전도되는 느낌이었다. 돈을 위해 일한다에서 여행을 위해 일한다로 사고가 전환되는 느낌이었다. 돈보다는 마음의 평안이 우선이라는 일종의 등식이 성립되었다.

솔로의 장점이자 이기심의 극대화였다. 피터지게 일해야 먹고사는 경쟁사회에서 도피처를 찾은 셈이었다. 어떤 날은 산행을 하다가 유투버를 하는 여자를 만났는데 그녀는 강인한 체력 외에 긍정적인 사고를 가지고 있었다. 자연만한 힐링은 없다며 카메라 앵글을 그에게 갖다 대며 인터뷰를 진행했다. 그녀는 캠퍼 중에서도 인지도가 높았다.

동영상 조회 횟수도 백만 명이 넘었다. 그녀는 산행할 때 가끔 게스트도 초대했는데 험난한 등산 코스를 거뜬하게 별로 힘도 들이지 않고 해냈다. 그녀는 정해진 등산코스를 따라 산봉우리마다 꼭 등반하고야 마는 뚝심이 있었다. 낙엽에 발목이 푹푹 빠지고 눈밭에 나뒹굴어져도 반드시 정상에 도착했다.

한번은 밧줄을 타고 산을 오르는데 옆이 천길 낭떠러지였다. 강철 같은 그녀도 소리를 빽 지르며 공포심을 나타냈다. 산세가 보통 험한 게 아니었다. 발 한번 잘못 내딛으면 그대로 천국행이었다. 뾰족뾰족한 기암 돌산을 오르면서도 멋있다 예쁘다를 연발했고 환호했다.

자연의 극치(極致)였다. 산행 중에도 카메라를 향해 끊임없이 멘트를 날리며 구독자에게 선물 같은 기쁨을 주었다. 산 정상에 이르러서는 꼭 인증샷을 남겼고 박지를 찾아 텐트를 쳤다. 그녀가 펼치는 먹방도 맛집 수준이었다.

예상 외로 그녀는 전문직종에 종사하고 있었다. 대학 시절에는 교환학생으로 미국에서 공부한 적도 있었다고 자신의 경력을 노출하기도 했다. 산 좋아하는 사람치고 악인이 없다고 누군가 말했었다. 그는 근무하다가도 순간순간 산행을 하고 싶어 몸부림을 했다.

할 수만 있다면 조기 퇴직도 불사할 작정이었다. 추운 겨울에는 설산에 올라 박지를 정하고 텐트를 치는데 피칭하는 데도 익숙해 전혀 힘들지 않았다. 뼛속까지 스며든 냉기에 몸이 얼어붙는 것 같았지만 행복감은 더 충만했다. 바닷가를 중심으로 노지 캠핑을 하다 보면 가끔 황제 캠핑족을 만날 수 있었다.

수억을 호가하는 황제 캠핑카에 각종 고급 장비를 놓고 커피를 마시며 영화를 보는데 곧바로 유투브로 생중계 되었다. 그들은 선글라스를 낀 채 절대로 얼굴을 노출하지 않았다.

럭셔리한 황제 캠핑족들은 바닷가에서 자주 만날 수 있었는데 그때마다 묘한 질투심 같은 게 솟았다. 그들은 인간을 보호할 목적으로 주어진 자연을 거리낌 없이 훼손하기도 했고 고급 장비를 자랑하는 뉘앙스도 자주 풍겼다.

가끔씩 개나 고양이를 데리고 오는 캠핑족들도 있었다. 캠핑장에는 산에 사는 고양이들이 나타나 먹이를 얻어먹고는 사라지곤 했다. 어떤 여자는 고양이에게 줄 사료를 잔뜩 가져와 고양이에게 던져 주었다. 자연사랑에 동물사랑까지 겹쳐지고 있었다.

산야도 그렇지만 바다여행도 평안과 위로를 주었다. 끊임없이 밀려오는 파도를 바라보며 캠핑을 할 때면 자유와 평안이 가슴 속을 꽉 채우는 느낌이었다. 자연은 사람이 줄 수 없는 일시적인 기쁨과 만족을 가져다 주었다. 자연의 넉넉한 품속은 혼자서도 얼마든지 삶을 버틸 수 있는 내적 근육을 강화시켜 주었다.

어떤 여성 캠퍼는 일상처럼 산행을 즐기는데 자연인이 희망사항이라고 했다. 그녀는 항상 솔로캠핑을 즐겼다. 가진 건 힘밖에 없다면서 20킬로에 가까운 가방도 거뜬하게 들어 어깨에 메었다. 화로대를 꺼내 요리를 하고 먹방을 하는데 맛있다 소리가 연거푸 나왔다.

경민은 얼마 전 직장 근처에 있는 안산에 갔던 기억을 떠올렸다. 인왕산과 마주하고 있는 안산은 자연 외에 인공이 첨가된 산이라 여겨졌다. 입구에 물레방아가 있는데 실제로 방아 기구가 보였다.

산자락에서는 인공폭포가 장엄하게 흘러내리고 있었다. 인공이라고 해도 결코 규모가 작지 않았다. 안산은 산세가 험하지는 않았지만 산책로치고 쉬운 길도 아니었다. 나무 계단을 올라 산 중턱에 이르렀을 때 사람들 입가마다 환호성이 터졌다. 정말 멋지다.

그 이외에 어떤 말이 또 필요할까. 안산 전체가 벚꽃에 파묻혀 흰 눈산으로 장관을 이루고 있었다. 안산에선 등산객이 아닌 산책객들이란 표현이 맞을 것 같았다. 대부분 젊은 층으로 연인이나 가족들이 많았다

산 중턱에는 공연무대도 있었다. 객석도 보였는데 어느새 노점상들이 몰려들어 커피와 옛날 과자 등을 팔고 있었다. 벚꽃 잎이 흩날려 사람들 머리 위에 옷깃에 앉았다. 반려견을 데리고 나온 여자들도 있었다. 옷을 갖춰 입은 반려견은 암수가 맞는지 서로에게 다가가 냄새를 맡고 있었다.

온몸이 흰털로 뒤덮인 포메리안은 수컷인 푸들에게 다가가 몸을 비비며 친근감을 표시했다. 견주인 여자는 혀를 끌끌 차며 말했다.

"얘, 너는 여자애가 자존심도 없니? 어디 여자애가 남자한테 꼬리를 치고 그러니?"

주변에 웃음이 확 퍼졌다. 그러자 이번에는 포메리안이 푸들 앞에 벌

러덩 눕더니 다리를 쫙 벌리는 것이었다. 그러자 포메리안 견주가 냅다 소리를 질렀다.

"애, 너는 창피하지도 않니? 어디 여자가 남자 앞에서 다리를 벌리는 거니? 내가 너 때문에 창피해서 못 살겠다."

포메리안은 푸들이 단단히 마음에 든 모양이었다. 견주가 아무리 목줄을 당겨도 안 떨어지려고 발악을 했다. 그 모양을 보고 있던 사람들이 모두 폭소를 터뜨렸다. 견주는 목줄을 계속 잡아당기며 말했다.

"그저 사람이나 짐승이나 똑같다니까."

그러자 푸들 견주도 말했다.

"그렇다니까요."

안산은 인공으로 조성된 꽃밭도 보였는데 튤립이 수선화가 무리져 피어 있었다. 튤립은 고매한 꽃의 여왕처럼 보였다. 꽃망울이 피지도 않았는데도 화려한 색상으로 눈길을 당겼다. 수선화는 사연 많은 여자처럼 노란 꽃잎을 시위하듯 보여 주었다.

서울 한복판에 이런 산이 있다니 멀리 갈 필요도 없이 여기서 봄을 지내자. 경민은 속으로 말했다. 그때 키가 크고 마른 체형의 여자가 지나가는데 얼핏 봐도 수준급 미인이었다. 곁에 선 남자 역시 모델을 연상시킬 만큼 꽃미남이었다. 둘은 흰 셔츠에 청바지 차림으로 일부러 커플룩을 연출하는 듯 보였다. 사람들의 시선이 일시에 집중했다.

혹시 연예인 아닐까? 어떤 여자가 말하자 고개를 끄덕이는 사람도 있었다. 남자가 여자의 손을 잡고 비탈길을 내려가는데 갑자기 여자가 경민을 향해 고개를 획 돌렸다. 그녀는 아까부터 경민을 보고 있었던 것 같았다. 경민도 그녀와 눈빛이 딱 마주쳤다.

애! 그의 마음속에 소리 없이 아픔과 감동이 밀려왔다.

진혜였다. 얼마만이던가. 대학 졸업하고 처음이었다. 둘은 캠퍼스에서 유명한 CC였다. 추억이 10년이라는 세월의 수레바퀴를 타고 나타났다. 아픔이 상처가 가슴을 헤집고 되살아났다. 여자가 이쪽으로 고개를 돌리고 머뭇거리는 동안 남자가 손을 잡아끌며 채근했다. 누구? 아는 사람이라도 본 거야?

여자는 남자의 잡은 손을 풀더니 그대로 내리막길을 향해 뛰어 내려갔다. 마치 무슨 급한 일을 만나기라도 한 듯이. 해후(邂逅)라는 단어가 생각났다. 해후, 오랫동안 헤어졌다 우연히 만남이란 뜻이었다. 순간이었지만 반가웠고 황홀했다.

세월이 지나도 그녀는 여전히 세련되고 아름다웠다. 유행가 가사처럼 V라인 S라인으로 사람들이 시선이 쏠리는 건 당연했다. 그런데 옆에 섰던 남자는 누구일까? 남편? 그런 것 같지는 않다. 공식적인 만남이거나 연인 사이 같아 보였다. 부부 사이라고 보기엔 뭔가 석연찮은 느낌이 있었다. 그렇다면 애인?

그럴지도 모르지. 손을 꼭 잡은 모습이. 누가 보아도 선남선녀 잘 어울리는 한 쌍이었다. 연예인 부부라고 해도 믿을 정도로. 차림도 요즘 젊은이들처럼 자유분방했다. 꼭 끼는 청바지에 짧은 셔츠 차림이 20대처럼 보였다.

대학 시절, 경민과 진혜는 늘 같이 붙어 다녔었다. 외모에서부터 둘은 잘 어울리는 한 쌍이었다. 도서관에서도 식당에서도 그리고 캠핑도 늘 함께 다녔다. 둘은 감정에 충실했지만 선은 넘지 않았다. 젊었지만 절제할 줄 알았고 서로를 배려했다. 그러나 그게 다가 아니었다.

졸업이 다가오면서 진혜의 태도가 돌변하기 시작했다. 그녀는 누구보다 이기적이었다. 절대 손해 보거나 양보할 타입이 아니었다. 그녀 말에 의하면 자기는 손에 물 한 방울 안 묻히고 살아왔고 앞으로도 그럴 거라고 했다. 소문에 의하면 집안이 결코 부유한 편이 아닌데도 그랬다.

그러고 보니 진혜는 한 번도 자기 집안 이야기를 하지 않았다. 나중에 들은 말로는 경민이 다른 남친과 달리 순진하고 외모도 번듯한 편이니 그냥 재미 삼아 만나는 거라고 했다.

어쨌든 진혜는 퀸카 중의 퀸카였다. 너도 나도 그녀를 여친 삼고 싶어 했다. 그러고 보면 경민은 행운아인 셈이었다. 진혜는 취업에는 별로 관심이 없는 듯했다. 스펙도 쌓지 않았고 공부에도 흥미가 없는지 졸업하는 걸로 만족했다. 바쁘다는 핑계로 점점 얼굴 보기가 힘들어지더니 결국 소원(疏遠)해졌다.

그녀는 대학을 졸업하고도 여전히 취준생인 그를 두고 대놓고 말했다. 나는 어떤 가능성이나 모험 따위에는 관심이 없다. 무엇이든 확실한 게 좋다. 불투명한 미래를 놓고 승산을 걸거나 손해를 감수할 생각은 추호도 없다. 감정은 일시적인 거라 믿을 게 못 되니 자신은 현실을 더 중시할 것이라 했다.

한마디로 불확실한 경민의 미래에 자신을 포함시키지 않겠다는 말이었다. 그때 여자애들이 하던 말이 생각났다. 연애 따로 결혼 따로.

그녀의 말에 적잖은 충격을 받은 그는 처음으로 자신의 무능력에 대해 절감했다. 그녀와의 절연은 아픔과 상처가 되어 오랫동안 그의 뇌리를 잠식했다. 그러나 닥친 현실은 가혹했다. 따로 뒷배가 없었던 그는 취업을 위해 그야말로 사투를 벌였다.

거듭되는 실패와 도전을 한 결과 간신히 공직자가 되는 행운을 안았다. 공무원은 그가 마지막으로 택한 관문이었다. 전공과 하등 관련 없는 직종이었다. 그것도 하위직이었다. 더이상 실패하고 싶지 않다. 힘들더라도 여기에서 멈추고 안주하고 싶다. 하지만 마음과 달리 날이 갈수록 후회가 몰려왔다.

취업을 위해 쌓았던 스펙이 너무나 허무하게 느껴졌고 전공과 무관한 일을 하느라 가끔 오류도 발생했다. 간신히 홀로서기에 성공했다 생각하면서도 이상한 설움이 마음속에 몰려왔다. 옛날과 달리 요즘은 말단 공무원도 친절을 생명처럼 여겨야 한다.

해마다 공공기관 청렴도 조사를 해서 불이익이 생기면 안 되기 때문이다. 박봉이라 해도 업무가 간단치가 않고 책임져야 할 분량도 많았다. 그래도 자신은 나은 편이었다. 친구들 중에는 아직도 취준생 딱지를 떼지 못하고 캥거루 노릇을 하는 축들도 많았다.

그들은 되지 않게 금수저 흙수저 타령을 해댔지만 그것이야말로 무능력의 표시가 아니던가. 공무원이 안정적이라 해도 꼭 그런 것만은 아니어서 가끔씩 이직하는 경우도 발생했다. 그리고 세월은 AI라는 인공지능이 나타나면서 있던 직업마저 사멸시키는 괴물 역할을 했다.

AI는 언제 경민의 목숨줄을 위협하는 존재가 될지 몰랐다. 대인(對人) 업무를 하느라 시빗거리가 발생하는 일도 종종 있었다. 상부기관에 고발하겠다는 파렴치범도 있었고 근무태만이라는 얼토당토한 경고를 들은 적도 있었다. 옛날 말로 치자면 복지부동이었다. 경민의 성격 중의 맹점이 소심함이었다. 어릴 때부터 유달리 겁이 많고 도전정신이 희박했다.

모험하기를 죽기보다 더 싫어했고 언제나 안정된 것만을 원했다. 한마디로 외골수였다. 면접에 합격한 일반 회사도 있었지만 영업직이 대부분이고 수입도 일정치 않은 데다 무

엇보다 시간에 많은 구애를 받았다. 시간 외 근무 수당이 있었지만 그것도 피터지게 경쟁해야 하는 것이었다

차라리 안전 빵을 택하고 말자. 그는 고졸이나 다름없는 하위직 공무원을 택했다. 그야말로 박봉이었다. 생전의 아버지 모습이 생각났다. 말단 공무원으로 평생을 마친 아버지는 식구들 배를 곯리지는 않았지만 무능력이란 단어를 일평생 꼬리표처럼 달고 살았다.

그나마 시골에 가진 전답으로 먹고사는 걱정은 없었지만 돈 걱정이 끊이지 않았다. 특히 가족에게 병이 발생하면 뭉텅이 돈이 들어가는데 그때마다 돈 꾸러 다니는 모습에 그는 여간 부아가 나는 게 아니었다. 더구나 그에게 장남 역할 제대로 하라고 채근할 때면 머리끝이 쭈뼛할 만큼 진저리가 났다.

요즘같이 비혼 무자식이 대세인 시대에 장남 역할을 강조하다니, 그는 고향에 발걸음을 내딛는 게 죽기보다 싫었다. 볼 때마다 취직은 했냐, 사귀는 여자는 있냐? 여자를 볼 때는 맏며느리 역할 잘할 건강하고 생활력 강한 여자를 골라야 한다. 고리타분한 시대에 뒤떨어진 말만 했다.

아무리 현 세태를 이야기해도 전혀 듣지 않았다. 요즘 세상은 안 그렇다니까요 말해도 자기 고집만 내세웠다. 저러니 꼰대 소리를 듣지. 그는 냅다 소릴 질렀다. 아버진 세대차이란 말도 모르세요? 누가 요즘 같은 세상에 봉제사하고 시부모 노후 봉양할 맏며느리 있다고 툭하면 맏며느리 타령하세요?

"그러니께 니가 역할을 잘혀야 할 거 아니냐? 여자는 남자 하기 나름인께." 아무리 이야기해도 소귀에 경읽기였다. 거기에 한술 더 떠 제사 지내줄 손주 타령도 했다. 아무리 세상이 바뀌었기로 조상님 제사를 잘 모셔야 복을 받는 거란다. 그러면서 기독교 믿는 며느리가 들어와 종중

제사를 폐했다는 이웃 이야기를 하면서 거품을 물었다.

그의 부모님은 20대 초반에 결혼했지만 나이 사십이 다 되어서야 아들인 경민을 얻었다. 그때 그의 조부는 이제 죽어도 원이 없다면서 눈물을 쏟았다고 했다. 아버지는 그 이야기를 경민의 귀에 대고 골백번도 더 했다. 경민은 명절 때 말고는 고향 근처에도 가지 않았다.

방송에서는 명절 때 미혼 자녀에게 결혼이나 취직 이야기는 꺼내지도 말라고 그렇게 조언하는 데도 그의 부모는 멈추지 않았다. 자기들이 하고 싶은 말은 절대 건너뛰지 않았다. 하소연과 함께 진저리나는 잔소리를 하고는 언제 또 올 거냐고 부모 걱정은 안하고 사냐고 거푸 대답을 요구했다.

한번은 경민이 근무하는 직장으로 찾아와 소동이 벌어진 적도 있었다. 그의 이름 석자를 대면서 큰소리를 치는 바람에 직원들 사이에서 그는 유명인사가 되고 말았다. 게다가 안내하는 여직원에게 나이와 결혼여부까지 묻더니 우리 아들 어떠냐고 의견까지 제시했다.

그 일로 인해 경민은 그 여직원한테 오해를 사 큰 곤욕을 치렀다. 그녀는 경민이 자신을 마음에 두고 있어서 부모님까지 소환한 것으로 오해한 것이었다. 그날 부모는 경민이 살고 있는 원룸에 와 보고는 또 한바탕 잔소리 폭탄을 늘어놓고 갔다. 결혼도 다 때가 있다. 아까 보니 그 입구에 있는 아가씨가 인물도 좋고 착실해 보이던데 어떠냐며 또 의견을 제시했다.

그는 단번에 빡쳤다. 하지만 고집 센 부모를 이길 재간이 없었다. 알아서 할 테니 제발 고향에서 맘 편히 계시라고 하고는 돌려보냈다. 그의 부모도 눈치를 챘는지 알아서 하라고 하고는 돌아갔다. 날마다 기력이 쇠하는 부모를 보는 노릇도 쉽지 않았다.

경민도 부모의 소원을 들어주고 싶은 마음은 굴뚝같았지만 현실은 결코 녹록치 않았다. 주변에서 결혼에 실패하는 커플들을 볼 때마다 차라리 싱글이 낫다고 매번 다짐하는 그였다. 어느덧 그의 나이도 삼십 중반을 넘어서고 있었다. 직장생활에도 이력이 붙으면서 그에게도 소개팅할 기회가 주어졌다.

경민 역시 보통 남자들처럼 맞벌이가 필수였다. 자신의 월급 갖고는 가정을 꾸릴 자신이 없었다. 그건 여자들도 마찬가지였다. 여자들은 경민의 외모에 마음이 끌렸다가 계산기를 두들겨 보고는 포기하고 돌아섰다. 돈 걱정하며 사느니 차라리 싱글이 낫지 하면서.

사람의 마음을 돈으로 살 수 있다? 경민은 순간 진혜의 모습을 떠올렸다. 밝고 경쾌하면서도 이기적인 그녀의 면모가 생각나는 것은 어쩔 수 없는 일이었다. 사실 경민이 주변에도 비혼족들은 얼마든지 있었다. 그들은 자신의 미래를 여전히 돈의 가치에 두면서도 한사코 희생이나 봉사는 거절했다.

경민은 진혜 커플이 떠난 자리에 서서 산 아래를 바라보았다. 흰 벚꽃이 구름천지가 되어 펼쳐져 있었다. 바위틈 사이로 수줍게 핀 진달래도 보였다. 산책객들은 계단을 통해 계속 올라오고 있었다. 봄바람이 홍제천 물결을 일렁이며 하늘거렸다.

마음속에서 진혜의 모습이 계속 떠올랐다. 정식 부부가 아니라면 그 남자와는 무슨 사이일까? 애인? 그는 그 가능성에 무게를 두었다. 그래야 마음이 편할 것 같았다. 그는 비탈길을 내려와 인공폭포 쪽을 향해 나는 듯이 달려갔다. 주변을 지나던 여중생들이 그를 향해 손가락질했다.

와! 저 아저씨 멋있다 잘생겼다.

경민은 캠핑을 하면서 가끔씩 진혜를 떠올렸다. 대학 시절 그녀와 캠핑을 떠나면서 즐거웠던 기억이 파노라마처럼 떠올랐다. 많은 이야기를 한 것 같은데 이상하게 미래에 대한 말은 한마디도 안 한 것 같다. 진혜는 주로 드라마나 영화 이야기를 많이 했고 경민은 졸업 후의 진로에 대해 이야기한 것 같다.

서로 생각하는 방향과 가치관이 달랐는데 어떻게 교제를 이어갔는지 지금 생각해도 희한했다. 트레킹을 하던 어느 날 경민은 여자 유투버로부터 게스트로 초대받는 행운을 얻었다. 그녀는 큰 눈동자에 시원시원한 성격으로 멘트도 재치있게 잘했다.

방송가로 진출해도 손색이 없을 정도였다. 시간에 맞춰 약속장소로 갔는데 그는 깜짝 놀랐다. 경민 외에도 게스트가 두 명이나 더 있었다. 40대로 보이는 남자와 30대 초반으로 보이는 미모의 여자 캠퍼였다. 게스트 소개가 끝나고 본격적인 산행에 들어갔다.

가파른 산길을 걸어가는데 그는 숨이 막혀 죽을 뻔했다. 끝없이 이어지는 계단과 바위산을 지나 정상을 오르는데 해가 뉘엿뉘엿 지고 있었다. 중간 기착지에 발포매트를 깔고 식사를 하는데 맛집이 따로 없었다. 고된 산행 끝에 밥맛이라니 시장이 반찬이었다.

간단하게 목을 축이고 나서 다시 산행길에 올랐다. 산 전체를 물들이며 노을이 지고 있었다. 모두 입가에서 탄성이 터져 나왔다. 와! 너무 멋있다. 바위 암벽을 타고 거친 돌산을 올라 간신히 정상에 도착했다. 거센 바람이 폭풍처럼 몰아쳤다.

고운 황토에는 큰 바위에 쓴 산 이름과 해발 높이가 글자로 새겨져 있었다. 이 무거운 돌덩이를 어디서 구해 글자를 새겼을까. 궁금증이 일었다. 각자 가까운 곳에 박지를 정해 텐트를 쳤다. 준비해 온 음식으로 늦은 저녁 식사를 하고 주변을 산책한 뒤 텐트로 돌아왔다.

안에다 발포매트와 침낭을 깔고 백팩을 모로 세웠다. 다시 밖으로 나와 하늘을 바라보는데 별이 총총히 박혀 있었다. 세상에 태어나 별을 다 구경하다니 감개무량이었다.

이 맛에 백패커들은 등산을 하는지 모른다. 사방이 고요했다. 세상과 동떨어진 느낌이었다. 어디선가 개구리 개굴소리가 들려왔다. 가끔 산짐승 소리도 들려왔다. 어둠이 이곳에선 두려움이 아닌 평안으로 느껴졌다. 다시 텐트 안으로 들어와 자리에 누웠다. 다른 텐트들은 다 조용했다.

벌써 꿈나라로 직행한 것이다. 잠결에 바람소리와 짐승 소리를 들은 것 같다. 바스락거리는 소리도 들렸다. 비행기 소리도 들렸던 것 같다. 꿈속에서 그는 열기구를 타고 산등성이를 날고 있었다. 마치 날개가 달린 천사처럼 지상을 내려다보며 엄청난 희열을 만끽했다.

이튿날 새벽, 누구랄 것도 없이 모두 일찍 기상했다. 해돋이를 보기 위해서였다. 산 정상에서 바라보는 세상은 고요하고 평화로워 보였다. 안개구름이 서서히 물러가고 붉은 해가 장밋빛처럼 타오르고 있었다. 온 산야를 빨갛게 물들이며 대 서사시가 당장이라고 펼쳐질 것 같았다.

장엄하고 신비한 자연의 광경 앞에 모두 숨죽이며 바라보았다. 거대한 침묵이 자연을 오히려 환호하며 조물주의 솜씨를 강변하고 있었다. 어둠이 물러가고 동이 트자 모두 떠날 채비를 했다. 이젠 하산해서 일상으로 돌아가야 한다. 하산 길에는 각각 흩어져 내려갔다.

다시 만날 기약도 없이. 그게 바로 인생이라면서. 돌아가는 길은 허무와 만족감이 빗금 치듯 마음속을 오갔다. 긴장감이 수없이 마음을 드나들며 알 수 없는 아우성이 들려왔다.

직장으로 복귀한 경민은 청천벽력 같은 소식을 접했다. 신정부가 들어섬에 따라 자신이 근무하는 부처가 없어질지도 모른다는 불길한 소식이었다. 모두 우왕좌왕하며 일이 손에 잡히지 않는지 허둥대는 모습도 보였다. 직원들은 모두 의심 반 추측 반 헛소문이길 바랐다.

경민은 통장에 든 예금 액수를 계산했고 앞으로도 계속 들어갈 보험료도 생각했다. 장기 저축성 보험도 있었고 실비보험과 자동차 보험 주택 청약 예금도 있었다. 갑자기 미래에 대한 불안으로 마음이 조여 왔다. 졸지에 직장을 쫓겨나 힘들어하던 지인들의 모습이 떠올랐다.

그때마다 그는 속으로 적이 안심했었다. 자신과는 전혀 상관없는 일이라고 겉으로는 걱정해 주는 척했지만 강 건너 불구경하듯 했다. 그는 평소에도 타인의 행 불행에 대해 늘 무관심으로 일관했다. 일종의 냉소주의였다. 그 냉소주의에 발등 찍힌 기분이었다.

하지만 예단하기는 이르다. 아무리 정권이 바뀌었기로 정부 관할 기관인데 쉽게 없어지지는 않으리라. 여론이라는 게 때로는 방패막이 될 수도 있으니까. 가끔씩 기자들도 나타나 인터뷰를 진행하다 가곤 했다. 그리고 시간이 지남에 따라 존폐여부도 수그러드는 분위기였다. 그러면 그렇지.

취미생활도 너무 과하면 독이 될까. 무엇이든 한번 꽂히면 몰빵하는 경민이었다. 질리고 질려야 멈추고 돌아서는, 그건 오래된 습관이었다. 경민은 공휴일만 되면 캠핑을 떠나고 싶어 안달을 했다 특히 비가 오거나 눈이 오는 날이면 마음보다 몸이 먼저 캠핑장에 가 있었다.

　계절의 변화와 함께 자연이 주는 기쁨은 새롭고 경이로웠다. 계절마다 새로운 색상으로 옷을 갈아입은 초목은 눈 호강을 시켜 주었다. 새소리 바람소리 숲 향기 장작 태우는 냄새도 향기로웠다. 꽃향기를 맡고 찾아오는 나비와 벌도 있었지만 모기와 해충도 많았다.

　비용도 만만치 않게 들어갔지만 기쁨은 두 배 이상 컸다. 캠핑에는 여러 종류가 있다. 캠핑장에서 하는 오토 캠핑과 산이나 노지에서 하는 백팩킹 자동차 안에서 하는 차박이 있다. 캠핑의 진수는 한여름 빗소리를 들으며 즐기는 우중 캠핑과 사각사각 눈 내리는 소리와 함께 밤 풍경을 즐기는 설중 캠핑이다.

　둘 다 극치(極致)를 이룬다. 유투브 동영상으로 시청해도 장면 장면이 환상적으로 예쁘고 낭만의 절정을 이룬다. 겨울에는 빙박도 가능하다. 얼음산을 기어오르고 꽁꽁 언 얼음 위에 텐트를 치고 얼음 낚시를 한다. 빙박을 할 때는 얼음의 두께를 살펴야 한다. 빙판 위에 텐트를 치고 야전 침대를 놓는다.

　그 위에 담요와 에어 매트를 깔고 침낭과 우모복을 입고 자는데 침낭 안에 핫팩을 넣어 온돌방처럼 뜨끈뜨끈하게 한다. 전혀 추위를 느낄 사이가 없다. 일상에서 벗어나 낯선 자연의 품에서 하룻밤을 보내는 캠퍼들은 행복과 기쁨을 만끽한다. 일탈에서 오는 여유로움이 새로운 활력소가 되어 삶을 풍요롭게 한다.

　캠핑카에서 취식과 취침을 하는 황제 캠핑도 있다. 그들은 카라반을 별도로 이용하는데 바닷가 근처에 가면 흔히 볼 수 있다. 텐트의 종류도 다양하다. 원터치 텐트로 부챗살처럼 퍼지는 사각형이 있고 타원형도 있다. 산 정상에 올라 데크 위에 설치하는 소형 텐트도 있다.

기본적으로 텐트 외에 이너 텐트와 쉘터 타프가 있어 비와 바람막이 역할을 하기도 한다. 그 외에 별도의 공간 없이 침낭과 발포 매트만 넣고 자는 비비색도 있다. 비비색은 몸은 침낭이 든 소형 텐트 안에 얼굴은 하늘을 향해 있어 별도 볼 수 있다.

요즘은 텐트가 대형화 된 것이 많은데 그만큼 용도도 다양하고 실용성이 크다. 우레탄 창을 통해 개방감과 함께 바깥 풍경도 감상할 수 있고 화목 난로를 설치해 따듯한 겨울밤을 보낼 수 있어 아늑한 감을 준다.

캠핑에서 사용하는 도구는 백퍼센트 조립식이다. 의자 탁자 침대 버너 조리 도구도 다 조립식이다. 텐트를 칠 땐 우선 뷰가 좋은 곳으로 해야 한다. 물소리와 함께 빗소리를 들으며 하는 감성 캠핑은 낭만스럽다. 눈앞에 펼쳐지는 녹색 풍경과 텐트 위에 떨어지는 빗방울 소리는 오감 만족이다.

캠핑장에서 하는 오토캠핑은 cctv가 설치돼 있어 안전하지만 비용이 만만치 않다. 하지만 편의점이나 샤워실 등이 갖춰져 있어 편리하다. 주차 공간도 별도로 이용할 수 있고 백 패킹보다는 힘이 덜 드는 면에서 초보자들에게 편리하다.

경민은 처음에는 오토 캠핑을 주로 이용했지만 점점 산행을 즐기게 되었다. 높은 산 정상에 올라 대자연을 만끽하다 보면 신선이 된 기분이 들었다. 가을이면 낙엽에 발목이 푹푹 빠지면서 걷는 기분도 좋았고 겨울이면 눈썰매를 타면서 동심을 즐기기도 했다.

그때는 미리 플라스틱 재질로 된 눈썰매를 준비했다. 그는 주로 정상적인 등산로만 이용했는데 지름길은 그만큼 위험도가 높았다. 자칫 잘못했다간 조난사고가 발생할 수 있었기 때문이다. 여름 휴가철이면 일부러 혼자서 백 패킹을 했다. 유명하다는 험산은 다 갔던 것 같다.

강원도에 있는 험한 산을 등반하다 중간에 지쳐 쓰러진 적도 있었다. 그때 아득한 느낌으로 하늘이 빙빙 도는 착각을 일으켰었다. 마침 주변을 지나던 등산객이 아니었더라면 어찌 되었을까 생각만 해도 아찔했다.

경민은 산행하면서 많은 백패커들과도 친분을 나누게 되었다. 모두 산을 좋아하는 자연인들이었다. 그들은 직장을 은퇴하고 나면 꼭 심심산골에 들어가 자연과 벗하며 살고자 굳게 다짐하고 있었다. 자연은 신이 내려준 선물이자 은총이자 가장 큰 특혜였다.

속세를 벗어나 산 공기와 계곡을 벗하며 지내는 것은 그들의 로망이자 소원이었다. 누군가 말했다. 요즘같이 미세먼지 황사가 극성인 세상에 그게 가능하겠는가. 하지만 그들은 아랑곳 하지 않았다. 자연은 마지막 안식처였다. 요즘은 웬만한 산골에도 인터넷이 설치 안 된 곳이 없다.

유투브 방송도 얼마든지 가능하다. 다만 의료 시설이 열악해 불편할 뿐이다. 전원주택 같은 건 생각하지 않았다. 귀농과 전원주택에 관한 사기 기사를 많이 보았기 때문이다. 물론 생각처럼 자연인이 된다는 건 쉬운 일이 아닐 것이다. 철저한 준비 과정을 거쳐 결정해야 할 일이었다.

어쨌든 꿈은 자유고 자체만으로도 행복한 일이다. 경민도 어느덧 그 꿈의 행렬에 동행하고 있었다. 고향에서는 여전히 부모의 성화가 빗발쳤지만 귓등으로 흘려들었다. 그는 여전히 자신만의 소중한 자유가 좋았다. 그 자유를 향해 항상 전진하고 싶었다.

세상은 언제나 그랬듯이 뒤숭숭했고 경민은 업무에서 오는 스트레스를 최소화하기 위해 습관처럼 산행을 즐겼다. 그런데 언젠가부터 몸에 이상 증상이 나타나기 시작했다. 콜레스테롤 수치가 높아지면서 고혈압 증상이 발생한 것이다. 아무리 생각해도 이유를 알 수 없었다.

운동 중에서도 가장 열량이 많이 소모되는 산행을 하는데 고혈압이라니?

나중에야 알았다. 산행을 하면서 즐기는 고열량의 가공 식품과 지나친 음주였다. 백팩커들은 산행을 하면서 술을 꼭 지참했고 고열량의 가공 식품 그것도 햄이나 소시지 삼겹살 곱창 등의 콜레스테롤 수치가 높은 음식을 선호했다. 조리방법이 간단했기 때문이다.

산행을 갔다 와서도 경민은 유독 그런 가공식품을 좋아했다. 거의 중독 증상이었다. 퇴근 후의 술 한 잔도 원인으로 지목됐다. 간수치가 높게 나왔다. 경민은 생각했다. 앞으로는 술 담배를 줄이고 가공식품과 고열량 식품도 다른 걸로 대체 해야겠다. 그럴지라도 주말마다 이어진 산행을 멈출 수는 없었다.

스스로 생각해도 중독증세가 아닌지 의심스러울 정도였다. 답답한 도심을 벗어나 캠핑장이나 산행을 위해 자동차 페달을 밟을 때면 저절로 마음이 설렜다. 신세계로 나가는 환상을 보는 듯했다. 몸이 너무 힘들 때면 캠핑장을 찾아 피톤치트를 했고 여유가 있을 때면 산세가 험한 산행을 감행했다.

그가 산을 찾을 때마다 아는 유튜버들이 곧잘 눈에 띄었다. 그들 역시 경민처럼 삶의 목적이 산행인 것처럼 들떠서 방송을 진행했다. 시청자들에게 좋은 뷰를 보여 드리기 위해 산행을 하고 있다며 말을 맞추었다. 한번은 기암괴석이 있는 돌산을 오를 때였다.

거대한 바위는 평평한 것도 많았지만 창끝처럼 뾰죽한 게 더 많았다. 경민은 비교적 평평한 바위를 골라 산행을 했다. 경사가 심한 곳에서는 몸이 기우뚱하며 곤두박질 칠 것 같았다. 산세가 험할수록 강풍이 불어 몸이 날아갈 것 같았다. 하지만 백패커들은 포기하지 않고 정상을 향해 끈질기게 올라갔다.

투지가 대단했다. 바위틈에 핀 형형색색의 꽃도 에너지를 충전시켜 주었다. 비바람에 흔들리는 소나무는 용기와 힘을 더해 주었다. 폭풍우를 맞으며 마침내 정상에 올랐을 때는 엄청난 성취감에 기쁨이 충만했다. 산위에서 바라보는 풍경은 신선이 사는 무릉도원 무아지경이었다.

영하의 날씨가 계속되는 어느 겨울날이었다. 그날도 경민은 백패킹 차림으로 설산에 올랐다. 이미 많은 등산객들이 푹푹 빠지는 눈길을 헤치고 경사로를 오르고 있었다. 습기를 차단하는 패치와 아이젠을 착용했어도 힘들기는 마찬가지였다. 주변이 온통 설국이었다.

나뭇가지마다 쌓인 눈으로 휘청거리고 있었다. 어떤 이들은 그것을 상고대라 불렀다. 그대로 눈밭에 뒹굴어도 좋을 것 같았다. 실제로 어떤 남녀는 눈밭에 그대로 엎드러졌다. 그들은 마냥 행복한 듯 너무 좋다. 너무 좋다를 연발했다. 산행을 하다말고 중간에 포기하는 사람들도 속출했다.

그들은 박지를 찾아 텐트를 설치하거나 도로 산을 내려갔다. 물이 흐르는 계곡 곁에 텐트를 치거나 얼음 비박을 하는 사람도 있었다. 눈길을 헤치고 정상까지 갈 자신이 없다고 했다. 경민도 그들처럼 도중에 포기하고 적당한 박지를 찾아 텐트를 치고 쉬고 싶었다.

그러나 지난날의 수많은 산행 경력이 그를 자꾸만 채근했다. 정상에 이르면 더 많은 텐트촌을 보게 될 것이다. 각양각색의 텐트들이 설국의 풍경과 함께 설중 캠핑의 진수를 맛보게 할 것이다. 경민은 눈길에 수없이 나뒹굴어지면서 정상을 향해 올라갔다. 아이젠을 착용했는데도 발밑이 미끈거렸다.

아뿔싸. 발밑을 보니 아이젠 끈이 끊어져 있었다. 조금 전 빙판길을 지날 때 느낌이 이상했었다. 자꾸만 미끄러지고 몸이 공중에 붕 뜨는 것 같더니 기어코 아이젠이 수명을 다하고 만 것이다. 그만 하산할까 싶다가 나뭇가지에 걸린 리본을 보니 정상이 거의 다 왔음을 알았다.

나뭇가지 사이로 눈부신 햇살이 비쳐왔다. 감격스러웠다. 오늘도 태양은 인간을 향해 혜량(惠亮)을 베풀고 있었다. 사방이 눈 천지로 눈 호강 마음 호강이 이어지고 있었다. 온몸에서 힘이 빠져 더 이상 걸을 수가 없었다. 근처에 마치 흰 이불솜처럼 보이는 눈밭이 있어 털썩 누워버렸다.

순간 몸이 나락으로 떨어지는 듯한 느낌이 들었다. 어어 몸이 왜 이러지? 아득한 공포와 함께 몸이 어딘가에 쿵하고 내던져지는 것 같았다. 그리고 정신을 잃었다. 이후에는 아무 생각도 나지 않았다. 꼭 악몽을 꾼 것 같다. 이튿날 그가 눈을 뜬 곳은 병원 침대였다.

머리에 붕대가 감겨져 있고 발목이 무언가 단단한 게 옥죄고 있었다. 눈을 뜨니 환한 불빛이 그를 내려다보고 있었다.

지금 내가 꿈을 꾸고 있는 건가. 여기기 어디지? 그는 눈을 들어 사방을 살폈다. 자기가 누운 옆으로 환자들이 줄로 연결된 기구를 달고 있었다. 내가 사고를 당했던 거구나. 그렇다면 어제 산행길에서? 거기서 딱 생각이 멈추었다. 잠시 후 간호사가 다가와 말했다.

"이제 좀 정신이 드세요?"

"여기가 어디죠? 제가 왜 여기에 있나요?"

"어제 등반 사고로 입원하신 거예요?"

"네? 등반 사고요?"

"그나마 다행이었어요. 누우셨던 곳이 그대로 푹 꺼지는 낭떠러지 같은 곳이었는데 마침 근처를 지나던 헬기가 있어 빠르게 구조되신 거예요. 해마다 등반사고가 많이 발생하긴 하지만 그나마 운이 좋으셨던 거예요. 다른 산악인들이 도와주셨기에 망정이지 큰일 날 뻔했어요."

간호사는 묻지도 않은 말까지 자세히 설명해 주었다.

"그런데 어디가 얼마나 다친 거예요? 왜 발목이 움직이지 않죠?"

"골절 되었어요."

그녀는 아무렇지도 않은 듯 말했다.

"네? 골절이요?"

그는 재차 물으며 머릿속으로 장애라는 단어를 떠올렸다. 마음에 칼이 꽂힌 기분이었다. 이어 병원비와 간병인이란 단어가 생각났다. 왜 하필이면 이 시점에 간병인이란 단어가 생각난 걸까 스스로 아연했다.

"다행히 뼈가 부서진 건 아니라 수술 받으시고 핀으로 고정한 다음 깁스를 하시면 회복이 되실 거예요. 수술 후 조기에 운동 요법이 이루어지고, 이르면 수술 다음날부터 관절을 움직이는 재활이 시작됩니다. 골절 부분은 고정구로 단단히 고정되어 있기 때문에 움직일 때의 통증은 있을 겁니다. 치료 기간은 완치까지 2~3개월 소요됩니다."

"네? 2,3개월이나요? 그런데 양쪽 발목이 다 골절된 건가요?"

"오른쪽입니다."

그는 그제야 발목을 내려다보았다.

휘! 그나마 한쪽만 다친 게 다행이다 싶었다. 그런데 낭떠러지에 떨어졌는데 어떻게 구조된 걸까? 하긴 지나던 산악인들에게 발견됐다고 했지.

누군지 모르지만 나중에라도 꼭 사례를 해야겠다. 생각만 해도 아찔했다. 하늘이 도운 셈이다.

"퇴원하신 후에도 재활치료는 계속 받으셔야 합니다."

간호사는 기계적으로 말을 마치고는 병실을 나갔다. 지루한 병실 생활이 시작되었다. 보호자를 묻는 간호사의 말에 그는 끝내 대답하지 않았다. 만일 고향의 부모님이 아셨더라도 상황은 달라지지 않을 것이다. 마침 기회라 싶어 또 끝없이 잔소리를 들을 게 뻔했다.

그러게 진즉 결혼했더라면 아내의 보살핌을 받지 않았겠느냐. 뭐 할 일이 없어 추운 날 산에는 기어올라 가지고 생고생을 하느냐, 잔소리 폭탄이 이어질 게 틀림없었다. 마침 그가 입원한 병원은 통합 간호 병동을 운영하고 있어 따로 간병인을 부르지 않아도 되었다.

불행 중 다행이란 생각도 들었지만 곧이어 날아든 병원비 정산에 그는 넋이 나가는 줄 알았다. 헬기로 이송하느라 들어간 비용에다 수술비 등 치료비가 엄청났다. 실비보험을 처리했는데도 액수가 상상 이상으로 많이 나왔다. 치료 과정도 너무 복잡하고 힘들었다.

재활 치료는 인내심을 요구하는 것이라 더 짜증이 났다. 등산할 때는 아무리 힘들어도 참을 수 있었는데 재활치료는 좀처럼 나아지는 기미가 보이지 않아 더 괴로웠다. 그는 빠른 퇴원을 원했지만 마음대로 되지 않았다. 직장은 병가 처리를 하긴 했지만 대타로 일하는 동료들로부터 언제 퇴원하느냐는 문자가 수시로 날아왔다.

퇴원한다고 자유가 주어지는 것도 아니었다. 병원 측에서 맞춰준 신발을 신고 출근하는데 불편하긴 마찬가지였다. 꾸준히 재활치료도 다녀야 했고 삶이 지루하고 따분하게만 느껴졌다. 주말만 되면 캠핑에다 등산에다 바빴던 지난날이 그리워졌다.

완쾌만 되면 원없이 산행을 가리라. 마음을 다지고 또 다졌다. 그러나 의사 말로는 그건 먼 훗날의 이야기였다. 겨우 안정되는가 싶더니 몸에 살이 붙기 시작했다. 그동안 치료받느라 운동을 못한 탓인지 뱃살이 늘더니 몸무게가 상승곡선을 타고 말았다.

또다시 고혈압에 당뇨증세마저 나타나고 있었다. 아직 나이 사십도 안 됐는데 기가 막혀 눈물이 나왔다. 그는 생각했다. 등산할 때 버티던 힘으로 식사 조절을 하자. 그래, 헬스클럽에 나가 운동을 하자. 등산이 헬스클럽으로 바뀐 형국이었다.

죽기 살기로 식사 조절을 하고 운동을 한 결과 혈압과 혈당 치수가 정상으로 돌아왔다. 그러기까지 오랜 시간이 흘렀다. 또다시 캠핑이 등산이 그리워지기 시작했다. 몇 번인가 가방을 챙겼다가 그대로 주저앉았다. 의사가 했던 경고성 말이 자꾸 생각났다.

그리고 그런 날이면 어김없이 낭떠러지로 굴러 떨어지는 꿈을 꾸었다. 가방을 챙겼다 풀었다를 반복하며 또다시 사고가 발생하지 않을까 불길한 상상에 휘말렸다. 뉴스에 산불 기사가 나오자 이번에는 산행을 갔다가 불길에 휩싸이는 건 아닌가 걱정이 꼬리를 물고 나타났다.

그래도 마음 한편에서는 요동치듯 전에 갔던 캠핑에 대한 기억이 계속 떠올랐다. 유혹인지 설렘인지 자신도 헷갈렸다. 딱 한번만 갔다 오자 딱 이번만. 하지만 매번 망설이다 끝났다. 대신 그는 매일 유투브로 캠핑 동영상을 시청했다.

대부분 솔로캠핑이 많았는데 대리만족 효과가 있었다. 어떤 남자 백퍼커는 험한 바위틈 사이에 타프를 설치하고는 계속 영상을 내보내고 있었다. 강풍에 타프가 찢어지는 사고가 발생했지만 그는 낭만이라고 외쳤다. 라면과 고기를 구워 먹으면서도 낭만이라고 외쳤다.

뾰죽한 바위 옆에 침낭을 놓고 잠을 청하면서도 낭만이라고 외쳤다. 그는 낭만가가 틀림없었다. 강풍에 타프가 찢어지고 심하게 요동쳤다. 겨우 잠들었는가 싶었는데 등산객들이 지나가며 떠드는 소리가 들려왔다. 그조차 그는 낭만이라고 외쳤다.

그가 주장하는 낭만은 혼자라서 자유로운 영혼으로 경민도 백퍼센트 공감했다. 솔로가 대세인 세상이다. 자유와 낭만만 있다면 인생은 풍요롭고 만족스러운 것일 게다. 피터지게 경쟁하지 않아도 되고 내일에 대한 두려움으로 가슴 조이지 않아도 되는 낭만 가이.

그것이야말로 진정한 캠퍼들의 바람인 것이다. 대부분의 사람들이 돈에 목숨 거는 이유가 풍요로운 삶과 노후대책이라고 말한다. 그래서 몸을 혹사하고 밤잠도 줄여가며 경쟁의식 속에 살아간다. 그러나 생각해보라. 그렇게 목숨 걸고 싸우다, 한순간에 미래가 날아갈 수 있다는 것을.

언젠가 보았던 인터넷 기사 글이 떠오른다. 진인사대천명(盡人事待天命)은 예나 지금이나 진리다. 그럼에도 생사화복과 미래는 오롯이 절대 주권자의 몫이다. 지나치게 미래에 대한 변수에 올인하느라 현재를 혹사하다 보면 한순간에 미래가 날아갈 수도 있다.

정신적인 풍요로움이 오히려 미래의 포석(布石)이 된다는 이야기였다. 다소 추상적이긴 했지만 공감되는 측면도 있었다. 누군가는 말할 것이다. 팔자 좋은 소리하고 있네, 당장에 닥친 급한 불끄기도 힘든 판에 정신적인 풍요로움 좋아하시고 있네.

일분일초 이후의 일도 알 수 없는 것이 인생사 아니던가. 미래는 절대자에게 맡기고 우리는 할 수 있는 대로 자연을 향유하며 살자. 이 또한 창조주가 허락한 특혜가 아니던가. 경민은 어느덧 철학자가 된 기분이었다. 그는 열심히 재활치료에 전념했고 완치 판정이 내려지자마자 등반길에 올랐다.

답답한 도심을 떠나 또다시 대자연의 풍광 속에 몰입하자 세상에 다시 태어난 느낌이었다. 연둣빛 나뭇잎이 계곡 물소리와 함께 봄의 환상곡이 온 산에 울려퍼지고 있었다. 코끝에 와 닿는 상큼한 산공기는 폐를 정화시켜 주는 느낌이었다. 발길 닿는 곳마다 야생화가 등산객들로 탄성을 자아내게 했다.

험한 돌산을 오르고 뾰족한 바위 틈새를 지나는데 갑자기 허리가 뻐근한 느낌이 들었다. 순간 불길한 예감이 온몸을 강타했다. 그는 슬그머니 백팩을 벗어 바닥에 내려놓았다. 다리가 심하게 흔들렸다. 현기증이 일더니 산봉우리가 빙빙 도는 것 같았다. 발밑이 무너져 내리는 것 같은 느낌에 몸이 뒤로 휘청이더니 그대로 넘어지고 말았다.

다행히 진입로 입구라 주차장까지는 그다지 멀지 않았다. 그는 일어나기 위해 안간힘을 썼다. 풀린 다리 근육에 다시 힘이 주어졌다. 백팩을 들어 어깨에 올리는데 어디선가 음률이 들려왔다. 피아노 연주소리였다. 언젠가 들었던 밝고 경쾌한 멜로디에 힘이 솟아났다.

경민은 다시 산행길에 올랐다. 오랜만의 산행에 다리 근육이 놀란 것 같았다. 무거운 백팩을 감당하느라 허리에 무리가 갔던 모양이다. 경민은 당초의 예정을 바꾸어 산 중턱에 박지를 정하고 타프를 쳤다. 발포 매트를 깔고는 그대로 누웠다. 행복했다. 산바람이 온몸을 맛사지하듯 휘두르며 지나갔다.

평안이 마음속에서 방금 전 들었던 음률과 함께 솟아났다. 그는 보온 물통을 열어 커피 한잔을 타서 목을 축였다. 얼마 전 유튜브 동영상에서 보았던 남자 백패커의 말이 생각났다. 이 또한 낭만입니다. 그도 속으로 외쳤다. 그래 이 또한 낭만이다.

의미도 불분명한 감사의 말이 마음속에서 자꾸만 생각났다. 타프가 바람에 흔들리면서 파열음이 났다. 그가 누워 있는 타프 옆을 지나며 등산객들이 하는 이야기 소리가 들려왔다. 정상을 향해 힘차게 발걸음을 내딛는 소리가 들렸다. 마음은 정상을 향해 가고 싶었지만 몸이 지쳐 움직이지 않았다.

그래도 마음은 한없이 평화롭고 좋았다. 푸른 삼림은 고갈된 에너지를 충전시켜 주는 듯했고 찌든 스트레스가 한꺼번에 날아가는 것 같았다. 자연만한 힐링은 없다. 창조주의 솜씨는 과학을 능가하고 인공과 견주할 수 없다. 그는 오랜만에 하는 산행을 두고 감성이 충만해지는 느낌이었다. 잠시 누워 휴식을 취한 다음 하산 길에 올랐다. 정상에 이르지 못한 아쉬움은 다음에 풀기로 하고 비탈길로 접어드는데 희열이 가슴 가득 몰려왔다. 돌 틈 사이로 흐르는 계곡 물소리는 천상의 음악소리 같았다. 천사가 연주한들 저만하랴. 자연이 주는 기쁨은 그 어느 것과 견줄 수 없다.

자연의 향취는 고갈된 감성을 충족시켜 주었고 근심 걱정조차 녹여주는 것 같았다. 그래 이게 자연의 힘이고 낭만이다.

경민은 유튜버가 했던 말을 떠올리며 웃었다. 자동차에 시동을 거는 순간 아쉬움과 평안이 수없이 마음속을 지나갔다. 직장에 복귀한 그는 한의원에 가서 침치료를 받았다. 빠긋했던 허리가 걱정이 되어 밤잠을 설칠 정도였다. 다행히 심한 정도는 아니어서 생활에 무리는 없었다.

당분간 산행도 쉬기로 했다. 일상에서 산행이 빠지자 알 수 없는 허무가 찾아왔다. 전에는 사느라 바빠서 느껴보지 못했던 외로움이 밤마다 찾아와 잠을 설치기도 했다. 또다시 유투브 캠핑 동영상에 몰입했다. 동영상을 볼 때마다 산행에 대한 의지가 샘솟듯 솟았다.

저들이 갔던 산행 코스를 나도 반드시 해내고야 말리라. 다양한 정보도 접할 수 있었고 잠시나마 대리만족 효과를 누릴 수 있었다. 어느 날이었다. 그날도 퇴근 후 컴퓨터 앞에서 캠핑 동영상을 보는데 젊은 남녀가 황제 캠핑을 즐기고 있었다.

그들은 바닷가 근처에서 카라반을 이용해 고급진 요리와 함께 와인을 마시고 있었다. 장비 하나 하나가 고가(高價)로 보였다. 요리는 주로 남자가 했는데 영화배우로 보일만큼 인물이 출중했다. 그가 그릴에 있는 고기 한점을 구워 여자에게 내미는데 경민의 시선이 거기서 딱 멈추었다. 진혜였다.

남자의 눈빛에서 여자를 향한 깊은 사랑과 배려가 느껴졌다. 마치 나만큼 아내 사랑하는 남자 있으면 나와 보라 그래였다. 구독자들에게 뭔가를 잔뜩 과시하고 있었다. 언젠가 안산에서 그들을 보았던 봄날의 장면이 떠올랐다. 흰 셔츠에 청바지를 커플 세트로 입은 모습에 사람들의 시선이 집중되던. 그리고 경민과 눈이 마주치자 벚꽃 잎이 흩날리던 산자락을 뛰어서 내려가던 진혜의 모습. 그때 가슴이 아리던 자신의 모습도 떠올랐다.

그런데 이상하게도 다행이란 생각이 들면서 안심이 되었다. 그건 바로 잊고 있었던 미련 아쉬움 그리움이었다. 카메라가 끝없이 펼쳐진 망망대해를 비추고 있었다. 갈매기와 등대도 잠시 비추다 사라졌다. 둘은 행복한 부부처럼 보였다. 대화 중에 가끔씩 여보라는 단어가 나오는 걸 보면.

삼십 대 중반이라고는 보여지지 않을만큼 둘 다 젊고 빼어난 외모였다. 남자가 버너에서 원두커피를 내리더니 여자에게 내밀었다. 커피 타임을 즐기는 두 사람의 눈빛은 평안과 사랑으로 가득해 보였다. 거센 파도가 화면을 덮칠 듯이 달려들고 있었다.

중간 중간 광고 화면도 떴다. 배경 음악으로 한때 유행했던 노래가 나왔다. 캐롤 키드의 when I dream이었다.

노랫말 가사에 귀를 기울이고 있던 경민은 무릎을 탁 치며 말했다.

"아! 저 노래, 진혜랑 같이 캠핑 갔을 때 들었던 노래잖아."

순간 행복감이 어이없게도 그의 한복판을 차지하고 있었다. 정말 너무 어이없는 얼토당토한 행복감이었다. 경민은 오랜 시간 동안 그 행복감의 정체에 고민했다. 아직도 그녀에 대한 미련이 남아 있는 걸까. 한편으론 그녀가 누리고 있는 행복감에 대해 질투심도 솟았다.

그때 진혜가 구독자들을 향해 외쳤다.

"여러분 마음이 따스해지고 싶거든 캠핑을 떠나세요."

그러자 옆에 앉아 있던 남자가 말했다. 낮은 바리톤 음성이 모 영화배우를 닮아 있었다.

"그런데 말입니다. 생각해 보십시오, 봄꽃에는 향기가 없는 거 아십니까? 단 하나 예외가 있습니다. 매화 빼고는 말입니다."

그는 일부러 목소리를 깔고는 한껏 힘을 주어 말했다. 옆에 있던 진혜가 손으로 입을 가리며 웃었다.

"정말 봄꽃에는 향기가 없다는 거야?"

"그렇단 말이지요, 개나리나 벚꽃 진달래 향기를 맡아본 적 있는 사람 있으면 손들어."

진혜가 깔깔대고 웃었다.

"그러고 보니 그렇네."

"그리고 말입니다. 인공은 자연이 주는 기쁨을 따라갈 수 없듯이 자연이 주는 만족도 신이 주는 만족을 절대 줄 수 없다 말이지요."

진혜가 남편을 흉내내며 말했다.

"그러게나 말입니다. 진짜 진정한 만족은 바로 하느님이 주시는 참된 평안이라 말이지요."

그러자 남자가 웃으며 말했다.

"그리고 우리는 말이죠, 비로 그 만족을 전달하는 중간책이라 말이지요, 여러분 신적 만족이 무엇인지 궁금하다면 다음 동영상도 좋아요 구독 눌러주세요. 그럼 오늘은 이만.

잔뜩 궁금증만 안겨주고는 화면이 끝났다. 진정한 만족은 하느님이 주시는 참된 평안이라. 그렇다면 저들은 신앙인인가? 그럴 수도 있지. 달라붙는 궁금증을 애써 눌러버리고 자리에 누웠다. 알 수 없는 슬픔이 가슴속 깊은 데서 솟아났다. 그는 자신도 모르게 소리를 내어 꺽꺽 울었다.

걷잡을 수 없는 슬픔이 어리석은 그리움과 함께 펑펑 솟아났다. 후회라는 진저리나는 감정과 함께. 내가 왜 이럴까 하면서도 눈물은 가슴을 적시며 자꾸만 솟아났다. 세월이 15년도 넘게 흘렀는데 아직도 미련이 남은 걸까. 그런데 진혜 커플이 주장하는 진정한 만족과 평안은 무엇을 의미하는 걸까. 그들에게 자녀는 몇이나 있을까. 황제 캠핑을 할만큼 여유로운 걸 본다면 진혜는 분명 행복한 결혼생활을 하고 있는 게 틀림없다. 그는 쓸데없는 상상력으로 밤을 꼬박 새우고는 이튿날 지각을 했다. 직원들의 눈총을 받으며 그는 마음속으로 또 눈물을 흘렸다.

퇴근 후 그는 처음으로 혼자 근처 카페에 들어가 술을 마셨다. 그리고 다음날 연차를 낸 뒤 산행길에 올랐다. 자연에게 실컷 하소연하고 싶었다. 자신의 어리석은 그리움에 대해. 그리고 진혜 부부가 주장하는 진정한 만족의 정체성에 대해 끊임없이 생각했다. 하산 길에 그는 오래 전에 유투브 방송을 진행했던 여자 백패커를 만났다.

눈동자가 크고 시원시원한 성격에 마음이 넓은 여자였다. 경민은 그녀와 대화한 끝에 다음 주말부터는 성당에 나가 신심을 키우기로 했다. 등산이나 캠핑은 토요일이나 공휴일에만 하기로 했다. 그러는 동안 마음에 절제심이 생기고 안정된 평안이 느껴졌다.

성당에 나가 교리 공부를 하고 신심이 커질수록 진혜 부부가 말했던 신적 만족이 무엇인지 알 것도 같았다. 그는 그 형체가 분명해지자 고향에 계신 부모님께도 그것을 공유하고 싶다는 생각이 들었다. 이번에는 어떤 잔소리 폭탄도 달게 들을 작정이었다. 마음에 저력이 생성된 것인지 이상하게 평안했다.

그는 자동차 엑셀을 밟으며 신나게 외쳤다.

까짓 한번 살다 가는 인생, 진짜 만족을 위해 살아 보자. 고속도로를 지나는데 초록 삼림이 푸른 강물과 함께 그의 마음을 더욱 풍요롭게 했다. 자연은 초록 바람으로 사람들의 마음을 힐링하고 있었다. 역시나 자연은 힐링의 대명사이자 창조주의 선물이었다.

경민은 음악을 틀었다. 창조주의 솜씨를 찬양하는 흔한 멜로디의 찬양곡이었다. 고향이 점점 가까워 오고 있었다. (2024년 순수문학)

향수

○○역사(驛舍)를 나서자 직사각형의 구획된 읍내 거리가 보였다.

단층짜리 상가와 음식점이 곳곳에 포진하고 있었다. 커피숍과 철물점 너머로 전통시장도 보였다. 자세히 보니 읍내가 온통 산으로 둘러싸여 있었다. 시외버스가 한적한 도로를 천천히 달리면서 이색적인 분위기를 더하고 있었다.

이곳은 군 주둔 지역이라 그런지 이상하리만치 분위기가 썰렁하고 황량하다. 근처에 캠핑장이 있는지 등산복 차림의 남녀들도 많이 보인다. 어쩐지 세월이 비껴간 모습이다. 군 주둔지역은 확실히 발전이 덜 돼 있다. 고즈넉하고 침체(沈滯)된 분위기에 행인들의 발걸음도 뜸하다.

건널목엔 신호등도 없고 주택도 퇴락한 연립주택이 더 많다. 좀 더 안으로 들어가니 이따금씩 폐가도 눈에 띄고 후미진 농촌 지역의 민낯을 고스란히 보여주고 있다. 한쪽에 연탄재가 딩굴고 어린이 놀이터에는 적막감만 감돌고 있다. 그럼에도 낯선 감정과 함께 낭만이 흐른다.

흩날리는 눈발과 어디선가 들리는 기타 소리에 마음이 설렌다. 이것이 바로 겨울 낭만이다. 세상은 진영논리로 피박살이 나도 계절은 항상 낭만을 선물해 준다. 눈발은 점차 세지더니 어느새 눈폭탄이 되어 산야를 온통 흰눈으로 색칠하고 있다.

앞이 안 보일 정도로 쏟아 부으면서 발걸음이 휘청했다. 제설차가 열심히 눈을 퍼날라도 눈은 여전히 맹렬한 기세로 퍼부었다. 발목이 푹푹 빠지도록 일부러 걷고 또 걸었다. 정혁은 오랜만에 보는 폭설에 가슴이 설렜다. 사방이 눈 천지로 변하면서 얼음왕국을 보는 듯했다.

상고대가 빙화(氷花)가 겨울을 만끽하라고 손짓하는 모양새로 다가왔다. 그는 누구보다 겨울을 사랑했다. 어릴 때는 눈만 오면 밖에 나가 눈사람을 만들고 눈썰매를 탔다. 빙판 위에서 얼음지치기도 하고 미끄럼틀을 탔다. 벌판을 지나자 파출소 초소가 나왔다.

논밭 한가운데 파출소라니, 제복을 입은 경찰이 눈을 쓸면서 자꾸 눈을 털어내고 있었다. 경찰차 위에도 눈이 쌓이고 있었다. 사람들은 모두 모자를 푹 눌러쓰고 눈을 맞으며 걸어갔다. 그러다 몇 번이나 미끄러지면서 여기저기서 비명이 터졌다.

누가 만들었는지 커다란 눈사람이 모자와 머플러까지 두른 채 길 한복판에 서 있었다. 어디선가 왁자한 웃음소리가 들려왔다. 60세는 상회한 듯한 얼굴에 등산복 차림의 남녀였다. 나이에 어울리지 않게 레깅스에 배낭을 메었는데 옷차림이 영 우스꽝스러웠다.

그들은 노욕과 허세가 담긴 대화를 큰소리로 마구 지껄이고 있었다. 마치 제 세상 만난 듯 열에 들떠 신바람이 났다. 사람들은 노인에게 절대 관대하지 않다. 나이가 어리거나 젊은 층에겐 웬만하면 용서가 되는데 유독 고령층에겐 나잇값 운운하며 추태라고 표현한다.

똑같은 실수를 하더라도 들이대는 잣대가 확연히 다르다. 대학생들이 전동차 안에서 떠들었다 치자. 그러면 젊은 기분에 그럴 수 있다고 말한다. 그러나 노인이 웃고 떠들면 눈살을 찌푸리며 노인 혐오 상을 나타낸다.

젊은이가 말하면 좋은 의견이라 하고 노인이 말하면 잔소리라 한다. 청년들의 의견은 신념이고 노인들의 의견은 똥고집이라 한다. 아예 귀를 막고 들으려고도 안 한다. 이래저래 늙으면 더 서럽다. 그럴 때 나오는 말이 있다. 지들은 안 늙을 줄 아나. 한 지인(知人)이 말했다.

"전요, 절대 늙지 않고 죽지도 않을 거라고 생각했어요, 그런데 저도 늙네요."

그녀의 말은 곧 정혁의 마음과 상통했다. 그렇다. 정혁은 자신만큼은 절대 늙거나 죽지 않을 거라 생각했다. 어릴 때부터 병을 달고 살면서도 수많은 죽음의 위기를 겪으면서 절대 죽지 않을 거라 자신했다. 그런데 중년기를 넘어서면서 약속이나 한 듯 노쇠현상을 나타내는 것이다.

제일 먼저 접한 건 시력의 저하 곧 노안(老眼)이었다. 어느 날인가부터 책에 글씨가 흐릿해지더니 돋보기를 쓰지 않고는 안 보이는 것이다. 그건 일종의 충격이었다. 그리고 미래보다 과거에 집착하면서 현실감각이 점차 둔해지기 시작했다. 그렇다고 감정이 무뎌진 건 아니었다.

발걸음을 돌려 사거리 쪽을 향하는데 옛날 다방 간판이 보였다. 상호도 촌스럽게 귀빈 다방이었다. 가까이 가는데 심수봉의 노래가 흘러나왔다.

이별보다 더 슬픈 건 정이라며 고개를 떨구던 그때 그 사람.

고객층의 수준을 맞추다 보니 노래도 7080이었다. 흐릿한 불빛 창가에 눈이 미끄러져 내리고 있었다. 처음 대하는 낯선 동네 낯선 풍경은 호기심과 더불어 마음을 느긋하게 한다. 마치 시간이 정체된 듯 여유롭기까지 하다. 그러나 그때뿐이다. 그 시간을 지나 일상으로 돌아오면 조급함으로 마음이 조여 온다.

스마트폰에서 계속 진동음이 감지되고 있었다. 영심이었다.

"오빠 지금 어디쯤 왔어?"

아차 싶었다. 정혁은 그때서야 현실을 감지했다. 그는 이곳에 여행 온 게 아니고 외사촌 동생 영심이를 만나러 온 것이었다.

"도착했어, 곧 갈게."

답신을 보냈다. 발길을 돌이켜 다시 역사(驛舍)를 향했다. 꿈에서 깨어난 듯 정신이 몽롱했다. 길모퉁이를 돌아서는데 커피숍 앞에 길고양이 급식소가 보였다. 턱시도 고양이가 사료를 폭풍 흡입하고 있었다. 녀석은 몹시도 배가 고픈 모양이었다.

정혁과 흘끔 눈이 마주치더니 옆에 설치된 제 보금자리로 잽싸게 들어갔다. 살만한 세상이다. 말 못하는 길짐승에게도 온정을 베푼다. 길냥이 급식소 바로 옆에 보금자리가 두 개나 있었다. 찌릿한 감동으로 가슴이 뭉클했다. 최첨단 과학 문명과 AI 인공지능으로 인성이 메말라 가는 시대에도 여전히 온정은 존재한다.

타들어가는 이념 전쟁도 생명사랑은 외면치 못하리라. 세상은 악이 활개치고 승전고를 울리며 절대자의 존재를 비웃는 듯 보여도 심판의 순간은 언제나 다가온다. 누구에게나 공평한 죽음의 순간이다. 이상하게 재작년부터 정혁의 주변에서 죽음의 소식이 들려오기 시작했다.

맨 처음 들려온 죽음은 영심이의 남편 매제였다. 영심이는 정혁의 유일한 인척이었다. 그는 퇴직을 앞두고 동료들과 골프장에 갔는데 갑자기 심정지가 와서 사망했다. 119를 불렀지만 미리 손 쓸 사이도 없이 천국행 열차를 타고 말았다.

그는 법 없이도 살만큼 인성이 좋은 사람이었다. 겨우 1살 많은 정혁에게도 꼭 형님 칭호를 붙이며 깍듯이 공대했다. 유일한 처가 식구인 그에게 살갑게 대하며 처자에게도 성실한 가장이었다. 무엇보다도 그는 신(神)을 두려워하는 신앙인이었다.

퇴직하고 나면 이슬람권에 가서 봉사와 선교활동 하겠다고 원대한 꿈을 펼쳐 보인 보기 드문 의인이었다. 인간관계에 손해가 발생해도 상대방을 비난하거나 보응하지 않았다. 신은 그런 의인을 하루아침에 데려가 버리고 말았다. 하긴 일찍 죽음을 맞이하는 사람들 중에는 선인이 많다.

주변에서 보면 대부분 그렇다. 의인이나 선인은 천국에서 먼저 필요로 하는 모양이다. 영심이는 몇 번이나 까무러쳤다 깨어나길 반복했다. 매제의 죽음은 너무 뜻밖이었고 허망 그 자체였다. 영심이는 본당 신부에게 찾아가 왜 하느님이 착한 내 남편을 아무 예고도 없이 한순간에 데려갔냐고 따져 묻다 울기를 여러 번 했다고 한다.

"하느님이 너무 하신 거 아닌가요?"

"자매님의 남편 분은 천국에서 분명 성인 대열에 오르셨을 겁니다. 너무 애통해하지 마십시오, 천국은 슬픔이나 애통함이 없는 평화 그 자체랍니다."

그로부터 얼마 지나지 않아 정혁은 오대 독자인 아들을 잃었다. 그리고 한 달 후 아내마저 아들의 뒤를 따라 천국에 입성했다. 유일한 인척인 영심과 그의 집안에 일어난 줄초상은 그야말로 멘붕을 일으켰다. 이러한 참극(慘劇)은 또다시 없으리라. 둘은 망연자실 하다못해 생을 포기할만큼 자포자기의 늪에 빠져들었다.

정혁은 가족을 다 잃은 반면 영심이는 아들은 지켰다. 영심이 아들 영규는 해군 장교였다. 훈남 스타일에 애국심이 투철한 장교로 장래가 촉

망되는 직업 군인이었다. 영심이는 영규를 아꼈지만 멀리 떨어져 지내는 탓에 자주 왕래가 없는 것 같았다.

영심이는 한동안 멘붕에 빠져 지내다가 느닷없이 아들의 결혼소식을 들었다, 엄마에게 한마디 상의도 없이 일방적으로 통고한 것이다. 영심이는 분해서 펄펄 뛰다가 여자의 소식을 들었다. 그녀는 한번 결혼 경력이 있는 여자였다. 영규는 초혼인데 상대 여자는 재혼인 셈이었다.

영심이는 거의 실성하기 직전이었다. 세상 천지에 이런 날벼락이 어디 있냐며 그야말로 결사반대했다. 영규는 엄마의 반대에도 끝까지 밀어붙일 작정이었는데 결혼식 일주일을 앞두고 여자 쪽에서 먼저 파혼을 통고하고 외국으로 가버렸다. 해군 장교 영규는 미칠 듯이 괴로워하며 제대까지 생각한 것 같았다.

그러나 주변의 만류로 간신히 복귀했다. 그리고 엄마와의 관계도 소원해지기 시작했다. 남편의 죽음도 허망하고 미칠 지경인데 어디 여자가 없어서 그런 걸 집안의 대를 끊어놓으려고 작정한 것도 아니고. 파혼이라는 극약처방으로 평지풍파는 가라앉았지만 후유증은 오래 갔다.

무엇보다 당사자인 영규가 못 견뎌했다. 영규는 엄마가 음식점을 열었다는 소식에도 얼굴 한번 내비치지 않는다고 했다. 그 자식이 춘향이 서방 이도령도 아니고 괘씸해서.

영심이는 오빠에게 전화로 하소연했다.

어느 날 정혁이 직장에 출근해 일하고 있는데 아내한테 전화가 왔다. 집안의 5대 독자인 아들 현민이가 죽었다는 소식이었다. 그는 처음에 자신의 귀를 의심했고 아내가 정신병자가 된 건 아닌가 순간적으로 의심했다. 아님 이 여자가 왜 내게 소설을 쓰고 있지.

아내는 미칠 듯이 울부짖으며 빨리 집으로 오라고 했다. 5대 독자로 선친의 사랑을 독차지한 어릴 때부터 신동 소리를 듣던 아들이었다. 아들은 미국에 유학 갔다가 학위를 마치고 막 취업을 앞두고 있었다. 생필품을 사기 위해 슈퍼마켓에 들렀는데 그만 권총 강도에 의해 목숨을 잃고 말았다.

성공가도를 앞두고 있던 아들이었다. 아내는 늘 아들 자랑을 입에 달고 살았었다. 그런데 그 아들이 하루아침에 싸늘한 시체가 되었다니. 아들의 비보를 접한 아내는 몇 번이나 까무러쳤다 깨어나길 반복하더니 그만 심장병이 발발하고 말았다.

한밤중에도 일어나 가슴을 움켜쥐며 통증을 호소하더니 아들이 죽은 뒤 한 달만에 눈을 감고 말았다. 너무나 허망한 죽음이었다. 그때만큼 죽음의 실체가 가깝게 느껴진 적이 없었다. 설상가상이라더니 성경에 욥의 고난이 떠올랐다. 내가 욥도 아닌데 왜 이런 일이.

연거푸 들이닥친 죽음에 어떤 단어도 떠오르지 않았다. 그냥 멘붕 상태였다. 어떠한 위로의 말도 귀에 들려오지 않았다. 왜 하필이면 내게 이런 고난이 왔을까. 한꺼번에 생의 의미를 상실하면서 가슴 깊은 곳에서 분노가 치밀었다. 분노가 가라앉을 즈음 팔자와 운명이란 단어가 생각났다.

세상 천지에 나 혼자 남았구나.

영심이는 남편 상을 치르고 경기도 인근 낯선 지방으로 가서 음식점을 차렸다. 유동 인구도 적고 전망도 밝지 않아 보였는데 어떤 선견지명이 있었을까. 여동생이 음식점을 차린 지 일 년도 안 돼 서울 전철과 직통됐다는 소식이 들려왔다.

정혁에게 꼭 놀러와 달라고 영심이는 신신당부했다. 차일피일 미루다 그는 드디어 발걸음에 시동을 걸었다. 집에서 일찍 출발했는데 막상 도착해 보니 해거름이 몰려와 있었다. 무려 2시간 40분이나 걸린 것이다. 그렇다고 대기 시간이 긴 것도 아니었다.

전동차는 청량리에서도 1시간 20분 넘게 걸려 도착했다. 의정부를 지나자 낡고 퇴락한 주택가가 나타나더니 논밭이 보였다. 추수가 끝나서 그런지 그야말로 허허벌판이었다. 역사에서 나오니 군인들의 모습이 여기저기서 보였다. 그는 자신의 젊은 군(軍) 시절 모습이 떠올랐다.

그가 ROTC 장교로 근무한 곳은 강원도 최북단 지역이었다. 겨울이면 영하 30도를 오르내리는 강추위가 맹위를 떨치는 곳으로 현역이라면 모두 꺼리는 곳이었다. 그곳에서 죽음과 맞먹는 유격훈련을 마쳤고 제대할 때는 군대에 말뚝을 막으라는 상사들의 권유도 엄청나게 많이 받았다.

한마디로 군바리 체질이라는 것이다. 그렇지만 가족이 결사반대했다. 4대 독자라는 이유였다. 제대 후 재벌그룹에 입사에 승진을 거듭해 이사 자리까지 올라갔다. 아들은 미국 유학에 성공하여 외국인 회사에 입사를 앞두고 있었다. 그때는 이미 선친은 작고한 뒤였다.

만일 생존해 있었다면 줄초상을 두고 까무러치기기를 반복했을 것이다. 아내처럼. 영심이 운영하는 식당 안으로 들어섰다. 크리스마스를 앞두고 트리 장식이 한창이었다.

입구에 산타클로스 복장을 한 대형 인형이 설치돼 있었고 내부는 소박하면서도 정갈하게 꾸며져 있었다. 메뉴는 단출했다. 역 부근이라 그런지 김밥 분식류가 다였지만 손님들이 끊이지 않았다. 덕분에 정혁도 서빙하는데 일조하고 말았다. 손님이 가고 난 뒤 돈가스를 먹었는데 맛이 아주

일품이었다.

"맛이 좋구나. 그러게 손님들이 알고 찾아와 주는구나."

"죽은 애 아빠가 돈가스를 좋아해서 내가 자주 해주었거든."

죽은 애 아빠라는 말에 잠시 가슴이 먹먹했다. 잊었던 슬픔이 가슴속에서 돌출되면서 목이 메었다. 영심에게 웬만하면 영규 결혼을 허락해주지 그랬냐고 말하고 싶었지만 참았다. 또다시 손님이 매장 안으로 들어서고 있었다.

"어서 오세요, 날씨가 춥죠?"

"네, 저 돈가스 해주세요."

"네 저쪽으로 앉으시죠?"

손님은 끊임없이 몰려왔다. 덕분에 그도 쉴틈 없이 서빙을 했다. 손님들이 손가락으로 가리키며 누구냐고 묻자 영심은 오빠라고 응수하며 얼굴을 붉혔다. 혹시라도 오해할까 봐 당황하는 눈치였다. 친오빠에요? 아님 애인?

"고종사촌 오빠에요, 단 하나밖에 없는 우리 고모 아들이요."

"영심아, 나 여기에 취직시켜 줘라. 이렇게 바쁜데 직원 한 명쯤 써야되는 거 아니니?"

"오빠, 지금이 대목이라 그런 거야, 한가할 때도 많아."

"그래서 굳이 날 필요로 하지 않는다 그거지?"

"오빠 생각 있으면 말해, 알바라도 괜찮아?"

"그건 안 되겠는데, 정식 직원이라야지."

"것봐, 나도 그럴 줄 알았어."

손님들이 다 가고 나자 영심이 물었다.

"오빠, 이제 괜찮아?"

"뭐가?"

그는 알면서도 물었다.

"응 새언니하고 조카하고 떠난 지도 한참 되었는데 오빠도 이젠 살 길을 찾아야지."

"그런 너는?"

"난 이렇게 창업해서 살아가고 있잖아."

"그런데 왜 하필 이렇게 먼 곳까지 와서 할 생각을 했니?"

"그냥 멀리 떠나고 싶었는데 마침 여기가 생각나는 거야, 죽은 애 아빠가 젊었을 때 여기서 군 복무했었거든. 그때 대학 다니면서 면회 오느라 엄마한테 야단 맞고."

"그런데 영규 결혼을 왜 끝까지 반대한 건데? 웬만하면 허락하지 그랬니?"

"그 여자애가 처음부터 마음에 안 들었어, 거기에다 과거까지 있고, 내가 어떻게 키운 아들인데 그런 하찮은 여자를 며느리로 맞아? 어림도 없지."

더 이상 묻지 않았다. 영심은 영규와도 여러 번 싸웠다며 핏대를 세웠다. 그러더니 갑자기 정색을 하더니 심각한 표정으로 말했다.

"오빠 내가 중매해도 될까?"

"그게 무슨 뜬금없는 소리니? 내 나이가 몇인데?"

"그러니까 서로 조건만 맞으면 되지 뭐, 중학교 영어 선생님인데 나이에 비해 젊고 예쁘고 착한 편이야, 학벌도 인물도 오빠 정도면 딱 맞을 것 같애."

"그쪽도 가족이 있을 거 아냐?"

"젊었을 때 사별하고 여태껏 쭉 혼자 지냈대, 오빠 정도면 서로 맞을 것 같은데 서로 홀가분하고 괜찮잖아."

홀가분하다는 단어에 정신이 명료해지는 느낌이었다. 서로 딸린 자식이 없으니 이 눈치 저 눈치 볼 것 없다는 뜻인가.

"이제 여생을 서로 위로해 가면서 뜻 맞는 일 해가면서 살면 좋잖아. 오빠 아직도 캠핑 좋아해? 그 선생님도 캠핑 엄청 좋아한대."

캠핑? 젊었을 때 몇 번 해본 캠핑을 여동생은 내 취미생활로 착각하고 있었다.

"그런데 영어 교사라는 건 확실한 거니?"

"어라? 그래도 싫다고는 안 하네? 한번 날 잡아볼까? 아님 두 사람이 서로 핸드폰으로 연락해서 만나든가."

"얘가 김칫국물부터 마시고 있네."

아내와는 중매로 맺어진 인연이었다. 집안 어른들끼리 만나 혼사를 정해 놓고 일방적으로 통고해 결혼식을 강행하다시피 했다. 아내는 대학 졸업을 앞둔 더욱이 당시로선 흔하지 않게 대기업에 취업을 준비하고 있던 터였다. 전공도 회계학으로 전도가 양양한 능력 있는 여자였다.

그런데 갑자기 졸업을 앞두고 결혼 명령이 떨어진 것이다. 조선시대도 아니고 일제 강점기도 아닌 현대에. 집안이라는 허울 좋은 간판 내세워 어른들끼리 모여 일방적으로 정해진 정략결혼이었다. 영화에서나 나올 법한 일이 현실로 벌어진 것이었다. 우리는 둘 다 결사반대했지만 만나는 순간 합의하고 말았다.

서로의 외모에 전격적으로 이끌렸던 것이다. 집안에서 독자라는 이유

로 강행되어진 결혼은 아들을 순산하고 나서부터 평탄대로를 이루는 듯
했다. 오늘날 같은 비혼 무자녀 시대가 올 줄은 꿈에도 몰랐으리라. 전에
는 몰랐었다. 허망하다는 말의 의미를.

허망(虛妄)이라는 단어의 의미를 그 어원의 뜻을 그는 오랜 시간 가슴
이 저리도록 경험하며 살아왔다. 누군가 말했었다. 살아도 산목숨 같지
않다고. 살아 있으나 죽은 목숨이나 진배없다고. 넋 나간 채 오랜 시간이
흘렀다. 어느 날 친구가 다가와 말했다.

"너 예전에 글재주 있었잖아. 가슴 속에 남아 있는 슬픔을 시로 표현
해봐, 그럼 마음이 좀 가라앉지 않을까?"

동감이야. 그는 속으로 손뼉을 쳤다. 바로 그거야. 그는 그날부터 가슴
속에 있는 슬픔과 한(恨) 섞인 그리움을 시로 써서 인터넷으로 발표했다.
대부분이 연시(戀詩)였다. 죽은 아내와 아들을 향한 절절한 사랑을 연시
로 써서 발표했다.

그리고 우연한 기회로 시단에 등단했고 시인들과 많은 교류를 나누었
다. 그때마다 듣는 질문이 있었다. 애인이 생겼는가?

나중에 속사정을 안 시인들은 모두 숙연한 표정이 되었다.

그들 표정 위로 한 문장이 떠올랐다. 독자인 아들도 모자라 부인까지
줄초상이라니? 너무 끔찍하다. 그때 좌중에 있던 한 시인이 말했다. 세월
이 가도 그리움은 없어지지 않는 법이랍니다. 그렇지만 그리움만큼 행복
한 감정도 없답니다. 그러자 또 한 사람이 말했다.

그렇긴 하죠. 하지만 새로운 사랑을 만나면 또 다른 행복감도 찾아올
테니 미리 포기하지는 마십시오. 네, 그러면 더 아름다운 연시를 쓰게 되
실 겁니다. 그는 겨우 입을 열어 말했다. 위로의 말씀으로 알겠습니다.

감사합니다.

어느 날 외사촌 여동생 영심이에게서 카톡이 왔다.

오빠, 시를 무척 좋아한다는 독자분이 오빠를 만나고 싶어하는데 시간 되면 우리 가게에 들러.

그 의미를 그는 단박에 알아차렸다. 중학교 영어교사라는. 당장 거절하려고 했지만 이상하게 궁금증이 일었다. 어떤 여자일까. 나이에 비해 젊고 미모라니 어떤 스타일의 여자일까? 키는 어느 정도이고 전문 교양인다운 면모를 갖추었을까. 성격은 원활한 편일까.

이상하게 소년처럼 가슴이 뛰었다. 답글을 안 보냈더니 영심이가 일주일 후에 다시 카톡이 왔다.

부담 갖지 말로 그냥 만나 보라니까. 누가 당장 결혼하라고 했나. 처녀 총각도 아니면서 남사스러운가 보지.

그럼 소설 쓴 기분으로 한번만? 그래 어쩌면 또 다른 연시를 쓰게 될지도 모르니까. 아님 소설이라도 쓰게 될지. 그는 잠시 아내와의 추억을 떠올렸다. 미래의 찬란한 청사진을 포기하고 아내와 엄마로 살면서 묻혀두었던 재능을 아쉬워하던, 아들만 장가보내고 나면 꼭 재능을 살려 성공하겠다는 아무진 포부를 아내는 숨기지 않았었다.

하지만 그 당당한 포부도 아들의 죽음과 함께 연기처럼 사라지고 말았다. 본인의 꿈이 아들과 직결돼 있었기에 그랬다. 아들과 아내의 죽음을 겪고 나자 시간이 온통 정체된 느낌이었다. 허망한 고통이 가슴속을 치고 올라오면 죽음이라는 현실만 보였다.

우리 인생은 잠시 보이다 사라지는 안개와 같은 것이나라. 우리 인생은 이 땅에 잠시 머물다 가는 나그네 같은 것이란다.

누군가 그의 귓가에 대고 계속 들려주고 있었다. 그래, 안개와 나그네와 같은 인생길 이왕이면 마음 편하게 살다 가자. 아무리 다짐해도 그때뿐이었다. 영심이의 성화로 의정부에 있는 유명 커피숍에서 여자와 만남을 가졌다. 스마트폰으로 서로의 위치를 알린 뒤 대면을 했다.

이젠 감정을 드러내기보다 위장해야 할 나이다. 청춘남녀도 아니고 더 조심스럽고 신중해야 한다. 그런데 첫 대면을 하는데 이상하게 상상이 깨지는 느낌이었다. 나이보다 젊을 것으로 기대했는데 역시나 나이는 속일 수 없는지 얼굴에 잔주름이 그대로 보였다.

옷차림도 정장 스타일이 아닌 평상복이었고 인상은 차분한 편이었다. 정혁을 바라보는 그녀도 약간 실망한 표정이었다. 둘은 통성명과 주로 과거의 경력을 통상적인 의례처럼 물었고 동시에 창밖을 바라보며 말을 잃었다. 그러다 그녀는 자신의 신앙이야기에 집중했다.

그녀는 집안 대대로 카톨릭 신앙을 유지하고 있었다. 정혁은 집안의 장손이라는 것을 내세웠지만 그게 어디 내세울만한 일이던가

"그래서 지금은 어떤 일을 하고 계신가요?"

"아직, 하지만 여동생이 하고 있는 근처에 작은 북카페를 열까 생각 중입니다."

느닷없이 튀어나온 말에 그는 스스로가 놀라 입이 벌어지고 말았다. 전혀 생각지도 않은 말이었다. 그러나 내뱉고 보니 그럴싸했다. 북카페를 열어 커피도 팔고 시집도 팔고 시 강의도 하면 일석삼조라 생각됐다. 꿈은 항상 거창한 법이다. 지금은 최소로 하고 커피 머신은 대여로 하고 인건비 대신 셀프로 운영하면 될 것이다.

서비스로 노트북을 설치해 놓고 작가 사인회도 하면 금상첨화라 여겨

졌다. 순간적인 아이디어에 정신이 명료해지는 것 같았다.

"요즘 커피숍이 너무 흔해서."

"장삿속으로 하자는 게 아니라 여가생활로 하려고요. 이 나이에 무슨 큰 축재를 하겠습니까. 소일삼아 시나 쓰면서 가끔 창작 강의도 하고요."

"전 내년에 전출 신청해 놓았어요, 여긴 너무 후미진 지역이라 내년엔 시내 쪽으로 나가 보려고요."

여자는 자기 신상 이야기만 늘어놓더니 약속이 있다며 자리에서 일어났다. 표정이 호감도 그렇다고 썩 내켜 하는 분위기도 아니었다. 그녀가 일어선 자리에 허망함이 묘한 실망감이 일었다. 정혁은 그녀와 헤어진 뒤 서울 가는 전동차에 몸을 실었다.

전동차는 넓은 벌판과 빌딩과 상가를 번갈아 보여주면서 끝없이 전진했다. 마음속에서 슬픔이 꾸역꾸역 치받고 올라왔다. 생전의 아내 모습과 아들과 단란했던 일상이 드라마의 한 장면처럼 떠올랐다. 인생은 무엇으로 사는가? 모 시인이 시 낭송하듯 툭 던진 화두가 떠올랐다.

그때 누군가 옆에서 말했었다. 안개와 같은 인생길 과연 누굴 위해 살까요? 처자식? 나 자신?

인생의 성공은 무엇을 의미할까요? 무엇 때문에 피터지게 경쟁하고 된! 된! 하며 또 명예에 목숨 걸며 사는 걸까요? 자기만족을 위해서지요. 그러나 그것도 속임수에 지나지 않습니다. 그때 누군가 옆에서 말했다. 인생은 캠핑장과 같습니다. 그 말에 모두 의아한 표정을 짓더니 웃음보가 터졌다.

캠핑장 맞습니다. 이 세상은 잠시 머물다 가는 임시 거처와 같습니다. 영원한 하늘나라가 우리의 진짜 주소지입니다. 세상은 아니 인생은 조물주가 지으신 이 세상의 아름다움을 잠시 만끽하라고 보내주신 곳입니다. 한번 떠나면 다시 돌아올 수 없는 이 세상의 아름다움을 보면서 여행하라고.

그러나 그 말도 무의미했다. 아내와 아들이 떠나버린 세상은 허무와 무의미로 가득했다. 아름다움이라니? 여행의 의미도 모호했다. 더구나 만족감이라니? 돈을 벌어도 용처가 불분명해진 것이다. 예전에는 아내와 아들, 가족의 현재와 미래를 위해 일했다면 지금은 열기가 식은 느낌이다.

인생이란 과연 누굴 위해 일하며 존재하는가? 아무리 애써 눌러 참으려 해도 눈물이 자꾸 나왔다. 손등으로 눈물을 훔치는데 사람들의 시선이 느껴졌다. 엉엉 울고 싶은 심정이었다. 전동차가 덜컹하더니 갑자기 멈췄다. 사람들의 몸도 기우뚱하며 흔들렸다. 역무원의 멘트가 나왔다. 전동차는 거리 간격을 위해 잠시 정차 중이라 했다.

전동차가 잠시 멈칫하더니 지상에서 지하로 접어들고 있었다. 차창 밖은 삽시간에 흑암으로 덮였다. 굉음을 뚫고 몇 정거장 지나더니 다시 지상으로 나왔다. 이정표 표지판이 보이면서 그는 자리에서 일어났다. 지상과 지하로 연결된 길을 지나 밖으로 나왔다. 역사(驛舍) 밖은 온통 불빛 천지였다.

휘황한 도심 불빛이 사람들의 마음과 발걸음을 마구 흐트러놓고 있었다. 정신없이 걷는데 현실이라는 무게감이 그 앞을 떡 가로막았다. 이젠 그만 상실감에서 벗어나 현실을 직시해야지. 삶은 소중한 것이란다.

그는 다시 시 창작에 몰입하면서 여행길에 나섰다. 인생은 캠핑이라는 말에 적극 동참하면서 캠핑에 열을 올렸다. 캠핑하면서 명산도 찾아다니며 백팩킹도 즐겼다. 일출과 일몰 광경을 보면서 신세계를 경험했다. 대자연의 신비와 산행이라는 고행 끝에 맛보는 성취감은 행복 그 자체였다.

자연이 주는 기쁨은 힐링의 효과를 가져 왔고 상실로 인한 공허한 가슴을 어느 정도 메워 주었다. 아는 날 그녀에게 전화가 왔다. 함께 캠핑 가자는 제의였다. 오케이. 그는 흔쾌히 허락했다. 그녀는 이미 오래전부터 캠핑을 즐기고 있었다. 은퇴하면 캠핑카를 사서 전국 일주를 할 계획이라고 했다.

나이에 비해 근력이 좋았다. 텐트 피칭도 잘했고 요리솜씨도 수준급이었다. 서양 요리사였던 전 남편으로부터 전수 받았다며 자랑까지 곁들였다. 전 남편 이야기를 듣는데 이상한 질투심과 함께 묘한 감정이 들었다. 캠핑은 주로 자동차를 이용하지만 트레킹 백팩킹은 장시간 걷는 인내심을 요구했다.

백팩킹 역시 캠핑처럼 우중 설중 백팩킹이 낭만 백퍼센트였다. 눈 쌓인 산길을 걷다 보면 감성이 폭발해 예쁘다 미쳤다 소리가 절로 나왔다. 산행하다 가끔 젊은 등산객들을 만나면 부러운 생각에 잠시 길을 멈춰 서기도 했다. 자주 지치고 중간 기착지에 머물러 있다가 도로 하산한 적도 많았다.

어쩌다 정상까지 올라가면 그야말로 세상을 다 얻은 듯 성취감으로 가슴이 뛰었다. 바닷가 캠핑은 더 황홀했다. 바닷물을 태울 듯이 태양이 고개를 내밀 때면 여기저기서 환호성이 터졌다. 그때였다. 멋지다 소리를 연발하던 그녀가 갑자기 바닷속으로 마구 뛰어가기 시작했다.

흥분이 고조되었던 것일까. 일렁이는 파도 속에 몸을 날리며 웃기 시작했다. 그러자 그 모양을 보고 있던 사람들도 너도 나도 바닷속으로 뛰어들기 시작했다. 사람들은 대자연의 신비 앞에 모두 일심동체가 된 것 같았다. 붉은 태양은 사람들의 마음을 물들이며 천천히 떠올라 하늘에 닿았다.

어느 날 그녀는 본격적으로 죽은 남편 이야기를 시작했다. 어릴 때 고향에서 만난 남편은 동향이자 동창이자 동년배로 신앙마저 같았다. 양가다 독실한 카톨릭 집안으로 구한말 때 순교자도 나온 집안이었다. 대원군의 천주교 말살 정책으로 증조할아버지가 새남터에서 순교했다.

순교하면서 그는 후대 손자 대에 꼭 사제가 나오기를 염원했다. 그녀의 집안 역시 마찬가지였다. 증조 외조 할아버지가 모두 순교했다. 그녀는 어릴 적부터 어머니한테 수녀가 될 것을 강요받았다. 하지만 그녀는 성당 분위기가 싫다며 주일 미사도 빼먹는 날이 많았다.

일부러 반항심으로 그랬던 것 같다. 남편은 온 집안이 그에게 사제가 될 것을 강요했다. 대대로 카톨릭 집안에서 장손을 사제로 바치는 것은 그야말로 집안의 영광이라 했다. 그래서 그는 어릴 때부터 성당에서 복사로 봉사했고 종교 분위기에 젖어 살다 마침내 신학교에 진학했다.

남편이 신학교 4학년 때였다. 둘은 아무도 몰래 여행을 떠났다. 다시는 못 만날 것을 우려해 급히 떠난 여행이었다. 그리고 둘은 신의 음성을 뒤로 하고 넘지 말아야 할 선을 넘고 말았다. 어찌 알았을까. 둘의 소문은 일파만파로 퍼져갔다.

신학교는 물론 양쪽 집안의 어른들과 심지어 동네 꼬마들까지 알게 됐다. 양가 집안은 동네 망신이라며 난리가 났다. 남편은 신학교에서 출교를 당했다. 둘은 먼 시골 바닷가로 피신을 했다. 한 달 후 둘은 양가에 들러 공식으로 결혼을 알렸다.

태중에 아기가 숨을 쉬고 있었다. 양가는 또 한번 기함을 했다. 조상 대대로 사제 한명 탄생시키기 위해 온 집안이 묵주기도를 올렸는데 그 바람이 순식간에 사라진 것이다. 나중에는 그녀에 대한 악담까지 나왔다. 요물이 나타나 사제의 길을 막았다는 것이었다.

신학교에서 쫓겨난 그는 서양 요리사 자격증을 취득했다. 호텔 양식당에서 근무하며 새로운 인생을 시작하는데 언젠가부터 기침에 피가 섞여 나오기 시작했다. 입사한 지 얼마 안 된 시기인지라 그만두기도 애매한 시기였다. 그리고 그녀는 지방에 있는 중학교에서 교사 생활을 하고 있었다.

남편은 서울에서 그녀는 경기도 먼 외곽지대에서 떨어져 살고 있었다. 주말 부부로 지내고 있었는데 어느 날 급보가 전해졌다. 남편이 근무 중 쓰러진 것이다. 응급실에서는 아무것도 해줄 게 없다며 고개를 흔들었다. 암이 손 쓸 수 없을 정도로 퍼져 있었다.

거기에다 독감까지 겹쳐 생사가 오락가락했다. 그녀는 남편을 자신이 근무하는 학교 근처에 있는 요양병원으로 옮겼다. 퇴근하면 매일 남편에게 달려갔다. 남들은 스트레스 운운했지만 그녀는 가까이서 남편을 볼 수 있다는 사실에 대해 행복했다. 의사가 연명치료 중단을 제의했지만 그녀는 단연코 거부했다. 매일 남편의 손을 붙잡고 기도했다. 생명을 연장시켜 달라고 이대로 떠나보낼 수 없다고

그러나 의사의 예고대로 남편은 그녀의 손을 놓은 채 그대로 하늘나라로 올라갔다. 그와 동시에 뱃속의 생명도 기운을 다하고 말았다. 미칠 듯이 울부짖는 그녀 앞에 양가의 시선은 싸늘했다. 맺어져서는 안 될 것을 억지로 맺었다가 화근이 발생한 걸로 단정했다.

말은 칼이다. 칼에 찔린 마음은 피를 동이를 쏟고 그녀는 고향에 발걸음을 끊고 말았다. 그리고 생업인 교직에 매진했다. 그녀의 이야기를 듣는 내내 가슴속에서 통증이 소용돌이처럼 일어났다.

어느 날 그녀는 동료들과 함께 음악회에 갔다. 지방에서 꽤 크다는 음악당에서 그 유명하다는 슈베르트의 연가곡 겨울 나그네가 공연되고 있었다.

독일 가곡에 연극이라는 요소를 접합해 진행하는 오페라와 비슷한 장르였다. 오페라와는 약간 스타일이 다른 가수가 연극까지 같이 하는 무대였다. 테너 가수는 여느 성악가와 달리 마이크를 쓰지 않고 육성으로만 노래를 불렀다.

언뜻 보아도 상당히 잘생긴 얼굴로 예술가 특유의 카리스마가 넘쳤다. 표정에 각종 대사가 담겨 있는 듯 연기력도 뛰어났다. 표정과 제스처에서 예술적 감각이 저절로 살아 움직이면서 관객의 감정을 압도했다. 가수와 관객은 노랫말 가사에 혼연일체가 되어 감정이입이 됐다.

나그네는 사랑하는 연인과 헤어진 아픔을 노래하며 인생을 회한(悔恨)했다. 가슴 저리는 가사 한마디 한마디에 시적 감성이 충만했다. 독일어로 가사를 제대로 알아들을 수는 없었지만 애끓는 감정은 충분히 느껴졌다. 무대 뒤에 가사가 더빙되고 있었다.

주인공은 떠나간 연인을 찾아 방황하며 오열하고 자책하며 괴로워하다 드디어 마지막 길을 떠난다. 떠나는 길에 바람소리도 나뭇가지의 움직임도 그의 슬픔을 비웃는 듯 들려온다. 각 서막에 풍향기 얼어붙은 눈물 도깨비불 봄의 꿈 환상의 태양 등 많은 단어가 등장하는데 그렇게 스산할 수가 없다.

나그네 주인공의 얼굴에 남편의 얼굴이 오버랩 되고 있었다. 남편은 어릴 적부터 동네에서 잘생기기로 소문난 미남이었다. 영화배우하라는 제의도 숱하게 받을 정도였다. 사실 남편은 연극무대를 좋아해 성당에서 하는 연극에는 반드시 참여했다.

차라리 사제 대신 배우나 됐더라면, 그녀는 쓸데없는 상상을 하며 무대에 집중했다. 극이 막바지로 치달으며 피아노는 천둥치듯 고음을 내달리며 한순간에 멈췄다. 애달픈 나그네는 은유 섞인 호소로 아픔을 노래하다 그 자리에서 푹 쓰러진다. 그리고 정적이면서 강렬한 메시지를 따라 극은 반전되고 엔딩을 고했다.

그녀는 극을 보고 나오면서 폭포수 같은 눈물을 흘렸다. 이별은 죽음보다 더한 고통이고 아픔이다. 세월로도 씻기지 않는 거대한 환상이 되어 마음을 압도한다. 언젠가 그녀의 귓가에 들려온 말이 있었다.

춘향이가 따로 없지. 은장도는 없을래나 몰라.

그러더니 어느 날 또 다른 음성이 들려왔다.

고선생, 요즘 애인 생겼나 봐 점점 예뻐지고 있어

그러게 말예요, 세월이 고선생한테만 비껴가는 모양이죠, 점점 젊어지는 것도 같아요.

요즘 여행하면서 자주 힐링하거든요, 여행만한 힐링은 없는 거 같아요.

누구랑 힐링하는데?

누구라뇨?

혼자 하는 건 아닐 거잖아.

차암 선생님도 누구랑 하는 게 중요한가요? 힐링이 중요하죠.

누구랑 하는 게 왜 안 중요해? 중요하지.

대화는 거기서 끊겼다. 그녀가 서둘러 자리를 빠져 나왔기 때문이다. 어느덧 정혁과 그녀는 힐링여행에 동참하고 있었다. 그러나 과거의 상흔 때문인지 서로를 향해 어떤 한계선을 긋고 있었다. 또다시 이별이라는 아픔을 겪게 되지 않을까 두려움이 앞섰다. 감정은 항상 기대와 두려움 사이를 오고 갔다.

1년 후 정혁은 영심이 운영하는 분식점에서 500미터 떨어진 곳에 북카페를 개업했다. 많은 문인들이 찾아와 개업을 축하해 주었다. 개업 떡과 다과는 영심이 모두 제공해 주었고 자기네 단골손님들도 다 몰아다 주겠다고 호언장담했다. 그리고 일을 도와주러올 때마다 꼭 동행자가 있었는데 아무래도 둘의 사이가 심상치 않아 보였다.

남자는 꽤 중후한 중년으로 태도가 겸손하고 온화해 보였다. 정혁이 갖은 말로 유도해 보았지만 둘은 끝까지 동업자라고만 했다. 그럴 리가 있나. 그래도 둘은 끝까지 함구했다. 어쨌든 좋았다. 하나가 아니고 둘은 보기 좋았다. 정혁이 북카페를 개업하고 운영하는 동안 그녀는 한번도 얼굴을 내비치지 않았다.

소문이 두려웠는지 어떤 예감이 있었는지 그건 알 수 없었다. 잔설이 녹고 겨울이 끝나갈 무렵 그녀는 그곳을 떠나 수원에 있는 모 중학교로 전출돼 갔다. 나중에 확인해 보니 마지막 근무지가 될 것이라는 문자메시지가 도착해 있었다. 그리고 그녀는 두 번 다시 읍내에 나타나지 않았다.

어느 사이엔가 북카페 앞에 아지랑이가 피면서 봄기운이 읍내 전체를 감싸고 있었다.(2025년 창조문학)

블랙 이글스

요즘 아기들은 클릭하고 태어난다.

태어나자마자 스마트폰에 중독되면서 인지형성이 시작된다고 해도 과언이 아니다. 어딜 가든지 3,4살 된 아기들이 스마트폰을 보면서 재미있어 하는 광경을 볼 수 있다. 스마트폰 안에는 인생이라는 단어가 무궁무진한 영상으로 재미라는 기능을 가지고 펼쳐져 있다.

1분 내외의 짧은 숏 영상과 1시간 내외의 OTT(Over the Top) 영상과 넷플릭스 등 다양한 볼거리가 있다. 유튜브는 세계를 영상 안으로 끌어들이며 공유하는 거대한 영상 매체다. 선과 악, 불의와 정의가 함께 공존하며 때때로 갈등을 야기한다. 어떨 땐 쾌락도 함께 공유하며 사고(思考)를 일반화시키는 기능마저 하고 있다.

사람들의 생각을 단순하게 일반화시키며 감성을 평준화한다. 해악성도 있지만 재미가 더 크기 때문에 사람들의 손에서 떠날 줄 모른다. 독서하는 습관을 일시에 망가뜨리는 주범 역할도 하고 있다. 잘못된 정보 오염된 사상을 퍼뜨리면서 수많은 치매환자가 발생하는 원인이 되고 있다.

생각하는 기능 대신 느낌으로 대신하기 때문이다. 치매는 단지 고령화로 발생하는 문제라기보다 뇌의 기능을 기계에 의존함으로써 발생하는 측면도 크다고 한다. 외우고 계산하는 능력을 기계에 의존함으로 점차 뇌의 기능을 약화시키고 있기 때문이다. 한편으로 선한 기능도 담당하고 있다.

악한 속임수를 파헤치며 진실을 알리는 창구 역할을 할 때도 있다. 오염된 지식과 잘못된 정보로 속고 있는 사람들에게 영적 각성을 일으키는 메시지를 전파함으로 진리를 일깨우는 역할도 하고 있다. 상처나 질병으로 고통당하는 사람들에게 치료효과를 가져 오는 전문가들의 상담도 이어지고 있다.

사람들은 흔히 말한다. 과거로부터 벗어나고 싶다고. 과거로 인해 더 이상 고통당하지 않고 자유롭고 싶다고. 이젠 그만 과거와 화해하고 싶다고. 그러면서 수많은 메시지를 접한다. 과거에 얽매어 있으면 미래로 나갈 수 없으니 속히 벗어나라고.

인생 여정에는 지우고 싶은 많은 순간들이 있다. 컴퓨터나 스마트폰처럼 삭제 기능이 있어 지울 수 있다면 얼마나 좋을까. 하지만 컴퓨터에 시작 버튼도 있듯이 심기일전하여 도약의 기운을 살릴 수 있다면 그 또한 새로운 기회일 것이다. 그 새로움의 시작 그건 항상 희망의 메시지로 다가온다.

인생이라는 기회는 단 일회성이기에 리허설이 아닌 생방송으로 진행된다. 시간은 광속으로 흐르고 지나가버린 시간을 되돌릴 수 없다.

영상에서 여자가 말하고 있다.

"난 여적 내가 어린아이인 줄 착각하고 살았어요, 도무지 위기의식이 없었던 것 같아요. 편안한 환경 속에서 지내다 보니 무사태평 안일함 속에서 산 것 같아요, 그런데 이런 내게 갑자기 위기가 닥쳤네요, 도무지 정신을 차릴 수가 없어요, 아! 이젠 내 정체성에 대해 궁금해지기 시작했어요, 난 난 누구일까?"

"너무 방황하지 말고 일단 여행을 하면서 마음을 추슬러보는 건 어떨까?"

옆의 남자가 말하고 있다.

"지금부터 자신의 단점에 대해 절망하지 말고 장점에 대해 생각해 봐, 뭔가 길이 보일 거야."

"너무 혼란스러워요, 아무 생각도 할 수 없어요."

너무 진부한 대사다. 저 정도쯤이야 나도 얼마든지 쓸 수 있겠다. 진경은 속으로 웃었다. 진경은 시도 때도 없이 여행을 떠난다. 세상에 여행만큼 신나고 즐거운 일은 없을 것이다. 전혀 낯선 고장 낯선 거리를 걸으면 흥분과 설렘으로 모든 근심 걱정이 사라진다. 여행은 미지를 향한 그리움이다.

한번 떠나면 다시 돌아올 수 없는 이 세상의 아름다움을 만끽하라고 주신 조물주가 주신 축복이다. 여행을 하다 보면 영감력과 상상력이 머릿속을 가득 채우는 경험할 수 있다. 여행은 쾌감이고 즐거움이자 행복이다. 진경은 오늘도 낯섦이 쾌감으로 흐르는 거리를 걷고 있다. 낯선 곳에 오면 안정감과 함께 희열을 느낀다.

불안이 해소되고 예술적 감각이 살아난다. 무작정 걷다 보니 코로나의 여파로 줄 폐업한 식당가가 보인다. 절망이란 단어가 거리를 도식한 것만 같아 씁쓸하다. 교각을 건너니 계곡물 소리와 함께 모닥불 피어오르는 연기가 보인다. 어디선가 7080 노랫소리가 들려온다. 산기슭 아래 오밀조밀한 농가가 형성돼 있다.

가까이 다가가 보니 대부분 빈집 터다. 물살은 세월을 안고 흐르고 있다. 건너편 방갈로는 곧 쓰러질 듯 위태해 보인다. 바위산 꼭대기에 구름이 켜켜이 쌓여 있다. 배낭을 멘 등산객들이 산자락을 바라보며 무어라 소리치고 있다. 영화 찍기에 딱 좋은 날씨다.

요즘은 VFX(visual effects) 기술이 발달해 영화산업에 많은 비용 절감 효과를 낳고 있다. VFX 효과란 실제로 존재하지 않는 것을 실재처럼 촬영 기술로 재창조해 내는 것을 말한다. 이미지 합성 변경 생성을 사실적인 캐릭터로 만들어내는 과정으로 영상산업에 지대한 공헌을 하고 있다.

앞으로는 인공지능과 메타버스 기술과 결합하여 경쟁력 있게 발돋움할 것이다. 진경은 한동안 영상학에 열공한 적이 있었다. 기술적인 측면까지는 접근하지 못했지만 영화에 관한 한 일가견이 있었다. 그녀는 부모의 재력을 기반으로 일평생 막힘없이 살아왔다. 어릴 때부터 생각이 항상 예술 지향적이라 평범함은 견디질 못했다.

항상 새로움과 이질적인 것에 관심이 쏠렸고 그것을 예술로 표현했다. 아쉬운 게 있다면 고소공포증과 선천적으로 폐가 약한 탓에 해외여행을 못 가본 것이다. 하지만 국내여행만 해도 무궁무진한 재미가 있었다. 새로움은 언제나 그녀를 충족시켰고 예술적 감각을 일깨웠다.

진경은 공영 버스터미널을 나와 천천히 읍내 거리를 걸었다. 대부분의 상가가 폐업 중이었다.

관공서 뒤로 다이소와 커피숍이 보였다. 이곳에선 흔한 아파트 단지도 안 보인다. 적막하고 평화로운 느낌이 사방에 흐른다. 개구리 무늬 복을 입은 사병이 길가를 걸어가고 있다. 울창한 숲과 호수를 끼고 그림 같은 풍경이 펼쳐져 있다. 읍내 풍경은 소박하고 아늑하다.

옛 추억을 떠올리듯 편한 오랜 친구를 만나 이야기하듯 정감이 흐른다. 오래 전부터 이곳이 궁금했었다. 이곳은 관광지구도 상업지구도 아닌 소규모의 소읍에 불과하다. 신병 교육대 표지판이 보인다. 그래서인지 군인들의 모습이 자주 눈에 띈다. 이따금씩 도내버스가 지나간다.

이용객이 적다 보니 겨우 7,명 정도만 탑승할 수 있는 봉고차로 운영하는 것 같다. 최전방 지역이라 이용객들도 대부분 군인들이다. 사병들이 대합실에서 휴식을 취하고 있는 모습이 보인다. 북한강을 끼고 만든 댐과 병풍처럼 둘러싸인 산이 등산객들을 맞이하고 있다.

빨강 파랑 기와집들 사이로 5월의 라일락이 향기를 흩날리고 있다. 멀리 기획된 밭과 평야가 보인다. 태양광을 설치한 농가도 보인다. LPG 가스통 위로 켜켜이 쌓인 먼지와 함께 세월의 흔적도 보인다. 썰렁한 시골 초등학교 운동장이 추억이라는 단어를 떠올리고 있다.

문득 김관용이 생각났다. 그는 자라온 환경이 진경과 정반대되는 사람이었다. 가난을 필패(必敗)처럼 여기다 진경을 만났다.

부정적 사고로 소통이 안 될 때도 많았지만 예술에 대한 열정만큼은 그 누구보다 뜨거웠다. 그는 음악과 문학을 사랑했지만 현실적인 벽에 막혀 곧 포기하고 군대로 피신했다. 학사장교로 복무한 그는 제대를 포기하고 직업군인으로 눌러 앉았다. 제대해 봤자 취직할 길이 막막했다. 그나마 다행이었다.

어느 날 그와 함께 춘천에서 열리는 전승행사에 간 적이 있었다. 그날의 피날레는 이글스 편대의 항공쇼였다. 스타급 장성들과 영관급 장교들이 맨 앞줄에 앉아 위용을 나타내고 있었다. 그들은 태권도 시범단들이 하는 경례를 받으며 박수갈채도 받았다. 하늘은 드높고 날씨는 무더웠지만 행사는 성공적으로 진행되었다.

드디어 구름 속에 숨어 있던 이글스 8대가 편대를 이루어 날기 시작했다. 오색 연막탄을 내뿜으며 뭉게구름 위에 떠올랐다 급강하 했다. 전투기는 총 8대였다. 소위 대위 소령 조종사가 창공을 향해 비행을 했다. 작은 새떼 같던 전투기들이 저공하면서 독수리 모양으로 떠올랐다.

날개를 옆으로 갸웃거리더니 이내 360도로 회전하며 그대로 뒤집기를 시도했다. 와! 함성이 터졌다. 전투기는 몇 번인가 계속 뒤집기를 하더니 이번에는 승리의 표시인 V자를 그리며 날아올랐다. 또다시 오색 연막탄을 내뿜으며 창공을 날더니 구름 속으로 사라졌다.

이어 아나운서의 멘트가 나왔다. 그는 조종사 소위였다. 왼쪽과 오른쪽에서 각 4대의 전투기가 엇갈리며 비행하는 쇼였다. 저공에서 엄청난 속도로 날아오르는데 충돌하지 않을까 가슴이 조마조마했다. 아슬아슬하게 전투기가 엇갈리며 날아오르는 순간 또다시 함성이 터졌다. 사람들이 핸드폰을 꺼내 비행 장면을 열심히 촬영했다.

전투기는 하늘을 무대로 신의 곡예를 맘껏 펼치며 과학의 정밀함과 위대함을 동시에 나타내고 있었다. 8대의 전투기는 또다시 360도로 뒤집기를 시도했다. 그러더니 이번에는 하늘에 하트 모양을 흰 연막탄을 그리더니 다시 태극 모양을 전투기들이 돌아가며 그려냈다. 또다시 구경꾼들의 입에서 탄성이 터졌다.

와! 정말 너무 멋있다. 전투기는 편대를 이루었다가 모양을 달리하며 창공을 비행했다. 음악도 비행을 축하하듯 그러나 단조로운 곡조로 울려 퍼졌다. 저 멋진 환상의 에어쇼를 위해 조종사들은 목숨 건 훈련을 했을 것이다. 국가와 국민의 안위를 위해 젊음을 불태우며 훈련에 임했을 것이다.

전투기가 저공으로 날아오를 때면 엄청난 굉음이 천지를 되엎을 듯했다. 진한 감동과 함께 눈물이 났다.

진경은 청소년 시절부터 군인을 좋아했었다. 그것도 직업 군인인 장교를 좋아했다. 국가와 민족을 위해 자신의 생명을 투척할 각오가 돼 있는 군인은 애국심의 발로이자 표상이었다. 지휘관으로서의 위엄과 멋진 제복과 계급장에서 느껴지는 카리스마에 매력을 느꼈던 것 같다.

만일 그가 남편이라면 진급에 따른 상승의 기쁨을 누리고 싶었다. 진경은 예술지향주의자였지만 전형적인 A형 성격인 소심증 환자였다. 아느 날 TV 화면에서 멋진 군사 퍼레이드를 보았다. 절도 있고 위엄과 멋진 포즈로 행진하는 군인들의 기상은 진경의 로망이었다.

아니 여자라면 누구나 그런 멋진 군인들의 모습을 보고 반하지 않겠는가. 진경은 군인들의 기강과 절도 있는 행동을 신뢰성으로 연결해 선망했다. 그녀는 대학 시절 ROTC 남학생과 미팅도 수차례 했고 사관생도들과의 미팅에도 부지런히 참가했다. 그러나 불행히도 한 번도 에프터를 받지 못했다.

친구들이 주선하는 소개팅도 여러 번 했지만 모두가 거절당했다. 얼굴이 못 생긴 것도 아니고 특별히 잘못된 행동을 한 것도 아닌데 한 번도 애프터를 받지 못했다. 굳이 이유를 꼽자면 상대 남자들이 외적인 조건이 좋아서 굳이 진경을 선택할 이유가 없었는지 모른다. 생각보다 남자들은 여자보다 훨씬 더 냉정하고 현실적이었다.

남자들은 그녀가 하는 꿈같은 예술이야기에 동조하지 않았고 비현실적인 것으로 치부했다. 그들은 모두 경제적 측면을 중시하는 현실주의자였다. 어느 날 진경은 도서관에서 공부하다 김관용을 만났다. 그는 진경의 옆자리에서 영어사전을 뒤적이며 공부하고 있었는데 ROTC 복장을 하고 있었다.

키는 작은 편이었고 얼굴은 못생긴 편은 아니었으나 강인함과 어떤 야망 같은 게 보였다. 영어사전을 빌려 달라고 했더니 그는 진경의 얼굴을 쳐다보더니 야릇한 미소를 지었다. 진경이 자판기에서 커피를 뽑아다 주니 고맙다는 표시로 고개를 끄덕였다. 그 후 도서관에서 몇 번 더 만남이 이어졌고 교제로 이어졌다.

그러나 교제라고도 할 것이 없는 뜨듯 미지근한 사이였다. 연인도 남친도 아닌 애매모호한 만남이 이어졌다. 김관용은 생각보다 보수적이었고 편협한 사고를 지니고 있었다. 그는 진경의 예술이야기에 고개를 끄덕이며 자신도 문학과 음악을 사랑한다고 응수했다. 하지만 현실적인 벽에 막혀 예술은 신기루와 같은 것이라 했다. 그는 예술을 특정인들에 대한 고유영역처럼 취급했다.

그보다 그는 진경의 배경에 관심이 더 많았다. 언젠가 그가 말했다.

"아버님은 직업이 무엇이야?"

"우리 아빠 공직자예요. 그런데 그건 왜?"

거기에서 진경은 영화의 한 장면을 떠올렸다. 부잣집 외동딸을 만나 벼락출세를 꿈꾸는 남자 이야기를. 남자는 여자를 출세의 도구로 이용하다 끝내 배신을 때린다는 그 진부하고 뻔한 스토리가 떠올랐다. 하지만 안심했다. 둘 다 그런 일은 없을 테니까. 그래서 그는 적극적이지도 애정표현도 전혀 없었던 것이다.

생각해 보니 그는 근시안적 사고에 융통성 없는 게 맹점이었다. 진경은 김관용과 전승행사를 다녀온 뒤 결별을 선언했다.

"여기까지가 우리의 전부인 것 같아, 앞으로 좋은 일만 있길 바래."

그는 잠시 당황한 눈치였지만 야릇한 미소를 지으며 손을 흔들었다. 그때 그는 대위 계급장을 달고 있었다.

"진경이도 좋은 사람 만나 행복하길 바래."

말과 달리 표정은 전혀 그렇지 않았다. 놓친 물고기 아쉽다는 표정이었다. 그런데 그 마지막 말이 더 진경의 속을 뒤틀었다. 진경은 소심했지만 그리 정(情)이 많은 성격도 못 되었다. 헤어지고 나니 오랜 갈등이 사라진 것 같아 오히려 홀가분했다. 하지만 실낱같은 기대감까지 날려 보내고 나니 허전함이 몰려왔다.

허허벌판에 홀로 선 느낌이었다. 예상치도 못한 허전함으로 잠시 비틀거렸다. 홀가분함과 허전함이라니 아이러니였다. 그녀는 또다시 여행을 시작했다. 언제나 여행은 솔로여행이었고 이번에는 힐링까지 포함돼 있었다. 캠핑도 가끔 떠나긴 했지만 힘에 부쳐 곧 그만 두었다.

그녀는 약한 체질이었고 성품 또한 강인한 편은 못 되었다. 여행하면서 단막극이나 시나리오를 써서 인터넷 카페에 발표했다. 클릭 수는 많았지만 호응은 별로 없었다. 한때는 여행기고가로 활동한 적이 있었다. 그래서 여행에 관한 책자도 출간했지만 이 역시 큰 반응을 얻지 못했다. 세월은 속절없이 흘러 30대 중반을 넘어서고 있었다.

갑자기 대학원에 진학하고 싶은 생각이 들었다. 영상학과로 진학해 가상현실을 영상으로 표현하고 싶었다. 꿈을 가지고 도전했는데 면접에서 떨어지고 말았다. 대학 때 전공도 다른 데다 경쟁률이 높았다. 게다가 영어실력도 미달이었다. 예상 못한 것도 아닌데 낙방에 대한 충격은 컸다.

슬픔과 절망이 몰려오면서 인생에 대한 회의감마저 들었다. 지속되는 여행도 위로를 주지 못했다. 여적 살면서 이룬 게 아무 것도 없구나, 헛꿈만 쫓으며 산 건 아닐까. 그런데 바람결에 김관용에 대한 소식이 들려왔다. 그가 소령으로 진급하면서 결혼했다는 것이었다. 아내는 미인대회 출신에 명문여대를 나온 재원이라고 했다.

내조하기에 안성맞춤인 셈이었다. 언젠가 그가 진경의 옷차림을 두고 한 말이 생각났다.

"옷 좀 더 세련되게 정장 스타일로 입는 건 어때? 화장도 하고."

그땐 그 의미를 몰랐었다. 그가 말수가 적은 것도 감정 표현이 없는 것도 성격 탓이려니 했다. 그러고 보면 둘 사이에 감정이 오갔던 것도 팩트였다. 그러니까 적지 않은 세월 동안 만남이 이루어졌던 것이다. 그런데 왜 이제 와서 이렇게 감정이 뒤틀리는 것일까.

키도 작고 외모도 별로인 주제에 미인 아내라니?

알 수 없는 분노와 질투가 가슴 속에 들끓었다. 헤어진 지 5년도 넘었는데 이제 와서 질투라니 어이가 없었다. 어느 날, 진경은 북한산이 마주 보이는 곳에 작은 커피숍을 열었다. 생전 처음 시작하는 프렌차이즈 사업이었다. 손수 커피를 끓이고 바쁠 때는 알바도 고용하면서 사업을 이어 갔다.

커피를 저가로 공급하니 장사는 쏠쏠히 잘되는 편이었다. 그런데 소문이 났는지 옆으로 경쟁적으로 커피숍이 늘어나는 바람에 수익이 빠르게 떨어지기 시작했다. 임대료 내기에도 벅찰 지경에 이르자 계약만료를 앞두고 장사를 접었다. 애초부터 그녀는 장사 체질이 아니었다. 여행체질이 장사체질로 변하자니 죽을 맛이었다.

아침부터 밤늦게까지 꼬박 매장을 지키자니 고역도 그런 고역이 없었다. 장사를 접고 수익 계산을 하니 손해 본 것은 없었다. 전세금을 통장에 넣고 곶감 빼먹듯 하며 여행을 했다. 나이 들어 하는 여행은 20대 하던 여행과는 확연히 차이가 났다. 훨씬 더 여유롭고 안정적이어서 만족스러웠다.

나이가 드디어 30 중반을 넘어서던 어느 날 친구에게 공군 장교를 소개받았다. 한번 이혼 경력이 있는 김우혁은 전형적인 군인 스타일이었다. 중령 계급장을 달고 나타났는데 처음 보는 순간 가슴 속에서 쿵! 소리가 났다. 장교로서의 품위와 남자다운 매력이 일순간 돋보였다. 어릴 때부터 동경해온 장교에 대한 선망이 눈앞에 보였다.

김우혁은 곧 대령으로 진급을 앞두고 있다고 했다. 얼굴 표정에 위엄과 강인함이 자신만만하게 스며 있었다. 내가 바라던 바로 그 이상형이구나. 진경은 정신없이 마음이 흔들렸다. 왜 이혼했는지 자녀는 있는지 누가 양육하는지 따져 묻지도 않고 단박에 그의 감정에 매료되었다.

이 나이에도 감정이 살아 있었구나. 자신이 생각해도 신기할 정도였다. 그녀는 마음이 급한데 남자는 결코 서두르지 않았다. 한번의 실패로 인한 신중함과 책임감 있는 태도가 더 마음에 들었다.

진경은 세상에 태어나 처음으로 남자에게 잘 보이기 위해 미용실과 의류상가를 뻔질나게 드나들었다. 김우혁은 진경의 배경에 대해서도 자세하게 물었다. 부모의 직업 여부와 본인의 지적 경제적 능력까지. 직업에 대해 묻자 진경은 순간 격앙했다. 백수라는 단어가 마음을 스쳐 지나갔다. 간신히 감정을 누그러뜨리며 말했다.

"한때 여행기고가로 활동한 적도 있었고요, 잠시 영상학 공부를 한 적도 있었어요."

커피숍을 운영했다는 말은 일부러 뺐다.

"요즘은 AI가 글도 쓰고 영화도 만든다고 하던데."

그는 말끝을 흐렸다. 의미가 알쏭달쏭했다. 그는 만날 때마다 사복 대신 장교복 차림을 하고 나왔다. 자신의 신분에 대한 과시 같았다. 자신의 직업에 대한 자부심과 긍지가 대단했다. 어느 날 그가 동영상으로 블랙이글스의 비행쇼 장면을 보여 주며 말했다.

"내가 바로 저 조종사 출신이거든, 한때 후배 조종사들을 가르친 경력도 있지."

아! 진경은 김관용과 함께 구경했던 이글스의 항공쇼 장면을 떠올렸다. 특히 저공으로 비행할 때 들렸던 엄청난 굉음이 생생하게 떠올랐다. 그때의 경이로움과 두려움이 앞에 앉아 있는 중령 계급장과 오버랩 되었다.

그리고 언젠가 들었던 김관용이 아내 하나 잘 만나 출세가도를 달리고 있다는 소식이 생각났다. 인물도 능력도 없는 인간이 재주도 용치.

그때였다. 진경이 생각난 듯이 말했다.

"혹시 전 부인과의 사이에서 아이는 있었나요?"

"친구가 말 안 하던가?"

"네."

"초등학교 다니는 남매가 있어요. 집에서 어머니가 상주하시면서 돌봐 주고 있지."

아! 그때서야 진경은 정신이 깨어나는 충격을 받았다. 그와 동시에 환상이 산산조각 나는 소리가 들렸다. 그녀가 실망하는 표정을 보자 김우혁도 일순간에 낯빛이 바뀌었다.

"여적 그 사실을 모르고 날 만났던 거였어? 왜 안 물어보나 이상하다

했지, 아무리 어수룩하기로서니.”

말속에 비아냥이 느껴졌다. 그의 냉엄한 표정이 직업에서 오는 것인 줄 알았는데 그게 아니었다. 그는 그녀의 마음을 철저하게 재단하고 있었던 것이다. 순탄하게만 살아온 예술지상주의자인 그녀에게 믿음이 가지 않았던 것도 사실이었다. 전처 자식을 잘 키워주거나 시어머니를 공경할 마음가짐도 없어 보였다.

다만 그녀의 순수성과 혹시 있을지도 모를 재력에 관심이 더 갈 뿐이었다. 그는 솔직하게 실망했다고 말하며 뒤돌아서 나갔다. 진경은 그제야 진실을 깨달았다. 오죽하면 전처가 아이 둘을 떼어놓고 집을 나갔을까. 추측되는 상황이 머릿속에 그려졌다. 수많은 영화와 드라마에서 보았던 장면이 시리즈로 펼쳐졌다.

그녀는 돌아서면서 후회했다.

전처는 재혼했는지 물어볼 것을.

꿈도 엄마를 닮는가? 언젠가 엄마는 말했었다.

“니가 나를 닮은 모양이다. 이 엄마도 대학 다닐 때 사관생도랑 미팅을 엄청나게 많이 했더란다. 애프터도 많이 받았지. 성격이 원래 소심하다 보니 강한 상대를 원했던 것 같아. 주말만 되면 화랑대로 면회도 열심히 다녔지, 그런데 면회 갈 때마다 예쁜 여대생들이 먼저 면회를 신청해 놓고 기다리고 있더라.”

엄마는 잠시 한숨을 내쉬더니 말했다.

“그 다음부터는 일체 면회를 안 갔지, 예상대로 다시 연락이 오지 않았어. 참 잘생긴 사람이었는데.”

듣고 있던 진경은 깜짝 놀랐다. 엄마에게 그런 아픔이 있었다니, 그런데 어쩌면 엄마와 나는 꿈이 같았을까. 엄마와 딸은 운명도 닮는다더니 그런 것인가.

"학교 졸업하고 직장생활 하다 우연히 니 아빠를 만났단다. 행정고시 패스한 재원이라고 주변에서 칭찬이 자자했지, 아빠는 당시로선 치욕스럽게도 군대도 못 다녀온 방위병 출신이었단다. 직업군인과는 거리가 먼 소심증 환자였단다. 공직생활이 안성맞춤이었지, 난 아들을 낳아 직업군인인 장교가 되길 바랐지, 하지만 자식은 딸 너 한뿐으로 그치고 말았어, 그래서 장교 사위라도 보고 싶었는데 니가 자꾸 퇴짜 맞는 모습을 보자니 너무 속이 상한 거야."

들고 있던 진경은 속에서 묘한 반감이 일었다. 이상하게 엄마와 딸의 꿈이 너무 닮아 있었다.

"엄마, 이제 와서 그런 이야기를 한들 무슨 소용이 있어? 내 나이도 이젠 삼십 중반을 넘어서고 있어. 꿈은 꿈이고 현실이 더 중요해. 이젠 더 이상 헛된 꿈에 매달리지 않기로 했어, 세상은 AI라는 괴물이 나타나 전 분야를 잠식해가고 있어, 곧 예술계마저 위기 상황이 닥칠 거야, 그렇다면 지금까지 내가 추구해온 예술감각마저 무용지물이 될까 무서워."

엄마는 딸의 모습을 물끄러미 바라보더니 말했다.

"예술은 유전이라고 하던데 넌 누굴 닮아서 예술지상주의를 외치는지 모르겠다. 너의 외가도 친가도 예술가는 없었거든, 진경아 이제라도 결혼해서 엄마 아빠한테 손자 좀 안겨주면 안되겠니?"

손자라니? 처음 듣는 소리에 진경은 기함할 정도였다.

"남자는 니 아빠처럼 성실하고 착하면 그만이야, 그깟 박력 같은 거 없어도 그만이야. 니 아빠는 술 담배도 안 하고 오직 처자식만 위해 살았잖아, 남들은 좀생이라고 놀릴지 몰라도 엄마는 아빠를 최고의 남자라고 생각한단다.”

“엄마, 내가 성격이 소심하고 유약한 데다 예술지상주의자잖아. 그래서 강한 성격의 소유자를 원했던 것 같아. 그런데 그건 나의 허상이란 걸 깨달았어, 홀로서기가 더 중요한 거 같아. 지금까지 이룬 건 없지만 난 앞으로도 예술지상주의자로 살아갈 거야. 영화가 아니면 소설을 통해서라도 나의 꿈을 펼쳐보고 싶어.”

“그래 누가 너를 말리겠니? 그래 요즘은 싱글도 괜찮아, 엄마 시대와는 다르니까. 니 외할머니는 딸들 결혼에 얼마나 성화를 해대셨는지, 사윗감 후보를 줄줄이 달고 와서 선을 보라고 성화를 해대셨지, 요즘 세상은 경제능력만 있다면 자아실현을 위해 올인하는 것도 괜찮아.”

“엄마, 세상은 온통 예술로 가득 차 있어, 산에 가면 풍경화 산수화가 보이고 물소리는 음악처럼 들려, 사람들이 하는 이야기는 영화나 드라마의 대사 같아. 세상은 조물주의 지시에 따라 디자인된 영화의 종합 세트장 같아. 산새들도 음악에 따라 날아다녀, 영화는 이 모든 걸 아우르는 종합예술이라고 할 수 있어.”

“그래, 그런데 영화도 이젠 AI가 만드는 시대가 온다잖니?”

“아무리 인공지능이 발달해도 창조적인 영역은 침범하기 힘들 거야. 기계는 기계일 뿐 속성을 못 벗어나.”

“그래 너의 그 예술성을 뒷받침해 줄 수 있는 남편을 만났으면 좋겠구나. 엄마 아빠의 바람이다.”

“그런데 왜 마음이 이렇게 아픈 거지?”

엄마는 뜨악한 표정을 지었다.

"아직도 못 잊는 생각하는 남자가 있는 거니?"

"아마 그럴지도 몰라."

"잊어버려라, 남자는 한번 떠난 여자는 다시 찾지 않는 법이란다. 또 찾는다 해도 거절해라. 놓친 물고기가 아쉽다고 다들 말하지만 다 거짓부렁이다."

진경은 잠시 여행을 중단한 뒤 단편 영화제 시나리오 공모전에 들어갔다. 기성작가들이 발표했던 공모작과 자신의 작품을 비교하며 창작에 몰입했다. 누군가 옆에서 말했다. 요즘은 시나리오를 작가가 아닌 영화감독과 스탭들이 돌아가며 만든다. 강력계 형사를 단골로 맡아 했던 영화배우가 있었다.

그는 직접 시나리오를 각색하면서 주연과 제작까지 맡으며 공전의 대히트를 기록했다. 요즘 영화는 노골적인 섹스장면과 폭력적이고 가학적인 살인과 동성애까지 장르를 넘나들며 진행되고 있다. 사람들은 영화가 주는 쾌락 장면에 도취되고 순간적으로 악에 마음을 빼앗긴다.

폭력과 살인 음란 쾌락으로 장식한 영상은 영혼을 황폐하게 하고 돈과 쾌락을 우상화하고 있다. 예나 지금이나 영화의 단골 주제는 돈과 사랑을 빙자한 쾌락이다. 그중에서도 돈이 으뜸이다. 돈을 위해서라면 목숨마저도 담보 잡고 귀중한 생명을 마구 도륙한다. 하지만 라스트 장면은 표면상 항상 선의 승리로 끝맺음한다.

진경은 센셔널하고 자극적인 것보다 영혼의 순수성을 일깨우는 시나리오에 몰입했다. 세상의 악과 싸우는 숨겨진 의인들의 이야기를 영상으로 그려보고 싶었다. 게임의 폭력성에 중독돼 동심마저 파괴되는 세상이다. 대부분의 문화콘텐츠가 재미 쾌락 위주로 짜여 있다.

보편화 된 쾌락은 중독성을 띠고 있고 악은 활개 치며 사람들의 뇌를 잠식한다. 악을 악이라 말하지 않고 힘을 선이라 말한다. 그러나 어둠이 짙을수록 새벽은 밝아오듯이 의와 선은 천사 날개가 되어 병든 영혼을 일깨운다. 그 의의 용사들을 만나기 위해 그녀는 동분서주 바쁘게 움직였다.

그러다 점차 매너리즘에 빠져갔다. 어느 날이었다. 진경은 지하상가를 쇼핑하다 한떼의 여성들을 만났다. 그녀들은 머리를 온통 히잡으로 감싸고 땅바닥까지 쓸리는 복장을 하고서 핸드폰으로 통화하며 웃고 있었다. 볼륨 있는 몸매와 히잡 밖으로 보이는 눈매는 호수같이 맑고 아름다웠다.

히잡과 부르카를 입고 외국 여행을 하는 여자들은 분명 특권층일 것이다. 20대로 보이는 히잡을 쓴 여자는 청바지를 입고 있어서 의외였다. 그런가 하면 머리 끝에서 발끝까지 몸 전체를 검은 옷으로 가린 여자도 있었다. 순간 저들에게도 우리가 생각하는 그런 자유가 있을까 의문이 들었다.

언젠가 인터넷에서 본 기억이 났다. 서방이나 타 종교 사람들은 이슬람 여인들을 불행하게 여기는데 전혀 그렇지 않다. 너희 나라 여자들은 맞벌이 하며 얼마나 힘들게 살고 있느냐, 우리는 남편이 벌어다 주는 돈으로 아주 편하게 살고 있다.

또 우리의 복장이 불편하다고 생각할지 모르지만 전혀 아니다. 우리는 이 복장 안에서 마음껏 자유를 누리며 살고 있다. 아내가 여럿이라 힘들 거라 생각하지만 전혀 아니다. 우리는 서로를 존중하면서 사이좋게 잘살고 있다. 그러나 과연 그럴까. 얼마 전 유튜브에서 본 장면이 떠올랐다.

이슬람 전통 복장을 한 여자 둘이 드잡이를 하며 싸우고 있었다. 첫째 부인이 힘들게 만든 벽돌집을 둘째 부인이 들어와서 차지하기 위해 싸우는 것이었다. 질투가 심한 둘째 부인은 남편 사랑을 앞세워 첫째 부인을 내쫓기 위해 엄청난 폭력을 휘둘렀다.

안전을 위해 잠시 피신해 있으라는 남편의 권유에도 첫째 부인은 애써 지은 집을 내줄 수 없다고 한사코 버텼다. 낡은 스레이트 지붕에 벽돌을 쌓아 올려 만든 허름한 집이었다. 마당에 수도가 있고 어린 아들은 뛰어다니며 놀고 있었다. 부인들과의 싸움은 신고를 받고 달려온 경찰에 의해 겨우 진정됐다.

또 다른 장면이 이어졌다. 머리에 히잡을 쓴 여자는 20대 중반쯤으로 보이는데 젖먹이 아이부터 연년생으로 6명이나 되는 자녀를 키우고 있었다. 몇 겹이나 된 히잡을 뒤집어 쓴 채 거대한 바위 굴 밑에서 힘겹게 살아가는 여인은 삶 자체가 불가능해 보이는 데도 열심히 일했다.

문화 혜택은 고사하고 삶을 연명하느라 모든 걸 자연에 의존하고 있었다. 먹거리와 도구를 자연에서 제공 받는다는 사실이 놀랍고 신기할 뿐이었다. 흙벽을 마주하고 가재도구라곤 이불과 식기도구가 전부였다. 흙바닥에 카펫을 깔고 누우면 그대로 거실과 침실이 되었다.

그 침실 옆 바닥에 나뭇가지 몇 가닥 놓고 불을 피워 음식을 조리하면 가족 모두가 앉아 지켜보며 기다린다. 음식은 단출하다. 밀가루에 이스트를 넣어 부풀려 숙성시킨 다음 손바닥으로 넓게 펴서 철판에 구워 낸다.

그렇게 익혀낸 밀가루 전병은 소중한 한끼 식사가 된다. 가족들은 밀가루 전병을 손에 들고 조금씩 찢어 먹는다. 전병은 밭에서 일하는 가장에게도 전해지는데 아이는 그것을 비닐봉지에 넣고 작은 물병과 함께 험한 산길을 나는 듯이 뛰어간다. 가장은 밀가루 전병을 아들들에게도 나

뉘 준다.

　물과 함께 전병을 찢어 먹으며 야윈 몸에 저녁 햇살이 비친다. 노동량은 엄청난데 비해 식사량은 극히 소량이다. 한 신혼부부는 이사를 가는데 이삿짐이 너무나 단출했다. 아기를 담은 대나무 침대와 식기도구 그리고 집을 짓는데 필요한 삽과 곡괭이 몇 개가 전부였다.

　그들은 험한 바위산을 암벽 타기 하면서 몸을 나는 듯 움직여 깊은 산골을 여러 번 지나 목적지에 도착했다. 새로 이사한 곳은 거대한 바위 밑에 자리한 평평한 곳이었다. 남편은 그곳에 마른 흙을 펴고 발로 다졌다. 그리고 그곳에 먼지 풀풀 날리는 카펫을 깔았다.

　출입구는 근처에서 뜯어온 무성한 나뭇가지로 덮었다. 비바람을 막기엔 역부족으로 보였다. 우는 아기를 달래면서 집안에 화덕을 만들고 나뭇가지를 모아 음식을 요리한다. 주변에 있는 모든 게 자원이다. 흙덩이를 잘게 부수어 물과 짓이겨 진흙 벽돌로 만든 다음 화덕으로 변신한다.

　안팎을 고운 흙으로 처발라 매끈하게 한 다음 솥을 얹는다. 인근 야산에서 뜯어온 식물을 잘게 썰어 과실 조각과 함께 끓인다. 토담집에서 살아가는 또 다른 가정 이야기다. 갓난아기부터 연년생으로 태어난 아이들이 올망졸망 먹거리를 향해 눈망울이 초롱초롱하다. 노동으로 단련된 아이들은 궂은일에도 스스로 동참한다.

　식사시간에는 균등하게 나누어 먹고 노천이나 다름없는 방바닥에 누워 잔다. 화덕 옆에 이불을 깔고 누우면 곧 침실이고 부엌이고 거실이다. 문명의 혜택이라곤 전혀 찾아볼 수 없다. TV나 컴퓨터 전자 제품 등 하나도 없다. 단 하나의 기계 장치도 없다.

　모든 게 수작업으로 이루어지고 음식은 반찬도 없고 단일 식품이다.

밀가루를 팬에 부쳐낸 전병 한 가지다. 그 한 조각으로 끼니를 때우고 힘든 노동은 계속된다. 저러다 큰비라도 내리면 어쩌나, 혹한이라도 불어 닥치면 모두 동사하지 않을까.

아이들은 무거운 짐을 지고서 험한 산길을 나는 듯이 날아 걸어간다. 스스로 동생을 돌보고 일거리도 알아서 한다. 힘겹게 밀가루 전병을 부쳐내는 어머니 곁에 이제 두세 살로 보이는 아이들은 계속 기침을 토해 낸다. 바짝 여윈 몸매에 먹거리를 향해 눈망울 굴리는데 기침까지 더한 것이다.

가난이란 뼈아픈 현실이 어린 몸뚱어리에도 덮친 것이다. 맨발에 흙먼지 날리는 토굴 속에서 벌어지는 생존이라는 단어는 그들에게 어떤 의미로 다가오는 것일까. 여인들은 외출을 할 때면 몇 겹으로 둘러쓴 히잡과 땅바닥을 쓸고 다니는 치맛자락으로 가공할만한 체력을 발휘한다.

친척을 방문하기 위함인지 여인은 이제 3,4세로 보이는 아이들을 데리고 길을 나섰다. 험한 돌산을 긴 치맛자락을 끌고서 위험한 난간을 기어오르고 밧줄 하나 의지해 암벽을 타고 오른다. 이제 갓 돌을 넘긴 듯한 아이들도 험한 돌산을 나는 듯이 오르고 내려간다.

아기 침대를 들쳐 업은 여자는 바위와 바위 사이를 건너뛰면서 다시 암벽과 암벽 사이를 외줄 타기하며 건넌다. 자칫 발길 한번 잘못 디뎠다간 그대로 낭떠러지로 곤두박질해 죽음과 직결된다. 여자와 아이들은 익숙한 듯 아슬아슬하게 곡예하듯 험한 암벽산을 수없이 지나고 폭포수 같은 계곡물을 지나 마침내 목적지에 이른다.

단 한번의 휴식도 없이 진행한 끝에 도착한 곳은 흙벽돌로 만든 집이다. 집에서 히잡을 쓴 여인이 나오며 반가운 포옹을 한다. 그 만남을 위해 여인과 아이들은 죽음과 같은 협곡을 수없이 지나고 낭떠러지의 위험을 지나면서 온 것이다. 아이들은 웬만한 등반객 못지 않게 산행에 익숙해 있다.

다람쥐처럼 어린 몸으로 밧줄을 타고 바위산을 오르고 천 길 낭떠러지도 전혀 두려움 없이 발걸음을 내딛는다.

저 아이들은 제대로 된 교육을 받을 수 있을까. 언젠가 가난으로 가족이 전멸될 위기에 처하자 어린 딸을 성노예로 팔아 생계를 이어 갔다는 아프카니스탄 가족들의 이야기를 들었다. 전쟁으로 인해 양식이 끊기자 10살도 안 된 어린 딸을 중년남자에게 돈을 받고 팔아넘긴 것이다. 그렇게 해서 얻은 양식은 두 달이 안 돼 끊겼다.

그러자 이번에는 생후 2개월도 안 된 젖먹이를 또다시 성노예로 팔아넘긴 것이다. 팔린 여자 아이는 남자의 성노예로 전락하면서 극심한 핍박과 고통 속에 생을 마감한다. 어린 여자 아이가 임신한 몸으로 끔찍한 학대와 출산의 고통을 겪다 결국 죽음을 맞이하는 것이다.

들에서 양떼를 돌보다 돌아온 17살 된 처녀 아이는 나귀 한 마리에 팔려 늙은 남자에게 강제 결혼을 당했다. 가난으로 인한 인신핍박과 죄악상은 이루 말할 수 없을 정도로 많을 것이다. 여자이기 때문에 당하는 고통은 말해 무엇하랴. 부모에 의해 죽음으로 내몰리고 팔아 넘기우는 일은 우리 역사에서도 증명된다. 현대에도 많은 국가에서도 이런 끔찍한 죄악상이 전개되고 있다.

이슬람권에선 남편이 아내를 향해 너 나랑 이혼이야 세 번만 외치면 자동 이혼이 성립된다. 이혼당한 아내는 자녀와 재산 모든 것을 포기하고 그대로 길거리로 쫓겨난다. 어쩌면 그들은 인권 사각지대에 살고 있는지도 모른다. 남편의 폭력에 견디다 못한 탈출한 여인들을 돌보는 임시 보호소가 있다.

다시 남편에게 붙잡히면 그땐 생사를 보장 못하는 사태가 벌어지고 만다. 히잡을 쓴 채 여인들을 돌보는 동양 여자가 보였다. 상처를 소독하고 케어하는데 자세히 보니 그녀는 간호사였다. 그녀의 목에 십자가 목걸이가 보였다. 그녀는 무엇 때문에 이역만리 떨어진 언어도 문화도 다른 곳으로 날아가 봉사하고 있을까.

또다시 화면이 바뀌어 비행기를 타고 지구의 가장 외진 곳을 찾아가는 발걸음이 있었다. 그가 만난 사람은 너무나 참혹했다. 여자는 자식을 여럿 두고 있었는데 끔찍한 가난에 시달리고 있었다. 그녀는 맏이가 30살을 넘긴 성인이었는데 막내는 얼마 전에 태어난 갓난아기였다.

그녀는 초경이 시작되는 15살 때부터 자녀를 낳아 키웠다고 한다. 딸은 낳아 키우다가 초경이 시작되면 돈 있는 남자에게 시집 보내 아이를 낳게 했다. 아들은 청소년 시기가 되면 IS 같은 테러조직으로 보내 연명하게 했다. 물론 학교 교육은 시키지 못했다. 그녀 주변에 7,8명 쯤 되는 아이들이 모여 눈치를 보고 있었다.

봉사자는 여자에게 독지가를 연결시켜 줄 테니 아이들에게 교육할 기회를 주라고 했다. 양식과 학비를 보내줄 테니 더 이상 자녀를 팔아 생계를 유지하는 일은 중단하라고 했다. 여자는 15살 때부터 해마다 자녀를 낳아 30명이나 되는 자녀를 두고 있었다. 봉사자는 눈물을 흘리며 그들의 가난을 저주했다.

아이를 낳아 키우다 성인이 되기도 전에 팔아 생계를 유지하는 끔찍한 상황이 더 이상 반복되지 않도록 지속적인 도움을 약속했다. 어디 그들

뿐이겠는가. 지구상에는 어쩔 수 없는 고난과 죄악에 노출된 채 살아가는 많은 사람들이 있고 죽어가는 사람 또한 부지기수로 많다. 하지만 그런 사람들을 위해 목숨 걸고 헌신하는 사람들 또한 많이 있다.

세상은 신적 권위를 받은 소수의 의인들로 유지되는 것 같다. 그 소수의 의인들의 삶을 조명하며 시나리오 착상에 들어갔다. 그들이 체험한 봉사 이력과 선교 전략에 대해서도 자세하게 취재했다. 가슴 아프고 눈물나는 사연도 많았다. 생명은 또 다른 생명을 낳고 신의 사랑은 공평하게 전달되고 있었다.

직접 고난에 동참하며 도움의 손길을 베푸는 봉사자들은 마치 순교자처럼 보였다. 불편함과 문화 차이에도 이어지는 사랑의 주체는 무엇일까. 그들의 행위는 예술보다 진한 감동을 주었고 이기심과 탐심에 물든 마음을 정화시켜 주었다. 과정 속에 발생하는 수많은 악재와 돌발 상황에도 봉사자들의 손길은 이어졌고 사람들 마음속에 선한 동기를 일흐켰다. 누군가 말했었다. 사랑은 행동하는 것이다.

어렵게 초고를 마치고 탈고에 들어갔다. 각고 끝에 원고가 완성되었고 공모전에 출품했다. 진경은 공모전 발표를 앞두고 예술지상주의로 살아온 자신에게 스스로 격려했다. 무슨 예감에서였을까. 진경은 갑자기 손을 뻗어 TV 화면을 켰다. 블랙 이글스의 항공쇼가 화면 가득 진행되고 있었다.

굉음과 함께 블랙 이글스가 편대를 이루어 비행하고 있었다. 전투기는 뒤집기를 몇 번인가 시도하더니 구름 속으로 사라졌다. 순간 사람들의 환호소리가 천지를 뒤덮었다. 잠시 후 이글스는 양방향에서 서로 엇갈리는 쇼를 보여주더니 오색 연막탄을 날리며 급강하를 시도했다. 엄청난 굉음이 폭발음처럼 들렸다.

하늘을 무대로 자유자재로 신기(神技)를 선보이던 이글스는 드디어 마지막 뒤집기를 시도하더니 하늘 높이 사라졌다. 그때였다. 카메라가 무대 앞자리에 있는 장교들을 비추었다. 선글라스를 낀 장성 중에는 스타도 있었다. 그중 한 명이 손으로 선글라스를 잠시 벗었다 끼는데 진경은 숨이 멎는 것만 같았다.

중령이었던 김우혁이 원스타 계급장을 달고서 카메라를 응시하고 있었다. 일부러 포즈를 취하는 듯 보였다. 순간 머릿속에서 궁금증이 활화산처럼 떠올랐다. 그는 어떻게 빠른 시간에 계급을 두 단계나 뛰어오를 수 있었을까. 헤어질 당시 대령 진급을 앞두고 있었다는 말을 들은 기억이 났다.

그러고 보니 그와 헤어진 지도 2,3년은 된 것 같다. 그렇다면 고속승진으로 원스타가 될 법도 하다. 생각하는 순간 아쉬움이 가슴 가득 몰려왔다. 그때 자존심이 상하더라도 꼭 붙잡을 것을. 왜 그때 순순히 그를 떠나 보냈을까. 말도 안 되는 후회가 가슴에 통증을 일으켰다.

언젠가 친구가 한 말이 생각났다

놓친 물고기는 항상 커 보이는 법이란다. 애저녁에 마음 접어라.

엄마가 한 말도 생각났다.

"잊어버려라, 남자는 한번 떠난 여자는 다시 찾지 않는 법이란다. 또 찾는다 해도 거절해라. 놓친 물고기가 아쉽다고 다들 말하지만 다 거짓부렁이다."

그녀는 잠시 현실과 환상에 대해 생각했다. 지금 내가 꿈을 꾸고 있는 걸까. 아님 시나리오를 쓰고 있는 걸까. 아님 일부러 환상에 빠진 걸까.

일순간 감정의 노리개가 된 기분이었다. 언젠가 김관용이 한 말이 생각났다. 현실에 가로막힌 예술은 신기루와 같다. 그녀는 자신에게 다시 다짐했다.

난 예술지상주의자이다. 이것이 내 삶의 현주소이다. 그녀는 생각난 듯이 여행 가방을 챙겨 들었다, 그리고 그동안 멈추었던 여행을 시작했다. 가상현실을 영상으로 담아낼 좋은 아이디어가 떠올랐다. 인생은 짧고 예술은 길다, 예술은 특정인들에 한한 고유영역이다. 자부심이 가슴 가득 올라왔다.

차창 밖으로 초록 물결이 계곡 물소리와 함께 쉬임없이 지나갔다.

(2025년 창조문학)

흔적

병동(病棟) 창밖으로 긴 차량 행렬이 보인다.

붉은색을 띤 차량들이 꼬리를 물고 S자로 휘어진 도로를 지나 터널로 빨려 들어가고 있다. 어둠이 짙어가는 거리는 초겨울답지 않게 온기가 흐르고 사람들은 느릿느릿 걸어가고 있다. 아무래도 겨울이 실종된 모양이다.

지구 온난화로 빙산이 녹으면서 종말론을 부채질하고 있다. 이제 몇 년 내에 지구 온도가 내리지 않으면 지구는 폭발할지도 모른다는 과학자들의 예측이 빈번하다. 그럼에도 지구인들은 계속 평안을 내비치고 있다. 언론매체마다 터지는 악재로 가득한데 사람들은 너무도 평안한 표정으로 살아간다.

우크라이나 전쟁과 가자 지구의 팔레스타인과 이스라엘의 끔찍한 살상에도 딴 세상을 보는 듯 평안하다. 묻지마 폭행과 데이트 폭력 살인과 자살률 1위라는 보도에도 모두 딴 세상을 살고 있다. 정치판을 달구는 진영논리와 날마다 터지는 죄악상에 만성화 내지는 불감증에 걸린 모양새다.

세상은 종말론적 현상에 곧 종지부를 찍을 것 같은데도 이상한 평화가 분명 존재하고 있다. 자포자기 막가파 식인가. 미래에 대한 잠재적 불안도 이젠 뇌리에서 사라진 모양이다. 나는 병동 밖을 빠져나와 습관처럼 거리를 나선다. 전철 역사 앞을 지나고 상가와 빌딩 숲속을 지나면서 인생 철학자가 된다.

인생은 어디에서 와서 어디로 가는가. 삶의 이유와 목적은 무엇이기에 사람들은 돈에 목숨 걸며 아등바등 살아가는 것일까. 엄청난 부를 축적한 사람들은 죽을 때 그 많은 재산을 두고 아까워서 어떻게 눈을 감을까.

별 걱정을 다 하네 너나 잘하세요. 스스로 비웃으며 난 거리를 오가는 수많은 발걸음에 집중한다. 저들이 지나는 거리마다 인생 행로라는 단어를 생각나게 한다.

저 발걸음들이 살아왔을 지난날과 앞으로 걸어가야 할 길은 어디에 있을까, 저 발걸음들은 어디서 출발해서 어디를 향해 가고 있는 걸까. 저마다의 사연을 갖고서 최종의 목적지는 어디일까. 가을과 겨울의 경계선이 사라진 탓인지 흔한 낙엽조차 보이지 않는다.

수명이 다한 말라비틀어진 낙엽이 수북이 쌓였다가 비닐봉투에 담겨 사라질 뿐이다. 바람 공기가 훈훈하다. 거리는 고기 태우는 냄새와 커피향이 뒤범벅되어 속에서 욕지기가 날 지경이다. 지하철 입구로 향하는 발걸음들은 매우 혼잡하다. 에스컬레이터를 타고 다시 계단을 내려 전철에 탑승한다. 전동차 안은 이미 지옥철이다.

출퇴근 시간대도 아닌데 숨막힐 정도로 승객들로 꽉꽉 채워져 있다. 환승역에 이르자 비로소 숨통이 트인다. 전동차는 한강을 지나고 다시 지하를 달리다 다시 환승역을 지나 마지막 종점에 닿았다. 내가 여길 왜 왔을까. 처음 대하는 낯선 풍경이 두려움과 함께 확 가슴을 엄습한다.

불길한 예감으로 무릎이 떨린다. 갑자기 머릿속이 뒤죽박죽 엉키고 있다. 이런 걸 두고 멘붕이라 하던가. 또다시 걱정과 두려움과 불길한 예감이 뒤엉켜 정신적 파산을 예고하는 것만 같다. 하늘을 바라보니 먹구름이 흰 뭉게구름을 점점 밀어내고 있다. 집에 도착한 나는 샤워를 하고 자리에 누웠다.

밤새 악몽에 시달렸다. 누군가에 쫓겨 건물 안으로 들어섰는데 지하로 연결된 통로였다. 이상하다. 보통 건물이라면 지상으로 올라갈 텐데 왜 지하통로만 보이는 걸까. 나도 모르게 어떤 강력한 힘에 떠밀려 지하계단으로 내려섰다. 뒤에서 쾅하고 굉음이 들렸다. 강력한 폭발음이었다.

정신없이 지하통로로 뛰어 내려갔다. 긴 동굴이 보이고 개천이 흐르고 있었다. 영화에서 보던 끔찍한 장면이 연상되는 칠흑 같은 어둠이 퀴퀴한 냄새가 진동을 했다. 시커먼 개천물이 발목을 적시면서 공포는 극대화됐다. 어디선가 물이 계속 흘러들어왔다. 점점 수위가 높아지더니 물이 목까지 차올랐다.

더 이상 숨을 쉴 수가 없었다. 수영을 하려고 발버둥을 쳤지만 몸을 움직일 수가 없었다. 끝간 절망이었다. 애! 이대로 마지막이구나.

오! 하나님!

꿈에서 깨어나니 침상이 땀으로 축축하게 젖어 있었다. 가슴이 패이는 것처럼 아파왔다. 이대로 심정지가 오는 건 아닐까. 비약적인 사고는 잠시도 멈추지 않는다. 먼 기억 속으로 어린 날 친구들과 함께 놀러갔던 정릉 골짜기가 떠올랐다. 맑은 계곡물 소리를 들으며 친구들과 웃고 떠들던 어린 시절은 한편의 동화였다.

청소년 시절 이후 내 가슴은 피멍이 들기 시작했다. 온갖 안 좋은 단어와 수식어는 나를 위해 준비해 놓은 것만 같았다. 불행과 쓴 뿌리가 생겨나기 시작했고 무엇보다 극심한 혼돈으로 분별력이 떨어졌다. 무슨 일을 만나도 이게 팩트인지 거짓인지 분별이 가지 않았다.

가난과 핍박은 기본이었다. 극심한 혼란 속으로 악의 속삭임도 들려왔다. 어둠이 짙을수록 새벽은 밝아 온다던가. 하지만 난 그 말조차 믿지 않았다. 환란의 먹구름은 한꺼번에 들이닥치곤 했는데 채 어둠이 가시기 전 또다시 먹구름이 몰려왔다. 그러던 어느 날 마음속에 한줄기 빛이 보이기 시작했다. 누군가 나를 향해 손짓하고 있는 게 보였다.

나는 그 빛을 향해 손을 마구 흔들었다. 하지만 현실은 언제나 벗어날 수 없는 한계처럼 나를 옥죄어 왔다. 마치 밀물과 썰물처럼. 그런데도 나는 삶을 주관한다는 어떤 절대자의 힘을 믿었다.

그는 의와 평강의 왕, 인자와 진리의 영, 절대 권능주였다. 우주 만물을 다스리고 인과응보로 인류를 심판하시는 절대 권력자였다. 그는 가장 파워풀한 능력으로 역사를 주관하고 이끌어 가는 역사의 주인공이었다. 나는 믿었다. 그 절대자 앞에 늘 누군가와 동행하며 공존하고 있다는 것을.

사람 인(人)자 한자를 봐라. 왜 인(人)자가 서로 연결돼 있는 줄 아니? 그건 사람은 결코 혼자 살 수 없는 존재란 뜻이야, 서로 공존하는 삶이어야 한단다. 서로 소통하면서 어려울 때는 돕고 남이 잘되면 칭찬해 주고 그것이 진정 행복한 삶이 아닐까. 누군가 내 귓가에 말해주고 있었다.

그러나 세상을 살아갈수록 그 말이 거짓말처럼 느껴졌다. 현실이 반대로 나타나고 있었기 때문이다. 그리고 그런 말을 하는 사람들을 보면 모두 가식적인 위선자로 느껴졌다. 세상의 문명이 발달할수록 인과응보에 대한 가치관은 더더욱 떨어지는 것 같았다. 도대체 신의 전능성에 대해 부정적인 시각만 높아졌다. 그러다 어느 날 깨달았다.

인간의 자유의지와 책임성 그리고 내세에 대해. 언젠가 지인이 내게 말했다.

"난 하느님의 존재에 대해 믿지 않아요. 신이 계시다면 왜 악인은 번성하고 선인과 의인은 패망하는 걸까요? 그래서 난 신을 믿지 않아요."

그때 나도 모르게 내 입에서 튀어나온 말이 있었다.

"그러니까 더욱 천국과 지옥을 믿어야 해요. 살아서 온갖 악행을 저지르면서 못된 짓 한 인간은 지옥에서 영원토록 형벌을 받아야 하고 살아서 선행을 한 사람은 죽어서 천국에서 그 상급을 받아야 하는 거예요."

지인은 잠시 묘한 표정을 짓다가 이내 고개를 외로 꼬았다. 긍정인지 부정인지 알 수 없는 표정이었다.

갑자기 급보가 전해 왔다. 난 급하게 집을 나와 전철 역사를 향해 정신없이 뛰어갔다. 다리가 후들거려 자꾸만 발을 헛디뎠다. 전동차 문이 수없이 열렸다 닫히면서 지옥의 문도 수없이 열렸다 닫히기를 반복했다. 그때까지만 해도 난 기적을 믿었다. 만약 신이 살아 있다면 기적의 은총을 베풀어 주시기를 간절히 빌었다.

중환자실에서 생사의 갈림길에 선 내 아버지의 생명 줄을 신의 은총으로 연장시켜 주실 것을 난 기적이라는 표현으로 믿고 싶었다. 바로 어제까지만 해도 고비를 넘겨 안정기에 접어들었다고 하지 않았던가. 젊은 담당의는 전문적인 단어를 동원하며 병실 옮길 준비를 하라고 하지 않았던가.

그런데 이제 와서 심정지라니. 도저히 납득이 가지 않았다. 전철은 굉음을 뚫고 계속 전진했다. 인생의 최종 목적지를 향해 전진한 끝에 드디어 종착역에 닿았다. 전동차에서 내려 에스컬레이터에 오르는 순간 가슴 한편이 무너지는 소리가 들렸다.

마음은 앞으로 달려가는데 발걸음은 자꾸만 뒤로 밀려나는 것만 같다. 가슴 속에서 쿵쾅 쿵쾅 긴박한 울림이 요동친다. 수없이 많은 계단을 오르고 긴 에스컬레이터를 타고 밖으로 나오니 거대한 의료타운이 보였다.

수많은 차량이 드나들며 삶과 죽음의 문턱을 넘고 있다. 이 병원의 환자들의 연령은 80대를 상회한다. 병원의 특성상 국가에서 지정한 특별한 예우를 받는 환자들만 이용하는 곳이기 때문이다. 병원비도 식비 정도만 내는 거의 무료에 가깝다. 병원은 본 건물과 요양병동이 마주 보고 있는데 규모로는 최상급 병원 못지않다.

맞은편에는 일직선으로 곧게 뻗는 산이 푸른 숲향을 펼치고 있다. 서울 끝자락이라 그런지 공기는 맑고 신선한 편이다. 수백 명에 달하는 전문의가 있다지만 대부분 30대 초반의 젊은 의료진들이라 신뢰도는 반반이다. 언젠가 응급실에서 들것에 실려 온 환자를 강남에 있는 대학병원으로 돌려보낸 일이 있었다.

신뢰가 떨어지면서 불안감이 물밀 듯이 다가왔다. 병원은 각종 의료장비가 그것도 최신의 것으로 구비돼 있음을 알림판을 통해 알 수 있다. 한쪽 알림판에는 의료노조가 알리는 소식란에 불안이 스며있었다. 병동은 엄청나게 큰데 비해 서비스 질은 별로였다. 이곳에선 각종 검사를 받으러 갈 때 환자 스스로 움직이거나 보호자가 따라가야 한다.

말하자면 셀프인 것이다. CT 촬영이나 MRI를 할 때도 환자 스스로 엘리베이터를 타고 내려가 검사실에 가서 받아야 한다. 결과는 담당 간호사를 통해 고지 받는다. 아침에 한 번씩 도는 회진도 환자와 보호자에게 일회에 걸쳐 설명할 뿐이다. 담당 간호사도 수시로 바뀌고 금요일 저녁 담당의가 퇴근하고 나면 응급 상황이 발생해도 처치가 더디게 이루어진다.

이것이 바로 상급 병원과 2급 병원의 차이다. 병원 건물 규모가 크다고 다 상급병원이 아닌 것처럼. 딸린 보호자가 없는 경우 간병인이 환자를 돌보는데 일당이 20만 원을 상회해 웬만한 경우가 아니면 고용하기가 힘들다. 대부분 고령의 환자들이라 해도 생에 대한 집착은 강하다.

그들은 실낱같은 생명을 붙잡기 위해 철저히 의사의 지시를 따르고 순응한다. 삶을 향한 마지막 발버둥을 포기하지 않는다. 죽음의 서곡을 알리는 대목에서도 삶의 끈을 놓치지 않기 위해 안간힘을 쓴다. 생명은 일회성이기에 죽음이라는 마지노선을 넘지 않기 위해 연명치료를 선택하는 것이다.

몇 년 전 친구 엄마가 대학병원 응급실에 실려 갔을 때의 일이다. 응급실에서 간단한 처치가 끝나 일반 병실로 옮겼는데 의료진들은 별다른 설명도 없이 고령이란 말만 되풀이 했다. 완치가 어려우니 각오하란 뜻이기도 했다. 노환으로 인한 합병증으로 별다른 치료 방법이 없으니 더 이상 병원에서 해줄 게 없다고 했다.

한마디로 환자를 살리려는 의지가 없어 보였다. 그때 친구와 내 입에서 동시에 말이 나왔다.

지들은 안 늙을 건가? 늙었다고 그냥 치료를 포기하란 말인가. 고령이란 이유로 생명의 가치가 홀대받는 느낌이었다. 어린 생명 젊은 생명은 어떡하든 살려보기 위해 최선을 다하는데 고령이라는 이유로 연명치료 포기 각서를 내밀지를 않나. 천국 문이 가깝다는 이유로 환자를 방치하는 듯한 발언을 너무 쉽게 하는 것이다.

친구 엄마는 병원이 싫다며 집에 돌아가겠다고 딸을 재촉해 결국 퇴원했다. 그리고 집에서 요양하다 급성 뇌출혈로 사망했다. 최상급 병원 장례식장에서 치러진 장례식은 지인들은 물론 자녀들조차 눈물을 보이는 사람은 아무도 없었다. 겉으로 말은 안 해도 속으로 호상이라고 생각했을 것이다.

당시 95세였으니까.

9층에 있는 병실은 순환기 내과나 이비인후과 비뇨의학과 환자들이 상주한다. 대부분 거동이 불편한 환자들이다. 코로 연동식 급식을 하거나 소변 줄을 단 채 겨우 화장실 가는 정도이거나 대소변도 못 가리는 경우도 있다. 들어올 때 걸어서 들어왔다가 상태가 나빠져 중환자실로 옮기는 경우도 있다.

수술하려고 개복했다가 상태가 나빠 도로 닫고는 방사선실로 가기도 한다. 획기적인 의료 기술이 발달했다지만 고령의 환자들에겐 그림의 떡인 경우도 많다. 갑자기 상태가 나빠져 합병증과 함께 심정지 상태가 발생하기 때문이다. 보호자 없이 입원한 환자들도 있다.

식사를 마치면 다용도실에 손수 식판을 갖다 놓고 휴게실에 가서 텔레비전을 시청한다. 내일을 기약할 수 없는 환자들이기에 보호자와의 연락체계는 긴밀하게 이루어진다. 꺼져가는 생명 줄이라도 환자 본인에게는 절박한 것이기에 최선을 다해 치료에 임한다.

집에서는 그렇게 밥맛없다고 반찬 타령 불평불만이 가득하더니 병원밥은 한 그릇 뚝딱 해치운다. 수시로 찔러대는 주사 바늘도 아야 소리 없이 감내한다. 전에 하던 짜증이나 볼멘소리도 없이 의사 말에 그대로 순종한다. 고분고분 말 잘 듣는 어린아이 같다. 눈물이 난다.

살고 싶어 몸부림치는 모습이 가슴을 후벼 판다. 수혈했다가도 얼마 지나지 않아 도로 피를 뽑아 간다. 정상적인 혈액수치가 나왔는지 검사하기 위해서란다. 수시로 혈압을 체크하고 체온측정과 수액을 보기 위해 밤새 병실을 들락거린다. 옆 베드에서 나는 신음소리도 귀에 거슬린다.

수술 부위가 아파 죽는다고 뭔가 잘못된 거 같다고 담당의를 수시로 불러대는 바람에 잠을 1초도 못 잔 날이 허다하다. 코로 유동식을 하던 앞 베드에 있던 할아버지는 이틀 후 요양병원으로 옮겨갔다. 손발이 묶인 채로 지내다 겨우 눈으로만 의사 표시를 하다 간병인의 손에 이끌려 나갈 때는 모두 눈물을 흘렸다.

수술을 받고 안정기에 접어들어 이제 살만하다 싶었는데 갑자기 상태가 나빠져 중환자실로 갔다가 영영 못 돌아온 경우도 있다. 어떤 노인환자는 지병에다 치매현상마저 겹쳐 간호사와 한참 입씨름한 적도 있다. 환자가 자꾸 떼를 쓰며 집에 가겠다고 링거 줄을 빼자 간호사가 다가와 심문(?) 아닌 심문을 한 것이다.

"할아버지 이름이 뭐예요?"

"할아버지 몇 살이이에요?"

두 번째 질문까지는 잘 대답했는데 문제는 3번째였다.

"여기 어디예요?"

"여긴 춘천이지."

"아니에요, 여긴 서울이고 병원이에요."

"나 춘천 우리 집에 갈 거야."

노인은 링거 줄을 잡더니 침대에서 일어나려 했다.

"안돼요, 여긴 병원이고 집에 못 가요."

간호사는 야멸치게 쏘아붙였다. 노인은 간병인에게도 계속 횡설수설했다.

"아줌씨 아줌씨 나이가 몇인고?"

"나이는 왜 물어요?"

"아니 어제 아줌씨가 하도 친절하게 굴기에 내 애인인 줄 알았어."

"애인이 여기에 왜 있어요, 딴소리 하지 말고 내일이 수술하는 날이니까 마음이나 단단히 준비하세요."

"그럼 아줌씨 우리 집사람한테 전화나 해주소."

"전화번호가 어떻게 되는데요?"

"그러니까 010에 뭐더라. 아 생각났다. 어서 돌려봐 주소. 그리고 내 아줌씨한테 할 말 있는데 자식 다 소용없으니까 절대 재산 물려주지 마소, 못된 놈들이 말이야 돈만 알고 제 애비는 안중에도 없어 죽든 말든 신경도 안 써."

그러나 1시간도 못 돼 도착한 아들은 선물 보따리를 싸들고 와서 의료진들에게 돌렸고 이어 도착한 아내에게 노인은 손녀의 안부를 묻더니 곧바로 통화를 시도했다.

"우리 예쁜이 손녀 잘 있었어요, 유치원 잘 다녀오고 밥도 잘 먹고요."

"네 할아버지 밥도 잘 먹고 공부도 열심히 했어요, 할아버지 사랑해요, 보고 싶어요."

"아이구 그랬어요. 할아버지도 우리 손녀 많이 사랑하고 보고 싶은데 내일 만날까요, 할아버지가 우리 손녀 보러 갈게요."

"아이 좋아라, 그럼 할아버지 내일 꼭 만나 우리 집에 와서 만나, 꼭 약속 지켜.”

전화를 끊자 아내가 말했다. 내일이 수술 날짜인데 왜 지키지도 못할 약속을 했냐? 그러자 그가 말했다. 내일이 수술이라고 언제 그런 말했어, 나 모르게 수술하다니 이게 도대체 무슨 소리야? 아까 좀 전에 간호사가 와서 말했잖아, 내일 수술 들어가니까 준비하라고

노인의 아내는 기가 막힌 듯한 표정을 짓더니 밖으로 나갔다. 아들한테 전화하면서 계속 간병인을 써야겠다고 말했다. 남편과 함께 있다 보면 계속 불화가 터질 게 뻔했다. 쓸데없는 고집을 피우거나 난동을 부려서 자신과 의료진들을 골탕 먹일 것이다. 일단 간병인에게 맡기고 뒤로 물러날 참이었다.

노인은 지병인 당뇨에다 합병증으로 신부전증을 앓고 있었다. 게다가 치매 초기 증상에다 방광암 수술을 앞둔 중증 환자였다, 그럼에도 노인은 기운이 팔팔해 큰소리로 고함치듯 말해 병실이 꽝꽝 울릴 정도였다. 노인은 수술이라는 말에 지레 겁을 집어먹더니 곧 거부의사를 밝혔다.

“내 나이가 몇인데 수술이고? 이제 곧 90을 바라볼 나이에 이만큼 살면 됐지 얼마나 더 살겠다고 수술을 한다 말이고, 안할란다.”

“수술 안 하면 죽어요, 수술하려고 입원한 거 아닌가요?”

“그래도 나 수술 안 할 거야. 수술한다고 산다는 보장이 어딨어, 내 친구들도 보니까 수술 받고 나서 얼마 안 되어 다 죽더라.”

“그거야 다 병명 나름이죠, 요새는 의료기술이 좋아져서 옛날 같지 않아요”

“하이고, 다 듣기 싫다, 내 나이 이제 구십이다, 얼마나 더 살라고 수술한다 말이고, 안 할란다.”

그는 가족과 의료진들에게 생떼를 쓰면서 억지를 부렸다. 내가 볼 때 그에게는 수술의사가 확연히 있었다. 그럼에도 일부러 억지를 부리는 것 같았다, 수술할 생각도 없으면서 입원을 왜 했겠는가. 문제는 그의 잦은 건망증 치매인 것이다. 그는 하루에도 수없이 간병인을 간호사와 애인으로 착각했다.

성적인 농담도 서슴지 않았고 수시로 처자식에 대한 원망을 쏟아냈다. 그때마다 간병인에게 자식들한테 단 한 푼도 재산 물려주지 말라고 했다. 아내는 그런 남편을 두고서 춘천으로 내려갔다. 더 이상 상대하기 싫다는 것이었다. 간병인을 쓰는 걸로 보아 재산은 분명 있을 터였다. 하루 간병비가 최소 20만 원을 상회했다.

그나마 중국 동포들이었다. 간병비가 비싸다고는 하지만 그럴 만도 했다. 환자의 일거수일투족을 보조하며 대소변을 받아내는 경우도 있었다.

환자와 동행해 검사실을 가는 것은 기본이고 밤잠도 제대로 못 잤다. 잠들만 하면 간호사가 다가와 혈압 체크와 체온을 재고 갔다. 수액이 다 했는지 와서 체크하고 배액관은 다 찼는지 수시로 체크하고 갔다, 그런가 하면 옆 베드에 누운 환자가 갑자기 통증을 호소하며 난리를 치는 바람에 병실 환자가 모두 잠을 설치기도 했다.

불면을 호소하는가 하면 갑자기 숨을 못 쉴 것 같다며 의료진을 부르기도 했다. 단 하루도 그냥 넘어가는 일이 없었다, 간병하러 온 아내와 밤새 싸우는 환자도 있었고 옆 병실에서는 노인 환자끼리 주먹다짐이 벌어지는 바람에 경찰이 출동하기도 했다. 경찰은 피해자로부터 수없는 자기주장과 하소연을 듣더니 결국 환자의 병실을 옮기게 했다.

소문은 급하게 번져 다른 병실에 있던 환자들도 몰려와 피해자와 가해

자를 구경하고 갔다, 피해자는 가해자에게 계속 깡패 할아버지라고 우기고 있었다. 갑자기 욕을 하면서 주먹으로 자신의 면상을 갈겼다고 했다.

경찰은 한참동안 조사를 이어 갔다. 그들은 가해자에게 다가가 조서를 받고 어딘가로 계속 연락을 취하며 서로에게 눈짓을 했다. 환자들끼리 쌈박질이라니 별 희한한 일도 다 있다. 환자들과 보호자들 간병인들은 서로 알게 모르게 흥미로운 표정을 지으며 웃었다. 심심하던 차에 좋은 구경거리를 만난 것처럼.

일주일 후, 다시 병실을 찾았을 때 노인 환자는 퇴원하고 없었다. 그가 수술을 받았는지 마음이 변해 그냥 퇴원했는지 알 수는 없었다. 내가 병실을 다시 찾은 이유는 간병인이 갑자기 그만두고 가버렸기 때문이었다. 간병인은 그전부터 계속 불만을 토로하고 있었다.

아버지가 자주 짜증을 내고 의사의 지시도 따르지 않아 의료진들이 골머리를 앓는다고 했다. 화장실에 갔다가도 물을 내리지 않고 그냥 나오기 일쑤이고 옆 침대에서 작은 소리만 나도 짜증을 부리며 다른 병실로 옮기겠다고 억지를 부린다는 것이었다. 잠을 자다가도 몇 번씩 깨우고 병원 밥이 맛이 없으니 외부 음식을 시키라고 호통을 친다고 했다.

외부 음식은 절대 안 되니까 영양사가 작성한 식단대로 먹어야 한다고 아무리 말해도 소용없었다. 수혈할 때마다 성질을 내고 검사하기 위해 피를 채혈하면 불같이 화를 낸다고 했다. 나중에는 혈관을 찾지 못해 다리에서 채혈을 했다. 참지 못하고 성질을 내는 건 아버지의 고질병이었다.

의사가 다가와 증상에 대해 말하면 꼬치꼬치 캐묻고 의심을 했다. 의사보다 더 전문가 행세를 하는 바람에 의사가 분노가 폭발해 진료거부

일보직전까지 간 적도 있었다. 간병비가 아깝다고 수시로 가족을 불러댔다. 한때는 MRI 검사 비용이 백만 원이라고 하자 도둑놈들이 돈 벌 궁리만 한다며 퇴원하겠다고 난리를 쳤다.

도저히 안 되겠는지 병원에서 퇴원 명령이 떨어졌다. 막상 퇴원 명령이 떨어지자 당황하며 병원에 있을 테니 계속 치료해 달라고 했다. 그러자 담당의는 수련의를 통해 의견을 전해 왔다. 모든 검사를 거부하니 더 이상 해줄 게 없다. 당장 퇴원하라. 입원할 환자가 줄을 서서 기다리고 있다.

쫓기듯 퇴원해 집에 오니 의사에 대한 원성이 날로 커져 갔다. 환자의 의견을 무시하고 제멋대로인 의사가 치료도 거부하고 내쫓았다. 법적 소송을 벌이겠다. 분노로 숨이 차서 씩씩대더니 마구 폭식을 했다. 병원에서 영양사가 짜준 식단에서 독이 되는 음식만 먹으며 한다는 말이 내 나이 90을 넘겼으니 무슨 한이 있겠는가.

먹고 싶은 음식 양껏 먹으며 살아야지 음식 조절한다고 몇 년이나 더 살겠는가. 옆에서 아무리 말려도 소용없었다. 젊었을 때부터 쓸데없는 고집 부리는 데는 선수였다. 남들이 다 옳다고 주장하는 상식에도 꼭 반기를 들며 혼자 똑똑한 척은 다하는 성격이었다. 언제든지 사람들 앞에 나서서 선생 노릇하고 싶어 했다.

누군가 인정해 주고 높여주면 간이고 쓸개고 다 갖다 바쳤다. 가족들한테는 단돈 1000원 한 장 못 쓰면서 자신의 위신 세우는 데는 거금도 아낌없이 투척했다. 자식들한테는 늘상 효도를 강조하면서 몸이 좋다는 음식은 가리지 않고 먹어댔다. 어디서 무슨 소리를 들었는지 죽기 전까지는 절대로 유산 상속을 안 하겠다고 공언했다.

믿을 건 건강뿐이라며 그렇게 호언장담하며 체력유지에 힘쓰더니 나이는 속일 수 없는 모양이었다. 나이 90을 넘어서자 자주 병원에 가는 일이 발생했다. 심장으로 가는 혈관에 혈전이 발생해 풍선효과로 시술 받은 적이 있었다. 젊은 의사가 컴퓨터 모니터를 통해 막힌 혈관을 보여주며 시술한 끝에 금세 숨찬 증상이 사라지자 신기하다며 웃었다.

젊은 의사가 친절하고 실력이 좋다며 입에 침이 마르게 칭찬했다. 평생 자신했던 건강이 90 고개를 넘기면서 느닷없이 당뇨가 발생하더니 합병증으로 신부전증이 겹쳤다. 당뇨와 신부전증은 식이요법이 정반대다. 당뇨는 주로 잡곡밥에 야채 위주의 식단이라면 신부전증 즉 콩팥병은 잡곡밥은 인과 칼륨이 많아 절대 금지 식품이다.

야채도 마찬가지다. 과일은 물론 웰빙 식품으로 알려진 채소류도 견과류도 대부분 금지 식품이 많다. 그래서 암보다도 더 무서운 병이 신부전증이다. 한번 망가진 신장조직은 소생되지 않는다. 더 이상 악화를 막기 위해 약을 쓰는데 식이요법을 제대로 하지 않으면 악화일로 치닫는다.

그런데 당뇨와 콩팥 병이 겹치면 더 이상 식이요법을 할 방안이 안 서는 것이다. 업친데 덥친 격이다. 식이요법을 깡그리 무시한 채 독되는 음식만 먹었으니 요독증 증상이 온 것은 너무도 당연하다. 어느 날 아침에 일어나자마자 소변이 안 나오다며 울상을 짓더니 곧바로 119를 타고 응급실을 찾았다.

당연하게도 급성 신부전증이었다. 신장지수가 최소로 떨어져 투석하기 일보 직전이었다. 입원한 지 열흘 만에 옆구리 통증이 발생해 진통제가 투여됐다. 혈전이 발생해 급하게 배약관이 시술됐다, 옆구리에 구멍을 내 인공 소변 줄을 단 것이다. 그나마 임시방편이었다.

그러더니 어느 날인가부터 소변줄에 혈뇨가 비치기 시작했다. 최악의 상황이 발생한 것이다. 의사는 조심스레 암일 가능성이 많다고 이야기했다. 혈뇨는 날로 증가해 나중에는 간장색처럼 배액관을 채웠다. 그러더니 온몸에 마비 증상이 발생했다. 급격하게 헤모글로빈 수치가 떨어지면서 나타나는 현상이었다.

거의 이틀에 한번 꼴로 수혈에 들어갔다. 수혈하기 전 간호사는 이름과 혈액형을 체크했다. 그리고 수혈이 끝나자마자 또다시 혈액검사를 했다. 헤모글로빈 수치가 정상으로 환원되었는지 하는 검사였다. 문제는 그뿐만이 아니었다. 신장지수가 최악으로 치닫고 있었다.

진퇴양난이었다. 혈뇨는 밤낮없이 배액관을 채웠고 수혈도 이어졌다. 어느 날 담당의가 다가와 방사선 치료를 제의했다. 요즘은 방사선 치료가 발달해 안전하니 우선 암세포부터 없애자고 제안했다.

암이라니? 그러면 내가 그동안 암을 앓고 있었던 거요?

아버지는 거의 경악했다.

"저희 의료진을 믿고 방사선 치료를 받으시면 혈뇨는 곧 사라질 겁니다."

반대할 줄 알았는데 의의로 순순히 응했다. 이전에 검사를 거부했다가 강제 퇴원 당했던 기억이 떠올랐던 것일까. 5번에 걸친 방사선 치료는 확실히 효과 있었다. 혈뇨가 사라졌기 때문이다. 그러나 증세는 날로 악화되고 있었다. 이상했다. 식사도 잘하고 거동하는 것도 좋아지는 것 같은데 계속 숨이 차다고 했다.

한밤중에 고열이 발생해 응급상황으로 의료진이 출동했고 긴급한 조치로 일단 마무리된 듯했다. 혈뇨가 사라졌으니 이젠 괜찮겠지. 안심하듯 말했지만 표정은 불안해 보였다. 열이 오르면 해열제와 얼음 찜질을 했고 혈뇨를 계속 체크해 나갔다. 혈뇨가 멈춘 것은 기적 같았다.

매일 배액관을 채우던 혈뇨가 사라지다니 현대 의학의 진수를 보는 것 같았다. 방사선의 기술은 날로 발전해 요즘은 표적 치료로 완치가 가능하다고 한다. 예전에는 암세포를 죽이다 정상세포까지 파괴하는 부작용이 있었지만 요새는 표적 치료를 통해 암세포만 파괴하고 통증 없이 완치가 마무리 된다.

그뿐이랴. 국내 가장 오래된 대학병원에서는 외국에서 3000억 원이라는 거금을 들여 중입자 치료기를 도입했는데 이는 단 2분만에 암세포를 없애는 뛰어난 기술력을 가졌다고 한다. 그것도 치료가 가장 어렵다는 희귀암을 입원이나 통증없이 단 2분만에 완치한다. 금년 10월부터 신청자를 받고 치료는 내년도 3월부터 들어간다고 하는데 높은 관심사와 함께 신청자가 봇물 터지듯 넘쳐나고 있다고 한다,

입원 당시 아버지의 증세에 대해 전공의에게 질문한 적이 있다. 담당의가 퇴근하고 난 후 전공의가 병실에 들렀을 때의 일이다.

"요즘은 의료기술력이 발달했다는데 치료 방법이 전혀 없는 건가요?"

"무슨 말씀이시죠?"

"혈뇨를 멈출 방법이요"

"현재로선 없습니다. 그걸 알기 위해 검사를 실시했다간 도중에 돌아가실 수도 있어요."

"수술도 안 되나요?"

"워낙 고령이라 수술은 힘듭니다. 마취에서 못 깨어날 수도 있어요, 수술은 80 이전까지 권하고 있습니다."

"만약 암이 확실하다면 앞으로 얼마나 더 생존이 가능할까요?"

"앞으로 요양병원에 가시는 걸 전제로 3년 정도입니다. 전 담당의가 아니고 전공의라 자세한 건 주치의 선생님과 상담하는 게 좋을 것 같습니다."

얼굴에 천사라고 써진 수련의는 곤란한 표정을 짓더니 말을 아꼈다.

"그렇다면 더 이상 방법은 없는 걸까요?"

"현재 상태론 수혈 받는 방법 이외 없습니다. 그리고 현재 상태가 그리 나쁜 편은 아니니까 좀 더 두고 봐야겠습니다."

어떡하든 살리는 방법을 모색하고 싶었다. 주변사람들은 고령이라 하늘에 처분에 맡길 수밖에 없다고 했고 설사 죽는다 해도 호상(好喪)이라고 악담까지 했다. 그때 난 속으로 생각했다. 그렇게 말하는 너도 죽을 때 호상(好喪)이겠다. 아무리 고령이어도 부모와 자식의 관계는 변하지 않는다.

아버지는 병실에 있으면서도 자식들 간의 모든 일을 참견했고 심지어 전기세 수도세 통신비까지 챙겼다. 병원비는 어떻게 했냐고 물으니까 입원한 지 한 달이 지났는데도 내라는 소식이 없다고 했다, 이상하다. 앞서 입원했던 병원에서는 당장 돈부터 내라고 성화였는데.

문병 한번 안 오는 막내한테는 수시로 전화를 걸어 아가 잘 있냐, 아빠는 우리 막내딸을 제일 많이 좋아하고 예뻐한단다. 기분 좋게 너스레를 떨었다. 꼭 막내한테만 친절과 호감을 표하며 행복한 표정으로 말했다. 막내가 홍삼과 치료비에 보태라고 돈을 보내주자 병실에 있는 환자들과 간병인들에게 자랑을 하며 기뻐했다.

집에 있을 때는 화장실도 못 가더니 입원해서는 화장실은 폴대를 잡고서 출입했다. 그뿐 식사할 때 말고는 잠시도 침대에서 일어나지 않았다. 이상했다. 분명 상태는 좋아진 것 같은데 더 이상 몸이 기력은 회복되지 않았다. 다시 간병인에게 맡기고 직장에 복귀한 지 이틀째 되는 날이었다.

갑자기 병원에서 호출이 왔다. 환자가 위급하니 빨리 내원해 달라는 것이었다. 그게 무슨 말이냐고 했더니 심정지가 올 가능성이 많다고 했다. 심정지라니? 정신이 아득해지더니 현기증이 일었다. 직장에서 일하다 말고 급하게 전철역사로 달려갔다. 걸어가는데 걸음이 자꾸 뒤쳐지는 것 같았다.

거리는 수많은 발걸음이 세월을 앞질러 빠르게 움직이고 있었다. 9호선 전철은 한참만에 도착했다. 중환자실 앞에 이르러 벨을 눌렀더니 나이가 20대로 보이는 의사가 나왔다.

"오전에 심정지가 와서 처치했고 아직 무의식 상태입니다. 혹시 연명치료 동의하신다면 도와 드리겠습니다."

"연명치료 각서라니요? 그런 거 필요 없고 할 수 있는 조치 다 해주세요."

"그렇다면 심폐소생술도요?"

"네 무조건 할 수 있는 조치는 다 해주세요."

중환자실에 들어서기 전 비닐로 된 가운과 장갑을 착용했다. 가까이 다가가니 몸속에 연결된 줄이 투석기에 고정돼 계속 돌아가고 있었다. 간밤에 신장의 기능이 완전히 사라지면서 심장과 폐에 물이 차는 증상이 발생했다고 했다. 물을 1리터씩 뽑아내고 있고 기도 삽관을 삽입해 호흡 기능을 하고 있다고 했다.

입안으로 긴 삽관이 연결돼 있었다. 기도삽관이 움직이면 위험할 수 있어 수면제를 투여했으니 말을 시키지 말고 보라고만 했다. 하지만 아버지는 눈을 뜨고 가족을 바라보고 있었다. 마지막으로 자녀를 바라보면서 할 말이 많아 보였다. 하지만 기도삽관이 막혀 있어 대화는 전혀 불가능했다. 그때 내 입에서 폭포수 같이 말이 터져 나왔다.

"예수 천당 불신 지옥. 하나님이 세상을 이처럼 사랑하사 독생자를 주셨으니 이는 저를 믿는 자마다 멸망하지 않고 영생을 얻게 함이라. 누구든지 주의 이름을 부르는 자는 구원을 얻으리라. 예수 그리스도 예수 그리스도, 아버지 예수님 믿어야 천국에 가서 엄마도 만나니까 믿어, 안 믿으면 지옥 가. 예수 그리스도."

누군가 내 팔을 확 낚아챘다.

"여기서 종교 행위 하시면 안 됩니다. 지금 환자에게 수면제 투여해서 잠들게 했는데 깨나서 움직이면 기도 삽관 빠져서 위험해집니다. 빨리 나가세요."

"안돼요, 예수 그리스도 저 사람들도 예수님 안 믿으면 지옥 가요, 예수 천당 불신 지옥."

준비된 대사도 없이 나는 마구 지껄였다. 체면도 위신도 없었다. 아버지는 분명 듣고 있었다. 나는 의료진들에 의해 반강제적으로 끌려 나왔다. 나오면서 말했다. 여기에 이곳에 예수 믿는 분 안 계신가요? 그건 왜죠? 여기서 종교 행위는 금물입니다. 그리고 그런 분 없어요.

그날 밤 중환자실 문틈으로 계속 안을 살폈다. 투석기가 24시간 내내 돌아가고 있는 게 보였다. 신장 기능이 사라지면 심정지가 올 수 있다는 걸 나중에야 알았다. 투석도 어느 정도 체력이 받쳐주어야 가능하다. 투석기가 돌아가는 동안 혈전이 발생하면 곧바로 심정지가 발생한다는 것이다.

이튿날이었다. 담당의는 세미나에 가고 없고 임시 담당의가 나왔다. 상태에 대해 물었더니 호의적으로 대답했다.

"일단 위기는 벗어났고 안정기에 접어들었습니다. 자력으로 호흡도 가능하고 일주일 내에 기도 삽관 빼고 투석도 이틀에 한 번씩 하는 걸로 생각하고 있습니다. 상태를 봐서 순환기 내과나 신장내과로 병실을 옮겨야 하니까 준비해 주세요."

나와 동생은 안심했다. 입에서 감사합니다 소리가 수십 번도 더 나왔다. 기존에 있던 병실에서 소지품을 모두 꺼내 가방에 넣었다. 짐의 부피가 엄청났다. 옷은 정리해 세탁기에 돌렸고 기타 소지품도 모두 정리해 놓았다. 공중목욕탕에 가서 긴장된 몸을 깨끗하게 샤워하고 나왔다.

언젠가 꾼 꿈이 생각났다. 내 방 안에 아버지가 누워 있는데 누군가 내 마음속에 말했다. 아버지의 죽은 사체라고 했다. 그때 내 맘속에 또다른 음성이 들렸다. 어떡하지 아직 예수님도 못 전했는데 벌써 가버리면 안 되는데 큰일이네. 후회하면서 잠을 깨었다. 너무도 기분 나쁜 꿈이었다.

하지만 금세 잊었다. 어제 의사가 이제 위기는 넘겼고 안정기에 접어들었으니 병실 옮길 준비하라고. 그렇지 이젠 혈뇨도 그쳤고 나머지 치료만 잘 받으면 퇴원도 가능하지 않을까. 최악의 경우 요양병원 가는 것도 생각해야지. 습관처럼 스마트폰을 여는데 갑자기 가슴 속에 단어가 떠올랐다.

아버지 이름 뒤에 사망이란 단어였다. 에잇! 사탄아 물러가라. 생각을 떨치려는데 전화 벨소리가 요란하게 울렸다.

"여기 병원인데요, 환자가 매우 위급해요 곧 심정지 올 거 같으니까 가족분들 빨리 내원해 주세요."

아니 어제만 해도 위기 상황 넘겼다더니 이게 무슨 소리야?

정신없이 병원에 도착하니 심폐소생술을 하고 있었다. 의사 두 명이 교대로 하는데 이미 투석기도 빼놓은 상태였다. 난 정신없이 외쳤다. 예수 그리스도 십자가의 보혈. 그리고 사망선고가 공식적으로 떨어졌다. 다 끝났다. 의사가 기도삽관을 빼자 입에서 피가 흘러나왔다.

"저희가 20분 동안 심장박동을 시도했는데 한 번도 심장이 뛰지 않았습니다. 나머지 절차를 진행하려고 하니 가족들은 나가서 대기해 주십시오."

"어제 담당의 말로는 위기는 벗어났고 안정기에 접어들었다고 했는데 왜 이런 결과가 나온 거죠?"

난 따지듯이 말했다.

"그건 그 의사가 잘못 알고 말한 거예요."

기가 막혔다. 이젠 안심이다 생각하고 좋아했는데 이게 무슨 참담한 결과란 말인가. 전혀 마음의 준비도 없이 이런 결과를 맞아야 하다니. 모두가 한꺼번에 벌어진 일이었다. 갑자기 하나님에 대한 원망이 들었다. 이럴 줄 알았더라면 미리 마음의 준비라도 시킬 것이지. 그동안 내가 받은 기도 응답은 다 어디로 가고 사망 선고라니.

곧이어 도착한 가족들은 중환자실에 들어가지도 못한 채 대기실에 앉아 망연자실 했다. 생과 사의 차이가 종이 한 장 차이라더니. 마른하늘에 날벼락이라더니 어쩌다 상황이 이 지경까지 왔을까. 어제 말한 의사를 만나 따지고 싶었다. 당신이 말하지 않았나. 이제 위험한 고비는 넘겼고 일주일 후에 병실 옮길 준비하라고.

따져 봐야 소용없는 일이었지만 누군가를 향한 원망과 분노가 끝도 없이 새어 나왔다. 생각할수록 급작스런 죽음이었다. 입원 당시만 해도 신장지수가 높게 나왔고 심장도 튼튼해 상태가 좋은 편이라고 하지 않았던가. 앞으로의 생존 기간이 3년이라고도 했다. 그런데 어떻게 입원한 지 한 달만에 생명 줄을 놓는단 말인가.

그렇다면 방사선 치료가 잘못된 것일까. 꼭 그렇다고 단정 지을 수도 없다. 방사선 치료 후 기적처럼 혈뇨가 멈추지 않았던가. 그런데 갑자기 신장 기능이 사라지다니, 이후에도 발열 증상과 호흡이상이 발생해 응급 조치를 통해 호전된 상태라고 했다. 식사도 여느 때와 같이 잘하고 괜찮았는데. 워낙 긍정적으로 생각하다 보니 죽음에 대한 전조 증상을 전혀 눈치채지 못했던 걸까.

아니 있었다 해도 인정하고 싶지 않았을 것이다. 나이에 비해 항상 건강한 편이었고 응급상황이 발생할 때마다 기적처럼 회생하곤 했었으니까. 그렇다면 죽음은 예고 없이 찾아오는 것인가. 당사자에게도 전혀 예감이라는 조치도 없이. 아버지는 생에 대한 의지가 워낙 강했었다. 무엇보다 죽음을 무서워했다.

한밤중에 이상 증상이 발생하면 새벽 2시에도 구급차를 불러 응급실로 달려갔다. 나중에는 사설 구급차를 불러 밤이고 새벽이고 달려갔다. 수술을 거부하고 강제 퇴원조치를 당했을 때도 살기 위한 몸부림이었지 죽음을 위한 마지막 수순은 아니었다. 막내한테도 전화를 걸어 이제 혈뇨도 멈추었으니 퇴원할 일도 남았다며 좋아했다고 한다. 단 한 번도 죽음에 대한 언급이 없었다.

그런데 단 이틀만에 안정기에 접어들었다는 의사의 말을 뒤집고 사망 선고가 떨어진 것이다. 동생이 장례식장을 알아본 후 30분만에 아버지의 사체가 나타났다. 검은 천으로 온몸을 칭칭 감은 모습으로 침대에 눕힌 채로. 사체는 앰뷸런스에 실려 장례식장으로 옮겨졌다.

장례식 절차는 사망선고라는 고통에 비하면 아무것도 아니었다. 복잡하고 억장이 무너지는 슬픔보다 더한 고통이 기다리고 있었다. 요즘은 사망자가 많아 화장장 예약하기도 너무 힘들어 보통 4일장 내지는 5일장으로 치른다고 했다. 동생이 들어둔 상조보험에 국가 유공자라는 신분으로 50퍼센트 할인이란 혜택을 받았음에도 장례비용이 1300만원 넘게 나왔다.

장례식장에 퍼지는 향냄새도 가슴을 찌를 듯이 고통스러웠다. 일가친척이 몰려와서 건네는 위로의 말도 비수가 되어 다가왔다. 때에 찌든 상복은 거추장스럽고 웬 절차는 그리도 많은지 생지옥 같았다. 태어나는 건 간단한데 비해 죽음의 과정은 너무나 복잡하고 고통 자체였다.

입관 과정에서는 통곡이 터져 나왔고 악마가 총출동한 것처럼 슬픔과 고통이 가중됐다. 나이 어린 동생은 아버지의 얼굴을 만지며 아빠 어서 일어나 집에 가자며 통곡을 쏟아냈다. 고인의 마지막 모습이 끝나자 장례지도사는 사체의 얼굴에 몇 겹이나 되는 천으로 감싸고 또 감쌌다.

수의 위에 또 다른 천조각으로 감싼 뒤 뒤에 있는 시체 안치실 냉동실에 들어갔다. 칸칸이 된 시체 안치실은 감염병으로 죽은 시체는 다른 칸으로 들어갔다. 죽음은 잔혹하고 슬프고 또 장례 절차는 어느 한순간도 고통 아닌 것이 없었다. 입관 다음날 장지동 화장장에 도착했을 때는 또

다른 생소한 고통이 기다리고 있었다.

사람 뼈를 태우는 듯한 매캐한 냄새가 건물 전체를 뒤덮고 있었다. 상당히 기분 나쁜 냄새였다. 사방 어디를 둘러보아도 죽음 아닌 것이 없었다. 식당에 가서 밥을 먹을 때도 죽음이란 단어가 목울대를 채웠다. 버스에서 사체를 꺼내 소각장으로 들어가는 순간이었다. 갑자기 내 안에서 찬양이 들렸다.

주 십자가 못 박힘은 속죄함 아닌가
그 긍휼함과 큰 은혜 말할 수 없도다
십자가 십자가 내가 처음 볼 때에
나의 맘에 큰 고통 사라져
오늘 믿고서 내 눈 밝았네
참 내 기쁨 영원하도다.

순간 마음속으로 생전 경험해 보지 못한 평화가 밀려오면서 어떤 확신이 들었다. 아버지는 오늘 천국에 입성했구나.

1시간 40분 뒤 다시 소각장 앞으로 갔다. 모니터에 화장중이란 단어와 완료라는 단어가 연이어 보였다. 직원이 흰 뼛가루를 흰 종이에 잘 싸서 함에 넣은 뒤 내밀었다. 평생을 살아온 결과가 뼛가루 한줌이었다. 누구나 죽으면 한줌의 재로 남는다더니 너무나 허망한 순간이었다.

저렇게 끝나버릴 인생을 너무 아등바등 살았구나. 돈 한푼 더 만져보겠다고 안간힘을 쓰고 천년만년 살 것처럼 행동했구나. 황망하고 서러운 순간이었다. 그때 또 내 마음속으로 찬양이 들렸다. 방금 전에 들었던 찬양이었다.

십자가 십자가 내가 처음 볼 때에

나의 맘에 큰 고통 사라져

오늘 믿고서 내 눈 밝았네

참 내 기쁨 영원하도다.

천국에 무사히 입성했구나. 이제 곧 엄마를 만나 보겠구나. 영생복락
이 무엇인지 체험하겠구나. 생각하는데 느닷없이 다른 목소리가 들렸다.
지금은 보혈로 샤워하는 중이란다. 그렇지 죄지은 상태로 그대로 천국에
입성할 순 없을 테니까. 난 나름대로 해석하며 속으로 웃었다.

교회에서 위로예배 차 다녀갔고 또 다른 절차가 기다리고 있었다. 이
번에는 장례절차보다 더 복잡하고 어렵고 힘든 관문이었다. 유산 상속
절차였다. 평생 겪어보지 못한 낯선 법적 용어와 낯선 단어들이 극심한
혼란을 초래하고 있었다. 동생이 세무사 사무실과 법무사 감정평가사를
통해 일을 처리하는데 꼬박 열흘 이상 걸렸다.

은행에서 원터치 형식으로 처리하는 과정에서도 며칠이 소요됐다. 십년치
거래 내역을 다 조회해야 한다고 했다. 다행히 유산상속세는 물지 않았다. 재
개발 된 아파트에 들어갈 때 재산 가치를 따져 계산하는데 무슨 말인지 도대
체 알 수가 없었다. 무슨 말을 해도 귓등으로 들렸고 내가 죽을 때 나는 어
떻게 할지 그것에 대해서만 온갖 시나리오가 다 써졌다.

잠시 보이다 사라지는 인생, 사람들은 천 년 만 년 살 것처럼 돈에 목
숨 걸고 살아간다. 자신과 죽음은 별개인 것처럼 생각하면서. 내 지인 중
에는 신실한 목회자 가문임에도 부친의 사망 이후 재산 문제가 해결되지
않아 일 년째 소송 중이라고 했다. 또 한 지인은 시아버지의 재산이 너
무 많아 국세청에서 나왔는데 상속세만 수억 원이 나왔다고 한다.

또 다른 지인은 평상시 시부의 죽음을 노래처럼 불렀었다. 재산 가치

를 따져 유산 상속분을 미리 계산해 카드빚을 끌어 쓰다 끝내 정지 사태가 왔는데 그 이후의 소식은 잘 모른다. 파산신청을 했는지 카톡도 전화번호도 결번이 되었기 때문이다. 시부한테 사망선고가 떨어지기 전부터 카드를 너무 빨리 끌어 썼기 때문인 것이다.

그 외에도 그녀는 지인들에게도 빚을 엄청 끌어 썼다고 한다. 그래서 카톡과 핸드폰을 결번처리한 건 아니었는지 난 가끔 상상한다. 장례식을 끝내고 집에 왔을 때였다. 습관처럼 아버지 방에 들어갔는데 이상한 점이 발견됐다. 아버지 방에 있던 벽시계가 고장 난 것이다.

수년째 잘 돌아가던 벽시계가 먹통이 되어 멈춰져 있었다. 방 주인의 죽음과 함께 시계도 수명을 다한 것이었다. 전에 지인들이 말했었다. 아버지의 사후를 대비해 유산상속에 대한 다짐을 미리 받아 놓으라고. 그럴 생각도 없었고 그래봤자 돌아올 건 욕이나 험담뿐이었으리라.

난 어릴 때부터 돈 고생으로 온갖 악담과 치욕스런 상황을 많이 겪었지만 돈 욕심은 없었다. 그저 의식주 해결하며 사느라 거기에다 병치레로 삶과 죽음의 경계선 속에 헤매는 날이 더 많았기 때문이다. 돈이 조금 모일라치면 병원비로 뭉텅 뭉텅 들어가고 늘 죽음을 염두에 두고 사느라 여념이 없었기 때문이기도 했다.

그래서인지 돈에 목숨 거는 사람들을 보면 이해가 가지 않았다. 그리고 돈 많은 부자도 전혀 부럽지 않았다, 저 사람들 저 많은 돈 두고 어찌 죽을까. 가져가지도 못할 텐데 아까워서 어쩌나. 노후대책 핑계로 쉴 틈 없이 일중독에 빠지는 사람들도 이해가 안 갔다. 미래 준비에 목숨 걸다 한순간에 현재가 사라지는 경우를 많이 보았기 때문이다.

돈 한 푼 더 벌겠다고 야근하고 일중독에 빠져 지내다 한순간에 세상을 등진 사람들, 그들 뒤에는 남은 유산 서로 많이 차지하겠다고 싸우는 유족들의 끝없는 논쟁이 있었다. 돈이 사람 목숨보다 더 귀중한 건 영화나 드라마 뉴스 시간에 너무 많이 보여 준 때문이 아닐까. 난 쓸데없는 핑계를 대본다.

나는 아버지의 사후 늘 내 곁에 와 있는 죽음을 느낀다. 난 나의 사후를 위해 하나씩 정리해 나가는 중이다. 언제 들이닥칠지 모를 죽음을 항시 대비하며 살아야 하기에. 며칠 전에는 여고 동창 어머니 장례식장에 다녀왔다. 친구는 왜 아버지의 부고장을 보내지 않았냐며 서운한 티를 냈지만 그녀 역시 장례식 치르느라 정신이 없었다.

천주교 성당에서 치러진 장례식은 개신교와 차이가 났다. 천주교는 장례식을 성당에서 치르는데 미사는 물론 조문객 식사대접도 성당 식당에서 했고 시체 안치실은 물론 시체 염도 봉사자들이 직접 손으로 했다. 참 편리하고 유족들한테도 많은 위로가 될 것으로 생각됐다.

친구들과 그동안 살아온 이야기를 하면서 위로와 함께 허망함을 동시에 느꼈다. 천주교 신자인 친구는 영안실에 들어서자 두 손을 앞으로 모으더니 큰 절을 두 번이나 했다. 일순 당황스러웠다.

"너는 절 안 하니?"

"우리 개신교는 장례식 할 때 절 안 해."

"응 그렇구나."

성당 앞을 나서는데 도봉산에 흰 구름이 천사 날개처럼 펼쳐져 있었다. 마치 고인을 마중하기 위해 인사 나온 것처럼. 친구 남편이 따라 나오면서 말했다.

"바쁘실 텐데 이 먼 곳까지 찾아와 주셔서 감사합니다. 그런데 저랑

소주 한잔 하시죠?"

"뭐야? 지금 뭐라고 했어?"

언제 나왔는지 친구가 남편의 옆구리를 찌르며 눈짓을 했다. 산 공기가 폐를 정화시킬 듯이 몰려왔다. 선선한 기분 좋은 초겨울 날씨였다. 교각 밑으로 맑은 개울물이 흘러가고 있었다. 하긴 바로 눈앞이 도봉산이었다.

"어차피 한번 살다 가는 인생 마음고생 덜하고 후회 없이 살다 가자."

"그게 어디 마음먹은 대로 되는 일이니?"

친구는 한숨을 폭 쉬며 말했다. 평생을 가족사랑으로 헌신한 친구는 몸과 마음이 병들었다며 하소연을 했다. 그런데 난 그 하소연이 부러웠다. 난 그렇게 살지 못했던 것 같다. 이젠 나도 좀 더 내 삶에 대해 심사숙고할 때가 온 건 아닐까. 그때 내 마음속에 무언가 캥기는 게 있었다. 그것이 무엇일까.

난 흘러가는 개울물을 바라보며 계속 생각에 잠겼다.

(2025년 순수문학)

뒤안길에서

전동차 차창 밖으로 낯선 풍광이 휙휙 지나고 있었다.

경철은 무심코 창밖을 바라보다 앞에 있는 여자에게 시선이 꽂혔다. 그녀는 보라색 융으로 만든 겨울 외투에 챙이 긴 검정 모자와 검정색 장갑을 끼고 있었다. 아이 칼라는 흉하게 잣뭉개져 있었고 매니큐어는 무지개 색 총천연색에다 말장화까지 신고 있었다.

섹시함을 강조하고 싶었는지 유난히 큰 가슴은 얇은 망사로 간신히 가리고 있었다. 노랑 색으로 물들인 머리칼은 갈기처럼 흐트러져 지푸라기 같다. 여자는 초록색 반지를 연신 매만지며 눈을 내리깔고 있다. 상당히 기분 나쁘고 소름 끼치는 모양새다. 음산한 분위기가 여자의 전신을 휘감고 있다.

경철은 여자에게 눈빛을 쏘아 보냈다. 영적으로 악한 기운이 감지되었다. 그는 속으로 방언으로 기도하며 여자에게 다시 한 번 눈빛을 쏘아 보냈다. 그녀 역시 소름 끼치는 미소로 경철을 쏘아보더니 자리에서 벌떡 일어났다. 당장이라도 달려들 기세였다.

하지만 예상과 달리 여자는 도로 자리에 앉더니 주머니에서 무언가를 꺼냈다. 콤팩트였다. 그녀는 여봐란 듯이 콤팩트로 얼굴을 두드리며 거울 속의 자신을 향해 웃었다. 승객들 중에는 그녀의 모양새를 지켜보며 수군대는 사람도 있었다. 대학생으로 보이는 여자애는 남자 친구에게 귓속

말로 말했다.

"저 여자 아무래도 수상해, 귀신 들린 무당 같지 않니?"

"꼭 마녀 같애, 그 영화에 나오는."

"사이코 내지는 좀비? 정신병원에서 막 탈출한 여자 같애, 옷차림도 그렇고 저 손가락 좀 봐 구부러진 게 꼭 마귀할멈 같애."

"그러게 눈빛이 영화에 나오는 드라큘라 눈빛 같애. 도대체 뭐하는 여자일까? 평범한 여자 같진 않고 가족은 있을까 직업은 무당?"

"요즘 무당들은 그냥 평범해 보이던데."

"술집 운영하는 포주 아닐까, 불쌍한 여자들 잡아다가 팔아먹고 화대 챙기고 조직 폭력배와 연계해서 사람도 막 죽이고."

"아예 소설을 써라 소설을 써."

그들은 귓속말로 말하다 그녀와 눈이 딱 마주쳤다. 동시에 그들은 몸을 부르르 떨며 진저리를 쳤다. 자세히 보니 그녀는 영화에 나오는 흡혈귀, 마녀 형상처럼 보였다. 더 가관인 것은 주변을 둘러보며 인정받고 싶다는 욕구까지 내비치고 가만히 웃는 것이다.

가지가지 하는구나.

사람들은 바웃음을 보이며 흘겨봤다. 여자는 말장화도 모자랐는지 이젠 다리를 꼬기까지 했다. 말장화 위로 허연 허벅지가 보였다. 천박함이 극에 달하는 순간이었다. 그녀는 갑자기 혼잣말을 하더니 경철에게 모종의 신호를 보냈다. 경철 역시 그녀가 보내는 신호를 알아 차렸다.

전동차는 교각 위를 달리다 다시 시내로 접어들었다. 직사각형 빌딩 숲속에 역한 튀김냄새가 풍겨져 왔다. 포장마차가 꽉 들어찬 거리에서 취객들의 음성도 들려왔다. 도심은 언제나 불야성이다. 언제나 회색지대로 사람들의 마음도 둘로 나뉜다.

선과 악이 흑암과 빛이 언제나 공존한다. 조물주는 선인에게도 악인에게도 고루 햇빛을 주시고 물과 공기를 주시는 것처럼. 사람들은 이제 그녀에게서 시선을 떼고 전동차의 출입구에 섰다 내렸다를 반복했다. 전동차는 도심을 벗어나 경기도 외곽지대를 달리기 시작했다.

너른 벌판과 개울물이 보이고 소읍 거리를 지났다. 경철은 잠시 생각에 잠기다 깜빡 잠이 들었다. 피곤이 전신을 짓누르듯 몰려왔다. 고개를 푹 숙이고 얼마나 잤을까. 깨어 보니 전혀 낯선 곳을 향해 달리고 있었다. 큰일 났다. 약속 시간에 늦으면 안 되는데. 그는 서둘러 자리에서 일어났다

전동차는 이미 목적지를 지나 산야가 보이는 종착지를 향해 달리고 있었다. 그는 약간 짜증이 났다. 시계를 보며 출입구를 향해 가는데 여자의 모습이 보이지 않았다. 잠시 꿈을 꾼 듯한 멍때린 느낌이었다. 그녀가 앉았던 자리에 허리가 구부정한 노파가 앉아서 꾸벅꾸벅 졸고 있었다.

이상하다. 그새 내렸나. 종착역을 알리는 멘트가 나오며 전동차가 멈춰 섰다. 전동차를 막 내리는데 느낌이 이상했다. 누군가 자신을 향한 강렬한 시선이 느껴지면서 섬뜩한 기분이 들었다. 얼굴을 뒤로 홱 돌리는 순간 눈길이 마주쳤다. 그녀였다. 그녀가 노랑머리를 손으로 쓸어 올리며 그를 바라보는데 손목에 꿈틀꿈틀 뱀 문신이 보였다.

빨강 파랑 노랑색이 뒤섞인 뱀의 형상을 그에게 보란 듯이 들이대고 있었다. 그녀는 가까이 다가오며 경철의 어깨를 툭 쳤다. 자기를 따라오라는 신호였다. 그는 자석에 이끌리듯 여자의 뒤를 따라 갔다. 에스컬레이터를 타고 역사 밖으로 나오니 처음 대하는 낯선 풍광이 펼쳐져 있었

다.

어디선가 장구와 꽹과리 소리가 들리고 곡소리도 들렸다. 취객이 질러 대는 괴성으로 째진 여자의 비명도 들려왔다. 장마당이 섰는지 파라솔과 함께 많은 장꾼들의 모습도 보였다. 요즘 시골 장마당은 예전 같지 않다. 텃밭에서 직접 가꾼 농산물이나 산나물을 팔기 위해 나온 사람들은 별로 없고 대형 트럭으로 장마당마다 옮겨 다니며 파는 상인들이 훨씬 많다.

경동시장에서 도매로 떼다 팔면서 산에서 직접 뜯은 나물이라고 속여 파는 경우도 있고 옷이나 장신구 신발은 물론 반찬 종류로 대량으로 구매해 소매로 판매한다. 발색제로 물들이고 각종 인공조미료 첨가해 만든 반찬이 대기 오염과 함께 먹을거리로 판매된다.

시골 장마당이라 해서 먹을거리가 저렴한 것도 아니다. 오히려 산지라는 이유로 더 비싸고 위생도 좋지 않다. 한쪽에선 노래자랑 대회를 하는지 앰프 시설까지 가동해 음악을 꽝꽝 울려대고 있다. 어떤 중년 남자는 엿 좌판을 끼고 가위를 쩔거덕거리며 노래를 부르고 있다.

엿을 팔면서 자신의 사진과 노래가 담긴 CD도 함께 판매하고 있다. 그는 좌판을 내려놓더니 춤까지 추며 노래를 부른다. 자신을 트롯 가수로 소개하며 CD를 손으로 치켜 올린다. 얼굴에 자부심이 가득하다.

저는 노래를 부르는 가수이자 예술인입니다.

구경꾼이 하나 둘 몰려들기 시작한다. 그는 신이 난 듯 춤을 추다 사람들에게 다가가 CD를 건네며 판매를 유도한다. 사람들의 주머니에서 지폐가 나오며 CD가 건네진다. 남자는 허리를 90도로 숙여 절을 하며 열창을 한다. 박수가 터지면서 노래는 절정을 이루며 앙코르가 터진다.

남자는 손키스를 날리며 만족한 미소를 짓는다. 눈물이 어리며 허리를 깊게 숙인다. 다시 엿 좌판을 어깨에 메며 길을 재촉한다. 오늘 장사도 성공이다.

국내산인지 중국산이지 출처가 불분명한 농산물을 두고 리어카 상인들은 웰빙이라고 떠들어대고 있다. 그 혼잡한 외중에 점치는 상인들마저 자리잡고 호객 행위를 하고 있다.

술판이 벌어지고 상인들 사이에 드잡이까지 벌어지고 있다. 양심용 저울이 행로 한복판을 차지하고 있지만 정작 눈길을 주는 사람은 많지 않다. 여자는 상인들 사이를 춤을 추듯 온몸을 흔들며 돌아친다. 행인들을 그녀를 뒤돌아보며 고개를 갸웃할 뿐 관심을 두는 사람은 많지 않다.

여자는 노랑머리를 흔들며 이윽고 국밥집 앞에 걸터앉았다. 망사로 가린 가슴을 일부러 내보이며 커다란 솥에 있는 선짓국을 손으로 가리켰다. 국밥집 주인은 여자의 가슴을 훔쳐보며 커다란 국자로 국을 휘휘 저었다. 뚝배기에 가득 담더니 또다시 여자의 가슴에 눈길을 주었다.

경철은 여자의 옆에 앉아 똑같은 국밥을 먹었다. 플라스틱 탁자에 막걸리 잔과 함께 깍두기 접시가 놓였다. 국밥을 먹던 사람들의 눈길이 그녀에게 쏠렸다. 술잔을 기울이던 노인들은 일부러 다가와 그녀의 얼굴을 자세히 살폈다. 그러다 흠칫 놀라 뒤로 물러섰다. 그와 동시에 경철에게도 시선이 쏠렸다.

어젯밤 잠을 설친 탓일까. 자꾸만 피곤이 몰려왔다. 잠시 정신이 몽롱해지면서 환시현상이 일었다.

여자의 머리 위로 양 갈래로 뻗은 검은 뿔이 보였다. 반달형으로 그건 분명 소뿔이었다. 단단하고 강철 같은 재질의 검은 뿔이 갈기 같은 머리 숲 속에 솟아나 있었다. 언젠가 성경에서 읽었던 짐승의 형상이 생각났다. 온몸에 전율이 흐르면서 식은땀이 났다.

여자는 막걸리를 병째 들고 벌컥벌컥 마셨다. 병을 흔들어 보이더니 이번에는 소주를 달라고 했다. 자세히 보니 여자의 눈은 쾡하니 뻥 뚫려 있는 듯했다, 움푹 파인 눈에 슬픔과 분노가 가득해 보였다. 주인이 소주를 갖다 주자 그녀는 경철의 잔에 콸콸 쏟아 붇더니 어서 마시라고 손짓을 했다.

경철은 순간적으로 자신의 신분을 떠올렸다. 이제 갓 신학대학을 졸업한 그는 시골 교회 전도사 부임을 앞두고 있었다. 그는 여느 목회자와 달리 고등학교 졸업 후 곧바로 신학대학으로 진학한 케이스였다. 세상에서 우왕좌왕 번민하고 타락하다 마지막 코스로 접어든 길이 아니었다.

어린 시절, 주일학교에 출석할 때부터 꿈꿔온 길이었다. 그 누구의 도움도 없이 신학교 4년을 마쳤고 군종장교로 군 복무도 마쳤다. 그리고 일부러 자청해 중소도시인 ○○읍에 있는 교회 전도사로 자임해 가는 중이었다. 그로선 첫 부임지인 셈이었다.

사례비가 얼마인지 따지지도 않았고 교세 역시 파악하지 않았다. 그에겐 남다른 도전정신 즉 개척의지가 있었다.

그는 여자가 내미는 술잔을 받아서 조용히 대접에 따랐다. 그리고 여자를 따라 이곳에 발걸음을 한 것에 깊은 후회를 했다. 아무리 영적 호기심이 발동해도 그렇지 쓸데없이 영력을 낭비하다니 그는 수저를 내려놓고 자리에서 일어섰다. 여자는 이미 인사불성으로 취해 제정신이 아니었다.

벌써 술병이 여러 개째 비워지고 있었다. 경철은 주인에게 값을 지불한 뒤 역사(驛舍) 쪽을 향해 걸어갔다. 시장 통로를 지날 때마다 많은 사람들과 어깨를 부딪치고 악다구니 소리를 들었다. 세상은 돈이라는 매개체를 두고 아귀다툼하는 거대한 영적 전쟁터였다.

인과관계(因果關係)도 경쟁구도 속에 먹히고 마는 이상한 구조가 형성되고 있었다. 경철이 전철 역사로 들어서기 위해 에스컬레이터를 오를 때였다. 뒤에서 악다구니 치는 여자의 고함이 들렸다. 마치 귀신 울음소리 같은. 그는 자동적으로 고개를 돌려 소리 나는 쪽을 향했다.

그녀였다. 여자가 보라색 융 외투를 집어던지며 그에게 소리치고 있었다. 욕설과 원한 맺힌 악다구니가 뒤섞여 발작증세를 나타내고 있었다. 그는 불에 데인 듯 놀라 서둘러 전동차를 향해 뛰어갔다. 여자도 기다렸다는 듯이 날랜 발걸음으로 그의 뒤를 쫓았다.

그러다 여자는 개찰구에서 멈춰 섰다. 지갑과 핸드폰이 사라진 것이다. 여자는 거의 실성하듯 울부짖더니 그대로 뒤로 넘어졌다. 동시에 경철의 발걸음은 전동차에 오르고 있었다. 흡사 악몽이라도 꾼 듯 경철의 등에서는 식은땀이 흘렀다. 가슴을 쓸어내리며 핸드폰 전원을 켰다.

부임지 교회에서 여러 차례 카톡이 와 있었다. 그는 곧장 답신을 보내고는 유투브를 열었다. 주옥같은 설교가 여럿 올라와 있었다. 차창 밖으로 낯선 도심 풍경이 지난 뒤 자리에서 일어나 출입구로 걸어갔다. 생전 처음 대하는 역명이 기다리고 있었다.

그가 내린 곳은 조금 전 그가 내렸던 소읍과는 확연히 차이가 났다. 거대한 강줄기가 보이고 팬션과 상가가 밀집된 관광도시였다. 비록 지명은 읍내였지만 여느 중소도시 못지않았다. 특별히 관광지구로 지정된 코스도 있었다. 케이블카와 레일바이크도 있었다.

생각보다 유동인구가 많을 것으로 보여 이 정도면 황금어장이나 마찬가지였다. 경철은 스마트폰으로 네이버 지도를 주소를 입력한 뒤 빠르게 걸어갔다. 교회는 상가를 지나 공터를 지난 뒤 논밭 사이를 지나 한적한 곳에 위치해 있었다. 생각보다 교회 규모가 컸다.

새로 신축한 2층 건물로 산뜻하고 시설도 잘돼 있었다. 사택도 깨끗하고 주변 환경도 좋았다. 그는 교회 본당으로 들어가 천천히 둘러본 뒤 담임목사에게 정식으로 인사를 했다. 그는 60대 초반으로 보였는데 상당히 노쇠하고 활기찬 모습은 전혀 없고 어딘지 주눅 든 표정이었다.

말소리도 힘이 없고 기력이 쇠잔해 보였다. 그는 경철을 보더니 만족한 표정으로 말했다.

"어딜 가나 목회 현장은 힘들기 마련입니다. 교세는 크지 않지만 이곳에서 목회 경험 쌓다가 목사 안수도 받으시고 더 큰 곳으로 나아가서 사역에 성공하시기 바랍니다."

그는 잠깐 당황했다. 뭔가 예상이 빗나간 느낌이었다.

"보시다시피 제가 몸이 좀 많이 안 좋습니다. 본 교인 외에도 휴가철이면 외지인들도 와서 예배드리고 영적으론 혼탁한 곳입니다. 영분별 잘하시고 힘껏 사역하시다 보면 하나님께서 더 좋은 길로 인도해 주시리라 믿습니다."

그는 숨이 가쁜지 잠시 뜸을 들이다 말을 이어갔다.

"앞으로 힘든 일들이 많을 겁니다. 어떤 일을 만나도 낙심하지 마시고 기도로 물리치시기 바랍니다. 가장 힘든 싸움이 영적 전쟁 아니겠습니까. 지치지 마시고 여기서 목회경험 쌓으시면 앞으로 어딜 가셔도 잘 견디고 승리하실 겁니다."

위로인지 경고인지 헷갈렸다. 하지만 이미 다 각오한 터였다. 담임목사에게 단단히 주의를 들은 그는 사택으로 가 짐을 푼 뒤 주변 길 산책에 나섰다. 어딜 가도 풍광이 좋았다. 푸른 삼림과 강가 풍경도 환상적이리만큼 아름다웠다. 가끔 등산객들도 나타나 유투브 촬영도 해 갔고 카페도 성업 중이었다.

경철은 속으로 탄성을 질렀다. 물 좋고 산 좋고 공기 좋은 곳이라더니 바로 그거였구나. 역 근처에는 2일과 7일이면 오일장도 선다고 했다. 이런 곳이면 교인들의 인심도 좋고 별 문제 없으리라. 그러나 방금 전에 들은 말이 떠올라 긴장이 됐다. 어차피 내민 발걸음 닥치면 해치리라.

어떤 문제도 헤쳐나가며 영적 근력을 키우리라. 기도와 말씀으로 어떤 난관도 물리쳐 나가리라. 그에겐 뚝심이 있었다. 어린 시절부터 달관된 고난에 대한 저력과 끈기 투지였다. 사역에 대한 열정도 있었지만 그렇다고 성공이나 출세를 위한 욕심은 없었다.

아직 젊은 나이라 그런지 대범하고 활기찬 면이 더 많았다. 사역은 고난의 연속이다. 얼마 전 돌아가신 어머니는 늘 말씀하셨다. 종갓집에 시집와 온갖 고초를 겪으며 살다 외아들이 신학대학 졸업한 것을 두고 영적으로 승리했다며 기뻐하던 어머니였다.

총명하기로 소문났던 어머니도 집안의 가혹한 핍박 앞에 속절없이 무너졌던 적도 여러 번이었다. 낙심과 절망이 몰려올 때면 아들이 목회자 되는 걸로 위안을 삼곤 했었다. 영적 근력을 키워야 한다. 그래야 영적 전쟁에서 승리할 수 있단다. 절대로 세상 영광 구하지 말고 여자 조심해라.

어머니는 어린 그의 귀에 대고 말했다. 그는 어머니에게 말했다.

"네, 목회자로 성공하기보다 작은 밀알이 되어 살겠습니다."

그러자 어머니는 또 말했다.

"세상 풍조에 흔들리지 말아라, 하늘에 소망을 두고 살아야 한다."

그 말씀을 마음의 심비(深祕)에 새겼다.

경철은 어머니의 기도에 늘 힘을 얻었다. 그러나 이제 그 어머니는 천국에 계신다. 이제 비빌 언덕은 없다. 오직 그리스도 한 분뿐이다. 경철은 주변 풍광을 바라보면서 마음속으로 형통을 빌었다. 그 역시 고난이나 불통은 원하지 않았다. 목회 현장에서 일어나는 많은 불상사를 목격하고 들은 적이 있었다.

멀쩡히 성실하게 잘 사역하는 목사를 은퇴 후 사례금을 주지 않기 위해 모함을 씌워 내쫓는다거나 자기들 마음에 들지 않는다는 이유로 사퇴를 강요하는 경우도 있었다. 코로나로 인해 교세가 줄어들자 책임을 물어 해임한 경우도 있었다. 사모가 암으로 투병하면서 더 이상 교인들을 돌볼 수 없자 해임당한 경우도 있었다.

그렇다고 다 그런 것은 아니어서 마음만 굳게 먹고 사역한다면 고난도 이겨내기 마련이었다. 욕심만 부리지 않는다면 사역지는 얼마든지 생길 수 있다고 믿었다. 경철은 아직 젊은 나이라 그런지 패기와 자신감이 있었다. 상처 받는 일이 발생한다 할지라도 마음에 철갑옷을 입고 물리칠 각오였다.

주변 길을 산책하고 숙소로 돌아왔다. 그는 샤워를 한 뒤 성경을 읽었다. 욥의 고난을 두고 판단하는 친구들의 이야기였다. 사람들은 남의 불행을 은근히 판단하고 즐기는 경향이 있다. 인과응보를 들먹이며 자신과 고난은 전혀 무관한 것처럼 생각하며.

경철이 신학교 원서를 썼다는 사실을 두고 주변 사람들은 가소롭다는 표정을 지었다. 종갓집에서 웬 목회자? 어머니는 가족 중에서 유일한 후원군이었다. 그 외에 교회의 어르신들과 선배 목회자가 있었지만 모두 멀리 떨어져 있거나 선교사로 파송돼 있었다.

세상은 넓고도 좁아 카톡으로 이메일로 소통하면서 소식을 이어갔지만 한순간 소식이 두절되기도 했다. 그런데 신앙관과 목회관이 투철할수록 고난과 역경이 많았다. 그리고 분쟁의 소용돌이에 휘말리는 경우도 많았다. 하지만 진실한 의인들은 항상 세상에 빛이 되었다.

고난 없는 승리는 없다.

그건 그의 지론(知論)이었다. 며칠 후 그는 교회에서 정식으로 부임 인사를 하고 사역에 들어갔다. 몇 명 안 되는 청년부를 맡았지만 담임목사의 병원행이 잦아짐에 따라 교인들 심방도 했다. 교인들 대부분은 농사를 짓거나 상인들이 많았다. 교회 출석도 불규칙했고 헌금 액수도 작았다.

전도사인 그의 사례비도 당연히 작았다. 하지만 숙식은 걱정하지 않아도 되었다. 그것만큼은 교회에서 해결해 주었기 때문이다. 그는 교인들과 거리를 두고 행동했다. 선배 목회자들로부터 많은 노하우를 전수 받아서였다. 지나친 친절도 경계했다. 이단들의 출몰에 대해서도 긴장감을 늦추지 않았다.

젊고 잘생긴 전도사에 대한 자매들의 유혹도 만만치 않았다. 그들은 주변에 있는 산에 캠핑이나 여행 왔다가 잠시 들린 손님(?)들이었다. 세파에 물들지 않은 전도사의 모습에 마음이 끌려 몇 번 더 예배 참석했던 뜨내기 교인들이었다.

근처에 있는 고급 카페에서 만나자고 하면서 노골적으로 교제를 요청

하는 경우가 있는가 하면 신앙상담을 핑계로 끈질기게 통화를 요구하는
경우도 있었다. 그중에는 절세미인도 있었고 장래가 촉망되는 전문직 여
성도 있었다. 유혹하는 수단도 다양했다. 경철은 난감했다. 이런 유혹이
닥치다니 전혀 생각지 못한 다양한 시도 앞에 흔들리는 순간도 발생했다.

그러나 그건 오래 가지 않았다. 갑자기 담임목사가 사망한 것이다. 장
례식이 끝나자마자 몇 안 되는 장로들은 모여서 새로 올 목사 청빙에 들
어갔다. 신임 전도사는 졸지에 임시 당회장이 되어 주일 수요 금요예배
는 물론 새벽 예배까지 인도하게 되었다.

몸이 열 개라고 모자랄 판이었다. 게다가 고령층이 대부분인 교인들의
장례식도 줄이어졌다. 영적으로 육체적으로 한계상황에 이를 때 새로운
사건이 발생했다. 그가 교인 중 젊은 과부와 절친이라는 소문이었다. 그
녀는 30대 초반으로 미모였고 죽은 남편의 빚을 떠안아 사면초가의 위기
에 몰려 있었다.

모두가 그녀의 처지를 외면하고 멸시하자 교회에 찾아와 전도사에게
하소연 하기에 이른 것이었다. 경철은 교인들에게 도움의 손길을 요청했
다. 그러나 평소에 그녀의 행실이 좋지 않았는지 경철에게까지 비난이
쏟아졌다. 선의가 왜곡돼 악의적인 소문으로까지 번진 것이다.

단 하루의 휴식도 없이 힘겹게 달려온 결과 치고 너무나 허망했다. 당
장이라도 쓰러질 듯이 힘든 기색을 보여도 관심 가져 주는 교인은 한 명
도 없었다. 젊으니까 괜찮겠지 싶은 모양이었다. 섭섭한 마음이 몰려오면
서 어느 날 그는 쓰러지고 말았다.

읍내 병원으로 그를 데려 간 것은 그녀였다. 교회에 봉사하러 왔다가
그를 발견해 구급대를 불러 병원으로 급송한 것이다. 그는 의사의 긴급

처치로 화복됐지만 마음은 여간 불편한 게 아니었다. 그는 처음으로 장로에게 너무 힘들어 사역을 접고 싶다고 말했다.

장로는 그제야 그에게 위로의 말을 하며 잠시만 기다려 달라고 했다. 곧 후임 목사가 올 테니 그때까지 기다려 달라고 했다. 그러나 청빙돼 온 목사는 목회를 시작한 지 6개월도 안 돼 인근에 있는 중소도시로 가 버렸다. 자신은 목회 스타일이 아니라며 계산적인 사고를 내비쳤다.

이렇게 혹사하며 이런 대접을 받을 바에야 차라리 목회를 접고 말겠다. 그리고 자기가 목사가 된 것은 순전히 자신의 뜻이 아닌 부모의 선택이라고 했다. 아무리 그래도 그렇지, 그럴 것 같으면 아예 목사 안수를 받지 말든가. 새로운 담임목사가 오기까지는 3년 6개월이란 세월이 흘렀다.

경철은 그동안 목사고시에 패스했고 막 안수식을 앞두고 있었다. 목회 철학이 뚜렷한 아내를 만나 결혼했고 또 다른 비전을 향해 준비하고 있었다. 그의 아내는 총명했고 친화력이 있어 교인들과의 유대관계도 돈독하게 잘했다. 목사는 언제든지 떠날 만반의 준비를 갖춰야 하며 개척정신이 있어야 한다고 했다. 뿐만 아니라 동네 대소사에 쫓아 다니며 일을 도와주고 전도해 교인 수도 증가시켰다. 아이도 태어났고 순탄대로가 이어지는 듯했다.

그가 목사 안수를 받던 날 아내는 감격의 눈물을 흘렸다. 그는 부목사가 되어 사역했다. 새로 온 담임목사는 온유하고 열정적이었다. 교인들의 신망도 두터웠고 교세도 커졌다. 신임 전도사가 부임해 왔지만 6개월만에 떠났다. 말로는 외국 유학이라고 했지만 시골이라 답답해 싫다는 게 이유였다.

시골에 계속 있다간 대도시로 나갈 기회마저 놓치고 그러면 원하는 목회를 못 할 것 같다고 했다. 경철은 한편으론 부러웠다. 떠날 수 있는 용기, 어느덧 현실에 적응하다 보니 개척의지마저 사라진 것일까. 그는 문득 사역지를 떠나 새로운 환경에 적응하고 싶었다.

세상은 불공평한 듯 보여도 심고 거두는 법칙은 변함이 없었다. 헛된 소문도 시간이 지나고 나면 진실은 밝혀지게 마련이고 진심도 마찬가지였다. 경철은 힘들 때마다 초임 전도사 때 담임 목사로부터 들은 조언을 생각했다. 목회 현장에서 벌어지는 상처와 영적 전쟁의 치열함에 대해서.

사역은 고난의 연속이다.

겉으로는 초연한 척해도 생활고는 힘들었다. 매달 받는 사례비는 저축할 여유분이 전혀 없이 빠듯했다. 아내는 변변한 옷 한 가지 해 입지 못하고 아이는 흔한 태권도 학원 한번 보낼 수 없었다. 그는 아내와 상의 끝에 결정했다. 좀더 나은 사역지를 구해 떠나자고.

여러 군데 청빙원서를 넣었고 아내와 함께 금식기도에 들어갔다. 그중 한 곳에서 연락이 왔다. 서류심사를 통과한 몇 명이 설교를 통해 결정됐는데 인근에서 멀리 떨어진 중소도시였다. 유동 인구도 많고 교세도 결코 작지 않았다. 더 이상 아이의 학교 문제를 두고도 고민하지 않아도 되었고 아내도 만족했다.

그의 청빙소식이 전해지자 담임목사가 제일 먼저 축하해 주었다. 그동안 노고가 많았다며 금일봉을 주었다. 교인들도 섭섭해 하는 눈치였지만 당연한 결과로 받아들였다. 그의 청빙 소식은 거의 기적에 가까운 일이었다. 그는 새로운 사역지에서 자신만의 목회철학을 마음껏 펼칠 생각을 하니 양 어깨에 날개를 단 기분이었다.

그는 부임하자마자 주변 정세를 살폈고 영적 지도를 그리기 시작했다. 그리고 교인들 중에 유독 상처받은 영혼이 많다는 걸 감지했다. 우울증이 창궐하는 시대였다. 그는 갈보리 사랑을 주제로 상처받은 교인들을 위로했고 특유의 카리스마로 교인들로부터 신망을 얻었다.

교인들은 처음부터 젊고 수려한 외모의 목사에 대해 호감을 나타냈다. 이단들에 강하게 대처하면서 상한 심령을 치유하는 명설교로 유명세를 떨쳤다. 아내의 적극적인 내조로 교세도 증가됐다. 마음이 안정되니 사역도 순풍에 돛단 듯이 순항되었다.

그렇게 시온의 대로를 달리면서 그는 지난날 선배들의 고언도 까마득히 잊은 채 안전만을 위해 질주했다.

그의 명설교는 유튜브를 통해 생중계 되었고 조회 수도 증가했다. 시쳇말로 안전 빵을 누리고 있었다. 그는 그것을 신의 은총이라 여겼고 거기에는 자신의 노력과 의(義)도 포함돼 있었다. 하나뿐인 아들은 공부도 잘해 전교 수석을 차지했다. 어느 날 그는 교인들 집을 심방하다가 이상한 광경을 보았다.

길가 모퉁이에 웬 거지가 고개를 숙인 채 잠들어 있었다. 머리는 산발을 하고 때에 찌든 옷은 찢겨져 속살이 훤히 내비쳤다. 그런데 자세히 보니 잠이 든 줄 알았는데 울고 있었다. 나이가 육십은 넘어 보이는 여자 노숙인이었다. 숨죽여 울던 여자는 인기척을 느꼈는지 자기 머리칼을 쥐어뜯으며 울기 시작했다. 귀기어린 한 서린 울음소리였다.

사람들은 못마땅한 표정으로 외면하며 지나갔다. 누군가는 핸드폰을 열어 급하게 연락을 취했다. 경철은 가던 발걸음을 멈추고 그녀에게 다가갔다. 어떤 이끌림이었을까. 그는 거지 여자에게 다가가 손을 내밀었다. 교인들은 그의 행위에 거부감을 나타내면서도 가만히 지켜봤다.

속으론 일정도 바쁜데 쓸데없는 일로 지체하는 목사가 이해가 안 갔다. 늙은 거지 여자는 퀭한 눈빛으로 그를 바라보았다. 정장 차림의 잘생긴 중년남자가 손을 내밀자 빤히 쳐다보며 눈물을 글썽였다.

"왜 여기서 이러고 계십니까? 사시는 곳은 어딥니까?"

여자는 고개를 가로저었다. 산발에 머리에 맨발이었다. 다리에는 피고름이 흘렀다. 경철은 여자의 표정에서 기억의 편린이 떠오르는 듯하다 이내 사라졌다. 옆에서 아내가 거들었다.

"식사는 하셨나요?"

여자는 배를 가리키며 배고파 죽겠다는 시늉을 했다. 그녀는 일어서려다가 도로 고꾸라졌다. 교인들은 웅성거리며 빨리 가자고 재촉했다.

"먼저들 가십시오."

교인들은 모종의 의견을 눈빛으로 교환하며 뒤돌아섰다. 경철은 마음속으로 외쳤다. 나사렛 예수 이름으로 일어나 걸으라.

경철은 교인들을 보내고 나서 여인과 잠시 대화를 이어 갔다. 집도 없이 떠돈 지는 10년도 넘었고 가족은 아예 처음부터 없었다고 한다. 길거리에서 태어나 고아원에서 살다가 지속되는 폭행에 견디다 못해 도망쳐 나왔다. 그런 그녀에게 악마의 손길이 뻗쳐온 건 20대 초반의 일이었다.

혼미한 정신을 비집고 그녀는 누군가의 꼬임에 빠져 신속에 있는 이단에게 접수되었다. 치외법권 지대인 그곳에서 그녀는 생지옥을 경험했다. 그곳은 한마디로 광란의 집단이었다. 하나의 거대한 정신병자들의 공동체였다. 그녀는 어떻게 그곳을 탈출해 나왔는지에 대해서는 말하지 않았다.

그녀는 간절히 평안을 원했다. 경철의 아내가 그녀를 일으켜 세웠고 사택으로 데려와 목욕부터 시켰다. 옷도 꺼내 입히고 행선지를 물으니 당연히 없다고 했다. 그녀는 생전 처음 맛보는 식사를 하면서 세상에 태어나 처음으로 평안하다고 말했다. 더 머물고 싶어하는 눈치였지만 그럴 수는 없었다.

인근에서 멀리 떨어진 재활센터에 보내기로 했다. 그녀는 아쉬워하면서도 순순히 응했고 떨어지지 않는 발걸음을 옮겼다. 사택을 나서기 전 경철은 그녀에게 안수기도를 했다. 험한 세상 잘 이기고 하나님의 자녀로 살아가게 해달라고 좋은 만남을 주시도록 간절히 기도해 주었다. 기도가 끝나고 나서 경철은 여자의 인상을 찬찬히 살폈다.

그러다 신임 전도사 때 전동차 안에서 보았던 그 흉측한 여자의 얼굴이 떠올랐다. 그녀와 상반된 인상이라 안심은 되었지만 불쌍한 생각에 자꾸만 눈물이 났다. 아내가 그녀의 손을 잡고 말했다.

"여기는 교회 사택이라 더 이상 모실 수가 없어요, 재활센터도 좋고 어딜 가시든지 생활하시다 어려운 일이 생기시면 언제든 찾아오세요, 아무도 그 누구도 믿지 말고 주님만 믿고 의지하세요, 제가 드리는 말씀 아시죠?"

여자는 고맙다며 고개를 끄덕였다. 그녀는 마지막으로 하고 싶은 말이 있다며 호소하듯 말했다. 고아 출신으로 살아오면서 겪은 끔찍한 상처 이야기였다. 고아 친구 꼬임에 빠져 이단으로 들어갔다가 심신이 망가진 채 탈출한 이야기와 거지꼴이 되어 헤매다 수십 리를 걸어 이곳까지 오게 되었다는 이야기를 반복해서 했다.

그런데 돈을 들고 돌아서는 그녀의 눈빛에서 이상한 기운이 발견되었다. 교활한 웃음이 입가에서 번지며 경철과 아내의 입에서 자신도 모르는 탄식이 터져 나왔다. 이상한 일은 이후에 벌어졌다. 어디서 나타났는지 툭하면 교회로 노숙자나 동네 불량배들이 찾아오기 시작한 것이다.

떼거리로 찾아와 먹을 것과 돈을 요구하는가 하면 잠자리를 요구하기도 했다. 요구가 관철되지 않으면 교회에 불을 지르겠다고 하고 갖은 협박을 다했다. 한번은 목사관 사택 창문을 부수기도 하고 대예배 때 나타나 소동을 벌이기도 했다. 교인들이 경찰에 신고했지만 시간이 지나면 또다시 나타나 난동을 부렸다.

그와 같은 일이 반복되다 보니 스트레스에 강박증까지 발생했다. 거의 매일 초긴장으로 살다 보니 담대했던 아내도 불면증과 우울증을 호소하기에 이르렀다. 더 괴로운 건 교인들 사이에 알 수 없는 괴담이 돌기 시작한 것이다. 경철은 자신이 당하는 고난을 전혀 해석할 수 없었다.

자신과 아내는 불쌍한 영혼을 향해 선행을 베풀었을 뿐인데 돌아온 건 고난과 상처였다. 핍박과 협박과 괴담이라니, 억울하고 분통 터질 노릇이었다. 아이가 학교에서 학폭을 당해 피투성이가 되어 돌아오는 사건도 발생했다. 아이는 이곳이 무섭고 싫다며 다른 곳으로 이사 가자고 졸라 댔다.

아내가 우울증 때문에 교인들 앞에 나서기를 꺼리면서 사모에 대한 악소문도 돌았다. 부부 사이가 안 좋은지 사모가 우울증에 걸렸다더라. 아내는 못 견디게 괴로워했다. 그동안 아내로부터 음으로 양으로 많은 도움을 받았던 교인들도 소문에 동참하고 있었다.

교회에 흉흉한 소문이 돌면서 떠나는 교인 수도 늘어났다. 심신이 괴롭다 보니 설교도 맹탕식이었다. 짜깁기식으로 전에 했던 설교에 내용만

살짝 바꾸거나 남들이 했던 뻔한 설교를 되풀이하는 식이었다. 설교가 끝나면 교인들은 인사 한마디 없이 돌아서 나갔다.

어떤 교인은 다가와 노골적으로 말했다. 목사님 오늘 하신 설교 지난번에 하신 것과 똑같은 거 같아요. 말속에 비웃음이 숨어 있었다. 아내는 아내대로 힘든 내색을 했다. 아무리 화장을 해도 우울한 기색은 숨길 수 없었다. 여자 노숙자가 다녀간 이후 매일 악몽에 시달리면서 소화불량 증세까지 나타났다.

이제 목사 부부 이야기는 교인들 사이에 점차 회자되기 시작됐다. 괴담은 괴담대로 악소문은 발을 달고 퍼져나갔다. 제대로 된 확인절차도 없이 그야말로 헛소문이었다. 그러나 경철은 아무런 해명도 하지 않았다. 해봤자 통할 리가 없다는 것도 알았다.

교인들도 그것이 헛소문이란 걸 모를 리 없었다. 소문은 근원지도 없이 퍼져나갔고 그러자 이번에는 교회 중직인 장로들 사이에서 험한 말이 나왔다. 그의 은퇴가 논의되기 시작한 것이다. 그건 이미 예정된 수순이나 마찬가지였다. 사면초가의 위기에 몰린 경철은 아내와 함께 금식기도에 들어갔다.

영력이 고갈되고 몸과 마음이 탈진된 상태였다. 아들은 빨리 이곳을 떠나자며 매일 졸라댔다. 그는 기도하다가 고난의 원인이 어디에서 시작되었는지 생각하다 여자 노숙자를 생각했고 신임 전도사 시절 전동차 안에서 만났던 여자 괴인을 떠올렸다. 그러다 통장 안에 든 잔고를 생각했고 자신의 나이와 미래를 생각했다.

이미 오십줄에 들어선 나이라 새로운 부임지를 찾기도 애매했다. 영적 혼미는 계속되었고 은퇴 압박도 거세졌다. 차라리 훌훌 털고 떠나자 생각하자 아이가 걸렸다. 곧 대학도 들어가야 하는데 걱정이 안 될 수가 없었다. 아이는 의료 선교사로 활동하기 위한 비전을 가지고 있었다.

그러나 학폭에 시달리면서 성적도 떨어지고 불안증세를 떨치지 못해 안간힘을 쓰고 있었다. 아이는 이곳만 떠나면 살 수 있을 것 같다며 매일 호소했다. 경철은 십자가 앞에 엎드리면서 오랜만에 그리스도의 십자가 고통을 묵상했다. 그리스도는 하나님과 본체이면서 왜 끝까지 하나님과 동등됨을 주장하지 않았을까.

네가 그리스도이거든 당장 십자가에서 내려와서 증명하라.

네 자신도 구원하지 못하면서 누굴 구원하겠다는 것인가.

네가 그리스도냐 유대인의 왕이냐. 그렇다면 십자가에서 내려오라.

조롱과 비웃음을 왜 끝까지 참아냈을까. 나 같으면 당장 내려와서 비웃는 무리들을 대신 십자가에 못 박았을 것을. 나 같았으면 고난 대신 영광을 택했을 것을. 그렇다. 난 십자가 대신 영광을 구했던 것이다. 안정된 평화 보장된 목회 미래에 집중하였다. 경철은 뒤늦게 후회했다. 회개 기도가 터져 나오면서 영적 감각이 살아나기 시작했다,

편안하게 안주하기보다 항상 떠남의 자세로 사역해야 한다는 것을 깜빡 잊고 살았다. 사역은 고난의 연속이다. 그는 자신의 안일함을 깨닫고 눈물의 회개기도를 했다. 교회에서 나가라면 나갈 작정이었다. 이미 아내와 아이와도 합의된 사항이었다.

잠시 안식한 뒤 새로운 사역지를 찾아 어디든 가리라. 그는 모든 걸 내려놓기로 했다. 당회에서 경철의 사퇴는 결정이 됐고 새로운 담임목사 청빙 건도 통과되었다. 그는 사택으로 돌아와 짐을 꾸렸다. 아내와 아이는 가슴을 쓸어내리며 안도했다.

어디든 가리라.

언젠가 들었던 선배 목회자의 말이 떠올랐다. 목회 사역은 고난의 연속이다. 그동안 정들었던 사역지를 떠나는 것은 슬펐지만 더 이상 상처받지 않고 떠나는 것도 축복이라 생각했다. 사랑받고 인정받고 상처와 억울함도 많았지만 경철은 가족과 함께 흔쾌히 떠남에 동의했다.

그들이 탄 자동차가 떠날 때 몇몇 교인들이 배웅을 해주었다. 참았던 눈물이 폭포수처럼 흘러나왔다. 그들의 떠남은 너무나 신속하게 이루어졌고 진행되었다. 그동안 살던 동리가 시야 밖으로 점점 사라질 때 그들을 지켜보는 눈이 있었다. 길가에서 만났던 여자 노숙자였다.

그녀 얼굴 위에 신임 전도사 시절, 전동차 안에서 만났던 여자 괴인의 얼굴이 오버랩 되고 있었다. 경철은 예견하고 있었고 그 어떤 평안함이 마음속에 차오르면서 기쁨이 넘쳤다. 그들보다 앞서 떠났던 이삿짐은 정처없이 도로 한가운데를 달리고 있었다. (2025년 창조문학)

정점

초여름날 불암산 밑에 있는 카페를 찾았다.

비안개가 산허리를 감싸고 운무가 형성돼 있었다. 군부대 앞 개울물 소리는 음악처럼 정겹고 배밭 사이를 끼고 카페로 가는 길목은 수국(水菊)이 한창이었다. 불암산이 한눈에 들어오는 카페는 하나의 거대한 캠핑장 같았다. 입구에 들어서자마자 텐트와 방갈로가 보였다.

정원에 꽃과 들풀이 향기로웠다. 고급 카페라 그런지 분위기도 좋고 서비스도 최상이었다. 빵과 커피를 파는 카페는 3층 건물인데 엘리베이터가 설치돼 있고 불암산에 흐르는 초록 풍경에 마음마저 넉넉하고 여유롭게 했다. 사방을 둘러보아도 낭만 아닌 곳이 없었다.

비 오는 밤이면 낭만은 배가 된다. 마치 캠핑 온 느낌으로 마음이 부요하다. 어디선가 개구리 소리가 들려오고 카페를 나서면 시골 분위기가 느껴진다. 경로당과 이발소 옷 수선소, 옹심이 메밀칼국수 집, 낮에는 불이 꺼져 있어 잘 몰랐는데 밤이 되자 음식점마다 불이 환히 켜져 있어 생소한 느낌마저 든다.

개울가에는 잡초가 만발하고 길가에도 쑥과 들풀들이 지천으로 피어 있다. 예전에는 흙탕물이던 개천가도 맑은 시냇물이 마음을 씻어내리듯 흐르고 있다. 배 밭과 과수원 농원이 보이고 조금 더 올라가면 등산로와 카톨릭 수도원도 보인다. 그러나 밤이 될수록 고기 굽는 냄새로 산공기가 몸살을 앓는다.

술과 상흔이 마음을 조급하게 한다. 세월의 변천에 따라 등산로 입구에는 외국 음식점들이 즐비하다. 불암산 정상을 차지한 거대한 바위가 비안개에 휘묻혀 있다. 여름비가 밤공기를 뚫고 연속극의 한 장면처럼 내리고 있다. 배 밭 너머 교회 십자가 불빛이 보이고 편의점 앞 버스 정류장에는 도시 나그네들이 모여 산자락을 바라보고 서 있다.

서울의 가장 외곽지대인 이곳에 곧 낭만 드라마가 펼쳐질 모양이다. 한갓지고 넉넉한 자유가 불암산 자락을 끼고 마을로 내달리고 있다. 어둠이 여름비와 함께 마음을 적시고 있다. 개울가를 중심으로 수십 년 세월을 거슬러 옛 향수를 일으키고 있다. 이곳은 마음을 여유롭게 이상한 힘이 있다.

윤애는 이십대 중반이던 때부터 이곳을 오가며 꿈을 꾸었다. 벌써 오래 전 일이다. 그때는 45번 버스 종점부터 배 밭이 형성돼 돈 1000원만 내면 얼마든지 배를 먹을 수 있었다. 땅바닥에 떨어지는 배는 그냥 공짜로 주워 갔다. 막 실업자가 되어 갈 곳 없는 그녀는 친구 자경이와 함께 불암산을 찾으면서 인생행로를 걱정했다.

그때 윤애와 자경이는 심각한 가정불화를 겪고 있었다. 집안은 하루도 조용할 날이 없는 폭풍 전야였다. 뼈저린 가난과 함께 술중독 폭력 욕설로 뒤범벅된 생지옥이었다. 그리고 둘 다 공통점이 있다면 상처로 인한 쓴 뿌리와 좌절감이었다. 윤애는 타고난 심신미약에다 가정 분란으로 날로 마음이 점점 무너져갔다. 무기력과 의욕상실로 지적능력마저 떨어져 거의 폐인처럼 살았다.

반면 자경이는 현실은 지옥 같아도 생각은 긍정적이었다. 그녀는 삶에 순응하는 것이 아닌 개척하는 것이라 믿었다. 타고난 건강으로 공장도 다니고 알바도 하면서 열심히 돈을 벌었다. 그러면서 마음속으로 굳게 결심했다. 차라리 죽을지언정 이 지옥 같은 집구석을 떠나고 말리라.

그녀는 컴퓨터 학원에 다니면서 자격증도 땄다. 그리고 힘들게 번 돈으로 큰맘 먹고 컴퓨터를 구입했다. 당시 돈으로 500만 원에 달하는 고가였다. 애지중지 아끼던 컴퓨터 앞에서 미래 설계를 꿈꾸던 어느 날, 술에 취한 아버지와 오빠가 대판 싸움을 하면서 컴퓨터가 박살나는 사건이 발생했다.

대번에 거금 500만 원이 날아간 것이다. 자경의 눈에서 불꽃이 튀었다.

"용돈 한 푼도 안 주는 인간들이 내가 힘들게 벌어서 산 컴퓨터를 부수냐? 니들이 그러고도 인간이냐?"

아버지와 오빠는 그때 험악한 마귀 형상으로 변하면서 자경에게 엄청난 폭력을 휘둘렀다. 오빠는 부엌에서 칼까지 들고 나와 그녀의 머리를 찍으려고 했다. 간발의 차이로 죽음을 면한 그녀는 그 자리에서 까무러치고 말았다. 밤새도록 미쳐 날뛰던 두 남자는 아침에 시체처럼 널브러져 있었다.

그 모양을 보는 순간 소리 안 나는 총이 있다면 두 인간을 향해 벌집이 되도록 쏘아 죽이고 싶은 심정이었다. 아버지와 오빠는 자경에게 돈 있는 기미만 보이면 주먹을 휘둘러 돈을 빼앗았고 친척들 앞에서도 주먹질과 발길질을 무시로 날렸다. 자경은 부서진 컴퓨터 잔해를 보면서 결심했다.

세상에 있는 남자란 인간은 모두 씨를 말려버리고 싶당께.

집을 나서는 그녀의 손에는 몇 개 안 되는 옷가지와 과도가 숨겨져 있었다. 따라오기만 해봐라 이 칼로 당장 죽여버릴 테니까. 그녀는 몰래 돼지 저금통을 헐어 교통비를 마련했다. 당시로선 차 삯이란 표현이 더 맞았다. 그리고 드라마의 한 장면처럼 서울역으로 달려가 가장 멀리 가는 기차표를 끊었다.

그리고 자신의 인생을 절대자에게 맡겼다. 남들은 살기 위해 서울로 상경하는데 그녀는 도리어 지방으로 내려가는 쪽을 택한 것이다. 집안이라는 굴레에서 벗어나기 위해서. 딱히 정해 놓은 곳도 없는 무작정 가출이었다. 6시간 만에 도착한 낯선 역에 내린 그녀는 거리를 배회하다 우연히 직업소개소를 찾아들어갔다.

하지만 이내 실망하고 되돌아 나왔다. 당장 갈 곳이 막막했지만 지옥 같은 집안을 벗어났다는 안도감에 오히려 위로가 넘쳤다. 그동안 상상하지도 못한 자유가 마음을 설레게 했다. 그녀는 고시방을 얻어 짐을 푼 뒤 일자리를 찾아다녔다. 막노동 현장에는 외국인 노동자가 득시글댔고 억센 경상도 사투리는 소통이 잘 되지 않았다.

수산물 가공업체에 취업한 자경이는 몸이 부서져라 일했다. 몸은 힘들어도 술에 취해 미쳐 날뛰던 아버지와 오빠를 안 보니 살 것 같았다. 그 인간들 꼴을 다시 보느니 차라리 자살하는 게 낫겠다 싶었다. 그러면서 그녀는 딱 두 가지 결심을 했다. 첫번째는 어떤 상황에도 눈물을 흘리지 않을 것과 두 번째는 죽기 진전까지 가족을 찾지 않겠다는 것이었다.

그 망할 놈의 집구석 다시 들어가나 봐라. 마음속으로 다짐하며 아느날 습관처럼 전통시장 쪽으로 발걸음을 옮겼다. 시장에는 삶의 진풍경이 펼쳐지고 있었다. 각종 볼거리와 먹을거리가 풍성했다. 집안에서는 단 한

번도 맛볼 수 없었던 먹을거리가 눈에 들어왔다. 와! 맛있겠다. 그녀는 주머니에 든 돈을 만지작거리며 다가갔다.

그러다 아차! 했다. 고시방 월세 줄 돈이 빠듯했다. 그래도 유혹을 떨쳐버릴 수 없었다. 어린 시절 떡볶이 먹고 싶다고 말했다가 엄마한테 엄청나게 두들겨 맞은 기억이 났다. 그때 기억이 떠오르면서 눈물이 핑 돌았다. 입안에 군침이 돌면서 좌판에 놓인 떡볶이를 향해 손이 먼저 갔다. 그녀는 큰맘 먹고 떡볶이를 사 먹었다.

"많이 주세요."

주인은 접시에 떡볶이를 한가득 담아 주었다. 그녀는 맛있다 소리를 연발하며 마구마구 먹어댔다. 그 모양을 멀리서 물끄러미 바라보는 눈길이 있었다. 인근에서 개척교회를 하는 전도사였다. 그는 길 잃은 양 한 마리를 위해 무엇을 할 수 있을까 잠시 고민했다. 그리고 그녀가 자리에서 일어나자 다가가 말했다

"이따가 우리 교회 수요예배 나오세요. 길을 안내해 드리겠습니다."

"길이라뇨?"

"예, 그리스도만이 우리의 길 되시고 생명이 되십니다."

그날로 자경이는 개척교회 교인이 되었고 이전에는 경험할 수 없었던 길이 열리기 시작했다. 그녀는 얼마 안 가 착실한 교인이 되었고 다니던 공장을 그만 두고 인근에 위치한 새로운 공장에 취직이 되었다. 그것은 기적처럼 한순간에 이루어져 자신도 놀랄 정도였다. 그녀는 생전 처음으로 성취감을 누렸다.

엄마가 입버릇처럼 말했던 '아무 짝에도 쓸모없는 멍청한 년' 소리를 듣지 않아도 되었고 그 말의 감옥에서 벗어날 수 있어서 천만다행으로

여겨졌다. 돈이 모여져 작은 월세방을 얻어 자취를 시작했는데 어떻게 알았는지 서울서 오빠가 찾아왔다. 평소 개망나니로 소문난 오빠는 아버지와 판박이였다.

술중독에 폭력 전과자로 끔찍한 지옥의 하수인이었다. 사람은 죽어도 안 변한다. 그 말처럼 오빠는 교활한 거짓말로 그녀를 속여 그동안 애써 모은 돈을 모두 빼앗아갔다. 어떻게 알고 찾아왔느냐는 말에 니가 어딜 가면 내가 못 찾을 것 같냐며 악마의 이빨을 드러냈다. 나중에야 알았다. 그 범인의 흔적을.

그는 바로 친구 윤애였다. 그날로 자경이는 윤애와 모든 소식을 끊고 말았다. 오빠는 말투와는 달리 처음으로 인정 있게 말했다.

"누구든 너 괴롭히거나 힘들게 하는 인간 있으면 이 오빠한테 말해라, 내가 물고를 내줄 테니."

느낌이 싸했다. 저 인간이 죽을 때가 됐나, 생전 안 하던 말을 하네. 하긴 무슨 꿍꿍이속이 있겠지. 워낙 흉악한 놈이니까

어느 날인가부터 자경이는 일본어 학원에 다니기 시작했다. 항구로 가면 일본으로 출항하는 배편이 있었는데 그것을 이용할 생각이었다. 설마 일본까지 찾아와서 괴롭힐 일은 없겠지. 일본어와 함께 기초영어도 배웠다.

다른 인지능력은 뒤떨어지는 편인데도 어학능력은 있는지 습득이 잘 되었다. 일본으로 가려면 무엇보다 돈이 필요했다. 일본은 우리나라보다 물가가 월등 비싼 편이었다. 그러나 그건 한순간 물거품이 되어 날아갔다. 일본에 어떤 인간관계도 없고 건너가서 딱히 지낼 방법도 없었던 것이다.

여행으로 잠시 다녀올 수는 있겠으나 무슨 방법으로 돈을 벌어 생활할 수 있단 말인가. 그래도 그동안 배워둔 어학실력으로 새로운 길이 열리기 시작했다. 가끔씩 여행가이드가 되어 생활한 적도 있었고 무능력이란 꼬리표를 잠시 떼어놓을 수 있어 자신감이 붙기도 했다.

어느 날 그녀는 또다시 큰맘 먹고 컴퓨터를 구입했다. 거금인 오백만 원이나 주고 구입한 컴퓨터는 그녀에게 새로운 지식의 장을 열어놓고 있었다. 그녀는 컴퓨터로 교회에서 사용하는 주보도 만들어 출력했고 각종 행사 때는 자신이 직접 나서 포스터나 알림판도 만들었다.

교인 중 누군가 나서 결혼 상대를 소개하겠다고 했지만 그녀는 단연코 거부했다. 이유는 단 한 가지였다. 가정에서 겪는 고통은 나 하나로 족하다. 굳이 2세까지 만들어 대물림하고 하고 싶지 않다. 누군가는 부정적인 시각이라고 말했지만 그녀의 생각은 변하지 않았다.

어느 날 퇴근해 돌아와 보니 오빠가 앉아 있었다. 왜 또 왔냐고 하니까 다신 괴롭히지 않을 테니 돈을 달라고 했다. 인근에 있는 직장에 취직했는데 후배들한테 술대접 해야 한다고 했다. 그녀는 속으로 웃으며 말했다.

'취직은 무슨 취직? 양아치 같은 놈이.'

돈 십만 원을 주면서 다시 찾아오지 말라고 했다. 그러면서 너무 끔찍하니 다시 찾아오면 자살해버리겠다고 했다. 그런데 알고 보니 그 직장이란 게 취객들 상대하는 술집이었다. 그는 거기서 주먹 쓰는 어깨들과 보안을 담당하고 있었다. 타고난 기질이 범죄형이라 할 수 있는 게 그것밖에 없었다. 말 안 들으면 여동생을 술집에 팔아버리겠다고 악담하던 인간이었다.

천하에 씨도둑은 못 고친다고 그 말도 아버지한테 얻어들은 것이었다. 그런데 오빠는 왜 하필이면 여동생이 사는 인근으로 와서 살 생각을 했을까? 백번 생각해도 모를 일이었다. 어릴 때부터 못 된 짓이라곤 도맡아 하던 인간이 하나밖에 없는 여동생한테 아직도 해코질 할 일이 남았단 말인가.

언젠가 거금을 주고 구입한 컴퓨터를 아버지와 함께 박살낸 사건이 떠올랐다. 분노로 가슴이 덜덜 떨렸다. 소리 안 나는 총이 있다면 당장이라도 쏘아 죽이고 싶었다. 그리고 윤애에 대한 복수심으로 살의마저 느꼈다. 나쁜 년. 서로 동병상련의 처지로 누구보다 공감하며 절친이라 생각했는데 그년이 나를 구렁텅이로 몰아넣다니 눈앞에 보인다면 칼부림이라도 하고 싶은 심정이었다.

그녀가 무슨 심정으로 오빠에게 자신의 거처를 알려주었는지 그건 궁금하지 않았다. 분노로 머리가 태울 듯이 뜨거워졌다. 그러다 오빠가 인근에 있는 술집 깡패들과 패싸움을 하다 칼에 맞고 쓰러진 사건이 발생했다. 당시 신문에 대문짝만하게 보도된 폭력배들의 이권다툼으로 인근이 피바다가 되다시피 했다.

오빠는 중상을 입어 중환자실에 입원했고 어떻게 알았는지 자경이에게 연락이 왔다. 와서 병원비를 감당하라는 것이었다. 그녀는 컴퓨터가 박살난 사건을 떠올리며 자신과는 아무 상관도 없는 사람이라며 다시 연락하지 말라고 엄포까지 놓았다. 자경은 항상 극단적으로 말하고 행동하는 것이 습관처럼 되었다.

말을 하면서도 온몸에 소름이 돋았다. 오빠는 중환자실에서 사경을 헤매다 결국 숨을 거두었다. 대수술을 받아야 했지만 아무도 나서지 않았고 그냥 방치된 상태에서 죽은 거나 마찬가지였다. 자경은 오히려 홀가분했다. 다시는 원수 놈을 안 보게 되었으니 속이 시원하다고 생각했다.

그러면서도 가슴 한복판에서 눈물이 폭포수처럼 흘러내렸다. 평생 사람 구실 못하고 사람들의 비난과 손가락질 속에 살다 간 비참한 인생이었다. 사랑이나 인정은 전혀 경험하지 못한 채 오직 분노로만 일관한 인생이었다. 그래서 죽을 때도 철저하게 혼자였다.

하나뿐인 여동생에게 마지막으로 도움을 청했으나 그마저도 외면당하고 온몸이 칼에 난자당한 채 죽음의 사신을 따라갔다. 생각해 보면 오빠만큼 불쌍한 인생도 없었다. 사랑받아 본 경험이 없으니 사랑할 줄도 몰랐고 칭찬이나 격려 대신 악담만 듣고 살았다.

사실 오빠는 자경이와 배다른 형제였다. 아버지가 술집 여자와 관계를 맺은 끝에 태어난 불운한 인생이었다. 중절 수술을 위해 산부인과에 갔다가 시기를 놓친 불운한 인생이었다. 그래서 가족으로부터 더 미움과 학대받으며 성장했고 방치된 채 악으로만 몰렸다.

가족은 오빠의 죽음을 접하고도 조문조차 안 갔을 게 뻔하다. 한 번도 사람대접 받지 못하고 폭력배 전과자 소리만 듣던 마지막까지 비참했던 인생 앞에 자경은 눈물을 멈출 수 없었다. 자신도 예상 못한 현실 앞에 그녀는 망연자실했다. 한번 왔다 가는 게 인생인데 저렇게 살다 갈 바에야 아예 태어나지 않는 게 나을 뻔하지 않았을까.

누구에게나 인생은 일회성이고 연습이 아닌 실제상황인 생방송으로 이루어지는 게 아니던가. 자경은 언젠가 들었던 목사의 설교를 생각하며 눈물지었다. 언젠가 자신이 했던 첫 번째 결심이 무너져 내리고 있었다. 어떤 상황에도 절대 눈물을 흘리지 않으리라.

그깟 병원비 몇 푼 든다고 아까워 외면했던가. 칼잡이들이 무서워 조문조차 외면했던가. 하지만 살아 있다고 해도 상황은 달라지지 않았으리라. 사람은 죽어도 변하지 않는다. 타고난 기질과 성품으로 살아가는 것이다, 악인은 악인대로 선인은 선인대로.

한편 윤애는 무능감과 자포자기 속에 엉뚱한 상상력에 휘말렸다. 현실을 제대로 인식하지 못한 데서 오는 도피의식이었다. 현실은 조여 오는 감옥과 같았다. 집밖으로 나가고 싶어도 버스비가 없어서 못 나갈 정도였다. 몸은 병에 치여 수시로 사경을 넘나들었다. 잠시도 정신을 차릴 수 없을 만큼 혼란스러웠다.

가족은 밤낮 누워 사경을 헤매는 그녀에게 막말을 퍼부었다. 병원 데려갈 돈도 아까우니 차라리 나가서 죽어버려라. 혼란한 정신 속에 죽음의 영이 찾아왔다. 책상 위에 올라가 목을 맨 것 같기도 하고 손목에 칼을 댄 것도 같았다. 기억이 가물거리면서 몇 번인가 사선을 넘나들었다.

그러나 가족은 일체 반응을 보이지 않았다. 오히려 막말만 퍼부었다. 이번에도 죽지 않고 살아났네. 명줄도 길지. 먼 지방으로 떠난 자경이에게 연락이 왔다. 차라리 집을 나와 생활해라. 아무려면 굶어 죽기야 하겠니? 그러나 밖으로 나가려고 해도 차비가 없어, 수중에 동전 하나도 없는 걸. 어째 그 모양일까?

내가 환자잖아 자리에서 움직이기도 힘든데 누가 돈을 주겠어? 그랬다간 죽인다고 칼 들고 덤빌걸. 윤애의 아버지 역시 자경이 아빠와 비슷했다. 평생 손에서 술병을 놓은 적이 없었고 가족들에게 따듯한 말 한마디나 용돈 한번 쥐어준 적이 없는 무능력자였다.

항상 분노에 차 신세타령을 하며 가족들을 원망했다. 명절 때면 제사상을 뒤엎고 조부를 원망했다. 조상이 지은 죄가 많아서 일이 안 풀린다며 난동을 부렸다. 한번 수렁에 갇힌 정신은 좀처럼 헤어날 줄 몰랐다. 엄마는 중환자였다. 그러나 가난과 아버지의 방치로 병은 날마다 위중해졌다.

분노에 찬 엄마는 말했다. 너라도 일어나서 돈을 벌어야지 왜 매일 누워 지내냐? 남편 복 없는 년은 자식 복도 없다더니 차라리 나가서 구걸이라도 해라.

가족들은 거지처럼 연명하는데 아버지와 남동생은 툭하면 반찬투정을 하며 밥상을 엎어버렸다. 목적은 오직 하나였다. 가족을 괴롭히는 것. 악마의 발상이었다. 그러다가도 남들한테는 생색내는 걸 좋아했다. 어쩌다 좋은 물건이 생기면 남한테 주면서 호인 노릇을 했다.

명절 때면 가족들한테 철천지원수처럼 대하면서 조카들한테는 쌈짓돈까지 내주며 호인 노릇을 했다. 그 모양을 보고 있던 오빠는 밖으로 나가 동네 아이들과 패싸움을 벌였다. 나중에야 알았다. 가족들은 모두 분노조절 장애를 앓고 있었다. 윤애는 심신미약에다 선천적으로 심장이 약해 자주 앓아누웠다.

그런 윤애를 두고 가족들은 모두 악담을 퍼부었다.

"저런 걸 자식으로 키우다니, 키워 봤자 사람 구실이라도 할 수 있겠어?"

"몸이나 건강해야 공장을 보내든가 식모살이라도 보내서 월급이라도 또박또박 받아볼 텐데."

"저 인간은 자식들을 무슨 돈벌이 수단으로 안다니까."

"돈도 못 벌어올 것 같으면 키울 필요 있남? 누가 달라고 하면 보내버릴 텐데."

"저런 걸 누가 달라고 해? 빨리 죽기나 하면 다행이지."

윤애는 혼미한 정신 속에서도 그 악담을 다 듣고 가슴에 새겼다. 부모의 말대로 그녀는 공장살이할 처지도 못됐다. 약체질에다 정신이 산만해 무슨 소리를 들어도 그 자리에서 까먹었다. 어느 날 시장에서 식당을 하는 이모가 찾아온 적이 있었다. 이모는 시장에서 국밥집을 하는데 성질이 괄괄하고 드셌다.

돈이라면 양심도 윤리도 없었다. 그녀는 윤애를 보더니 잠시만 식당에 나와 일하라고 했다. 부모의 성화에 윤애는 간신히 몸을 움직여 식당에 나갔다. 겨우 정신 차리고 서빙을 하는데 빨리빨리 못한다고 성화를 하고 손님들 앞에서 개망신을 주었다. 결국 며칠 하다 쫓겨났는데 일당도 못 받고 나왔다.

그뿐만이 아니었다. 언니와 형부에게 찾아와 조카 욕을 있는 대로 다 하다 돌아갔다. 바쁠 때는 알바라도 고용해야 하는데 일당이 아까우니 대신 조카를 데려다 공짜로 일을 부려먹고는 딴청을 부린 것이다. 그 모양을 보고 아버지는 술타령을 하며 딸에게 무지막지한 폭력을 휘둘렀고 엄마는 나가 죽으라고 악담을 했다.

며칠 후 이모는 또 찾아왔다. 바쁜데 식당에 일할 사람이 없으니 설거지라도 도와 달라고 했다. 또다시 받을 구박과 설움이 무서워 안 간다고 했더니 술에 취한 아버지가 딸에게 주먹을 휘두르며 빨리 가라고 윽박질렀다.

"식당 일 시키면서 일당도 안 주는 데가 어디 있어? 일당 주면 가고 안 주면 안 갈 거야."

"일당 줄 것 같으면 널 왜 써? 밥 먹여주는 것만도 황송한 줄 알아야지."

돈 귀신 붙은 이모는 거품을 물었다. 그러자 엄마가 나섰다.

"단돈 몇 푼이라도 줘야지, 공짜로 일부려 먹는 데가 어디 있어, 이 천하에 몹쓸 년 죽일 년 날강도 같으니."

엄마가 처음으로 딸 역성을 들었다. 처음이었다. 이모는 들릴락말락 제 언니한테 악담을 하더니 가버렸다. 그리고 한 달 뒤 이모는 식당에서 혼자 일하다 뇌출혈로 쓰러졌다. 119로 병원으로 실려 갔지만 이미 사망한 뒤였다. 이모가 죽자 여태껏 이모 식당에 한번도 발길도 않던 자식들이 나타나 서로 유산을 차지하겠다고 아귀다툼을 벌였다.

그러자 이번에는 첩살림 차려 집을 나갔던 이모부까지 나타나 난장판이 벌어졌다.

"그년 돈 귀신에 사로잡혀 환장하더니 참 말년 꼴이라니."

엄마는 혀를 끌끌 찼다. 아버지는 이모 장례식에 갔다가 술에 만취돼 소동을 부리다 쫓겨났다. 조문객들이 주취 난동을 부리는 아버지를 끌어내며 말했다. 개 쓰레기 같은 인간이라고.

윤애는 살면서 생각했다. 도대체 인정(人情)이란 게 뭘까. 사랑이나 배려는 또 뭘까? 한동안 혼돈의 시간이 지나고 간신히 정신을 차린 며칠 뒤였다. 집 밖으로 간신히 발걸음을 내딛었는데 누군가 앞을 가로막고 섰다. 자경이의 오빠 강석이었다. 웬일로 다정한 목소리로 말했다.

"그동안 많이 아위었구나. 힘들지?"

처음 들어보는 다정한 말에 눈물이 왈칵 쏟아졌다.

"너도 우리 자경이처럼 독립해서 살면 좋을 텐데."

언제 윤애의 사정을 꿰뚫고 있었을까. 자경은 또다시 눈물이 났다.

"내가 자경이한테 전해줄 물건이 있는데 주소 좀 가르쳐줄래."

윤애는 자경이가 보낸 편지를 내밀었다. 동시에 강석의 눈에 불꽃이 튀었다. 험악한 미소와 함께 윤애의 손에 돈이 쥐어졌다. 돈을 받아든 순간 윤애의 눈에도 불꽃이 튀었다. 이 돈이면 먼 곳으로 가 휴식을 취할 수도 있겠구나. 윤애는 오랜만에 집을 나서 시외버스를 탔다.

강이 보이는 시외버스를 타고 바깥 풍경을 구경하면서 처음으로 강박증에서 벗어났다. 세상에 태어나 처음 느끼는 자유와 평화였다. 그녀는 그 자유와 평화를 위해 돈을 벌어야 한다고 생각했다. 그러면서 서서히 현실인식이 찾아왔다. 비록 푼돈이지만 알바를 시작했다.

가족은 그녀가 알바를 하든 자리에 누워 사경을 헤매든 신경 쓰지 않았다. 날마다 술 마귀와 전쟁을 벌이고 있었기 때문이다. 환란풍파에 치인 가족은 악감정만 쌓여 이성을 잃어갔고 어느 순간 뿔뿔이 흩어졌다. 윤애는 어느 날인가부터 하얀 백지 위에 글을 쓰기 시작했다. 유일한 친구인 자경이가 멀리 떠났기 때문에 그녀에겐 대화 상대가 없었다.

그녀는 자신의 온갖 감정을 백지에다 호소했다. 백지는 그녀의 온갖 감정 쓰레기를 담는 유일한 공간이었다. 때때로 희망 소원 미래라는 단어도 심겨졌다. 백지는 그녀의 활동공간이자 안락 같은 것이었다. 그녀는 백지에 써넣은 감정대로 여흥에 휩싸였고 수없이 서울을 떠났다.

낯선 이질감 속에 자신을 숨겨두고 좀 더 자유롭고 싶었다. 떠남은 항상 설렘을 동반하고 창작 의욕을 부추겼다. 그녀는 되지도 않는 소설을 끼적거렸으나 한 번도 완성의 기쁨을 누리지 못했다. 그래도 가난한 꿈을 멈출 수는 없었다. 낯설고 외진 곳, 초록풍경이 있고 스토리가 있는 곳이면 어디든 은거(隱居)하고 싶었다.

　그중에서 불암산이 가장 눈에 들어왔다. 서울이면서 시골 같은 언제든 달려갈 수 있는 불암산 동리였다. 그곳은 무일푼이어도 떠날 수 있는 최적의 여행지였다. 세월 속에 배 밭은 사라지고 고기 음식점들이 차지하면서 낭만이 대폭 삭감되었다. 그뿐이랴. 그녀가 자주 찾았던 여행지도 고급 음식점과 대형 마트가 들어서면서 낭만과 이질감도 동시에 사라졌다.

　이젠 갈수록 도시와 농촌의 격차가 사라지는 느낌이다. 생활은 편리해진 반면 아늑한 시골 정서는 사라지고 지루한 일상이 반복되는 느낌이었다. 그녀는 다시 불암산 동리로 발걸음을 옮겼다. 그곳에 들어선 대형 카페에 들어가 비싼 커피를 마시며 불암산 풍경을 바라보며 부요한 느낌에 젖어든다.

　이젠 예전 같지 않아 설렘은 반감되고 조급한 중년이 찾아왔기 때문이다. 낭만심리도 점차 사라지고 있다. 조급함이 자꾸 시간을 앞당기고 있었다.

　누구나가 인생에서 가장 힘든 정점(頂點)이 있다.

　그 시기를 지나고 났을 때 아! 하고 깨닫는 것은 전화위복이 되었거나 상황이 좋아졌다는 뜻이다. 고난이 언제까지 이어지는 것은 아니다. 반드시 끝이 있고 언젠가는 형편이 좋아지는 날이 있기 때문이다. 성경에도 나와 있지 않은가.

　이 또한 지나가리라.

　그래서 남의 힘든 처지를 두고 함부로 말할 것은 못 된다. 옛말에도 있지 않은가.

자식 둔 사람 남의 자식 흉보지 마라. 음지가 양지 되고 양지가 음지 된다. 쥐구멍에도 볕들 날 있다. 윤애는 극심하게 힘들었을 때. 사람들이 흔히 말하는 팔자와 운명이란 단어를 믿었었다.

끝나지 않을 것 같은 고난이 수레바퀴처럼 연이어 찾아왔기 때문이다. 삶 자체가 고난의 연속이다 보니 배려(配慮)나 인정(認定) 의미조차 모르고 살아왔다. 난관(難關) 아닌 적이 없었고 도대체 쉬운 일은 하나도 없어 보였다. 그녀는 그 모든 과정과 결과를 다 자신 탓으로 돌렸다.

그러면서 끝없는 자괴감에 침몰되었다. 우울감 강박증 피해의식 온갖 안 좋은 단어는 다 달라붙는 것 같았다. 그중 가장 견디기 힘든 건 힘든 처지를 두고 조롱하는 입술들이었다. 그 이유 중의 하나가 경제적 무능력이었다. 사람들은 무능력의 증거로 윤애의 온갖 단점을 제시했다.

그 말은 낙담과 저주가 되어 윤애의 가슴에 와 박혔다. 그 말의 감옥에 갇히자 그나마 남아 있던 마지막 기력까지 다 소진되고 말았다. 나는 언제쯤 무능감에 벗어나 볼까. 언제쯤 이 고통의 형벌을 면할 수 있을까. 천국이 있다면 하루빨리 들어가고 싶었다.

어릴 때부터 당했던 수모와 상처는 무의식을 장악하고 조종했다. 윤애는 온갖 수모를 겪으며 직장생활을 이어 갔다. 어딜 가나 악한 인심이 꼬리표처럼 달라붙었다. 아픔을 호소할 상대도 없어 윤애는 늘 백지에다 글을 썼다. 나이 30대에 이르자 가장 큰 고민은 미래에 대한 향방이었다.

언제쯤 돈 걱정 안 하고 살아볼까. 너무 삶이 지치고 힘들었다. 그러다 생각한 게 엉뚱하게도 결혼이었다. 그녀가 결혼을 생각한 이유는 딱 한가지였다. 직장생활에서 오는 갑질의 횡포를 더 이상 견딜 수가 없었기 때문이다. 어느 날 그녀는 직장 상사가 주선하는 맞선 자리에 나가게 되었다.

　처음부터 기대도 하지 않았고 그냥 호기심으로 나갔다. 생전 처음 경험하는 맞선 자리였다. 그녀는 평상시에도 모든 사건은 드라마의 한 장면처럼 생각하는 습관이 있었다. 자신은 주인공이고 나머지는 조연이고 소품이었다. 처음 맞선을 보고 나서 얼마 뒤 계속 맞선행렬이 이어졌다.

　자의 반 타의 반으로 나선 맞선 상대는 학력이 낮고 직업도 변변찮은 사람들이었다. 윤애가 처한 처지를 두고 주변사람들이 농간을 부린 것이다. 맞선 상대들은 하나같이 거짓말에다 말도 안 되는 조건을 제시했다. 윤애의 힘든 처지를 두고 꾸며낸 발상이었다.

　어차피 처갓집 덕 보기는 다 틀렸고 맞벌이에 시부모 봉양까지 일꾼으로 써먹기 좋다고 생각한 것이다. 윤애는 오랜 세월 병고를 앓아 흔한 남자 친구 한번 사귀어 본 경험이 없는 숙맥이었다. 남자들은 그것까지 노렸다.

　이용해 먹기 딱 좋은 상대였다. 경우에 따라선 온갖 희생을 감수해 가며 가정에 헌신할 여자로 보였다. 제까짓 게 별 수 있겠어? 인물이 있나, 집안이 좋길 하나? 내가 아니면 저런 걸 누구 구제해 주겠어? 직장 상사가 소개한 남자는 자신만만했다. 그는 제 처지도 모르고 우쭐댔다.

　그는 군대도 못 다녀온 왜소한 체격에 학력도 낮고 6남매의 장남이라는 꼬리표까지 달고 있었다. 그래서 맞선을 보는 족족 여자들한테 퇴짜를 맞았다. 그를 보자마자 자리에서 일어나 나가는 여자도 있었다. 딴 살림에다 아파트에다 혼수도 필요없다 해서 나갔더니 어디서 저런 걸.

　중매장이에게 막말을 퍼부은 여자도 있었다. 어떤 여자는 도대체 나를 어떻게 보고 저런 형편없는 남자를 소개했냐며 분통을 터뜨렸다. 그런데 남자는 윤애를 보자마자 안심하며 표정 관리를 했다. 이제야 제대로 걸렸군. 상사의 성화에 3번째 만남을 가진 날 남자는 대놓고 물었다.

당치도 않게 시집살이에다 맞벌이까지 요구한 것이다. 그는 당연히 윤애가 그 조건을 받아줄 거라 확신하는 눈치였다. 윤애는 순간 너무 황당하고 기가 막히게 슬펐다. 지금까지 살아온 삶 위에 더 큰 무게를 얹으려 하다니. 기막혀 하는 윤애를 보고도 남자는 내심 자신만만했다.

설마 거부하지는 않겠지.

"제가 그렇게 우습게 보이나요?"

윤애는 처음으로 하고 싶은 말을 했다. 그녀는 살면서 남한테 싫은 소리는 한 번도 한 적이 없었다. 하고 싶은 말이 있어도 아무리 억울한 상황에도 그녀는 항의조차 한 적이 없었다. 그만큼 소심하고 억눌린 감정 속에 살아왔다. 남자는 급당황하는 눈치였다.

"그게 무슨 뜻이죠?"

"몇 번이나 만났다고 그런 조건을 제시하는지 이해가 안 가서요. 일 잘하는 일꾼 아내를 찾으시나 본데 전 아닌 것 같네요. 다신 안 봤으면 좋겠습니다."

윤애는 자리를 박차고 일어났다. 일어나면서 눈으로 야유를 퍼부었다. 군대도 못 다녀온 놈이 가지가지 하고 자빠졌네, 꼴에 남자라고. 남자는 당황해 어쩔 줄 몰라 했다. 저거 숙맥인 줄 알았는데 아니었나.

윤애는 그날로 직장을 퇴사하고 나왔다. 그러자 집안에선 당장 먹고살 것도 없는데 갑자기 직장을 그만 두면 어쩔 거냐며 부아를 돋구었다. 윤애는 생각했다. 세상에 내 행복이나 미래에 대해 생각해 주는 사람은 단 한 명도 없구나. 슬프고 화가 나서 쓰러질 지경이었다.

　그 일은 그 날로 끝난 줄 알았다. 빠르게 기억에서 사라졌는데 어느 날 연락이 왔다. 모든 조건을 철회할 테니 결혼만 해달라. 뻔히 들통 날 거짓말을 하는 걸 보니 몸이 단 것 같았다. 그는 생각했을 것이다. 어디 가서 이런 숙맥을 만나나. 그러면서 그는 또 생각했다. 이 여자가 나를 거부한 건 내가 너무 무리한 조건을 내세웠기 때문이다. 요즘 세상에 어떤 여자가 시집살이를 좋아하겠는가. 마치 윤애가 자신을 엄청나게 사랑하는 걸로 착각한 것이었다.

　세월이 흐른 후 생각해 보니 둘 다 똑같은 부류였다. 이기심으로 치자면 둘 다 서로 마찬가지였다. 그녀는 조금 편해지고자 결혼을 생각한 것이고 그는 장남이라는 의무를 다하기 위해 말도 안 되는 조건을 제시한 것이다. 그 어리석은 남자는 윤애한테 퇴짜를 맞고 나자 비로소 정신이 들었는지 다시는 맞선자리에 나가지 않았다고 한다.

　윤애는 그때나 지금이나 이기심으로 자신을 에워쌌다. 자신이 취할 방도는 이기심밖에 없다고 생각했다. 아무도 자신을 보호해 주지 않으니 스스로를 보호해야 한다고 생각했다. 마음을 이기심으로 무장하고 절대로 손해 보지 않겠다는 발상으로 숙고(熟考)를 거듭했다.

　이상했다. 그녀는 봉사나 희생할 생각은 없는데 사람들은 마치 그녀를 희생양으로 삼기 위해 각종 제안을 하는 것이었다. 그녀의 힘든 처지를 비웃고 흠집 내기 위해 말 폭탄을 내는 사람들이 항상 주변에 있었다. 참고 참았던 분노가 터지면 자신도 모르게 입에서 악담과 저주의 말이 터졌다.

　지구상에 있는 모든 동물들이 모여서 회의를 했다. 세상에서 가장 잔인하고 악독한 동물은 누구인가? 모두가 이구동성으로 말했다. 바로 인간이다.

세상에 인간만큼 잔인하고 악독한 존재는 없었다. 한동안 심장병이 발발해 매일 얼음수건을 머리에 이고 살았다. 울화병으로 머리가 뜨거워 열기가 났기 때문이다. 머리 위에서 얼음이 녹으면서 하얀 수증기가 모락모락 피어올랐다. 극심한 흉통이 발생하면서 잠을 자다가도 벌떡 벌떡 일어나곤 했다.

심장정밀 검사를 해도 원인을 몰랐다. 한번은 한의원에 갔더니 한의사가 대뜸 하는 말이 "화병 났구먼"했다. 처방법이 없으니 그냥 견디라고 했다. 날마다 얼굴이 새까맣게 변해가고 기미가 끼어 몰골이 사나웠다. 인재(人災)가 따로 없었다. 윤애는 그 모든 분노를 백지 위에 쏟아 부었다.

이야기를 들어 줄 상대도 없었고 상담사를 찾아갈 형편도 못 되었다. 나이 30대 전반(前半)에 걸쳐 벌어졌던 그 악재는 윤애의 마음을 만신창이로 찢어 놓았다. 하지만 고난이 끝없이 이어지는 건 아니었다. 성경에도 나와 있지 않은가.

이 또한 지나가리라.

30대 말미에 이르러 비굴함과 억하심정이 조금씩 누그러지면서 차츰 평안이 찾아왔다. 그녀는 처음으로 작가가 되기 위한 꿈을 꾸기 시작했다. 현실에서 이루지 못한 것을 글로 대신했고 극기 훈련하는 심정으로 글을 완성해 발표하기 시작했다. 차츰 여유가 생기면서 마음의 폭이 넓어졌다.

하지만 분노가 완전히 없어지진 않았다. 무의식 속에 저장돼 있던 조롱과 모욕의 말들은 기억에서 리셋되며 때때로 심리전쟁이 벌어졌다. 이참에 글로 원수를 갚아버리자. 상처는 시한폭탄처럼 그녀의 뇌리를 자극했다.

한편 자경은 오빠가 죽고 나자 극심한 허탈감에 빠졌다. 홀가분할 줄 알았는데 불쌍하다는 생각이 불쑥불쑥 치밀었다. 알다가도 모를 일이었다. 그러다 어느 날 자신에게서 감정의 모순이 발견됐다. 그건 바로 돈에 관한 것이었다. 아버지와 오빠가 돈을 갈취해 갈 때마다 돈을 가족보다 더 생명처럼 여긴 것이었다.

돈을 사랑하기로 말하면 그들보다 자신이 나은 게 없었다. 돈보다 사람이 우선이다. 말은 쉽지만 결정적인 상황이 닥치면 백퍼센트 돌변한다. 항상 돈이 먼저인 것이다. 어떻게 해야 마음을 다스릴 수 있을까. 고민 끝에 내린 결론은 봉사활동에 참여하면서 기부하는 것이었다.

처음에는 마음이 약간 넓혀지는 듯했다. 하지만 너무나 당연하게 권리를 누리려는 수혜자들에게 점차 짜증이 났다. 나 살기도 힘든데 굳이 이럴 필요까지 있을까. 다른 봉사활동에도 참여했지만 결과는 마찬가지였다. 억지로 봉사하자니 자신이 마치 위선자처럼 느껴졌다.

환경이 바뀌어도 마음의 갈등은 사라지지 않았다. 번민과 애통 후회 갈등이 수시로 마음속에서 전쟁을 벌였다. 어느 날 그녀는 유튜브에서 심리학 상담을 접했다. 과학적이고도 체계적으로 마음을 분석하며 치유책을 제시하는데 경이로움을 느꼈다. 자경은 나름대로 심리학 용어를 접하며 사회교육원에서 하는 심리치료사 공부에 들어갔다.

공부와는 전혀 문외한으로 알고 살아왔는데 자가 치유라는 목적으로 강의를 듣다 보니 많은 부분이 해소되는 걸 느꼈다. 공부하면서 좋은 멘토도 만나게 되었다. 심층 깊게 공부하면서 마음 저변에 깔린 쓴 뿌리와 가족들의 아픔과 그 병리현상에 대해서도 알게 되었다.

대부분의 상처는 유전적인 경향이 강하다. 상처가 DNA를 통해 유전 형질이 되어 나타나는 경우이다. 특히 중독의 경우가 그렇다. 아버지와 오빠가 술중독자가 된 것도 증조부 때부터 이어진 것이었다. 아버지가 술에 취해 조부 욕을 하면서 제사상을 뒤엎던 생각이 났다.

주취 난동을 부리다 어린애처럼 바닥에 주저앉아 울 때면 극혐으로 소름이 끼쳤었다. 온갖 행패를 다 부리고 나서 자신을 왕처럼 떠받들라고 할 때면 가족들은 코웃음을 쳤다. 쥐뿔도 없는 집구석에 왕 대접이라니. 겨우 가족들이 먹을 쌀이나 대주는 주제에 갑질횡포라니 모두 정신병자 되기 일보직전이었다.

밤새도록 광란의 도가니를 이루다 아침에 일어나 보면 시체처럼 널브러져 있어 지옥도 그런 생지옥이 없었다. 그런데 심리학 공부를 하면서 그 원인과 과정이 이해가 되었다. 비로소 불쌍하다는 생각이 들었다. 상처와 분노뿐인 가족들은 서로에 대한 따뜻한 말 한마디나 위로나 격려조차 없었다.

악다구니 속에 고성과 비난만 오갈 뿐이었다. 가족들은 안 좋은 일이 생길 때마다 서로 상대방만 탓했다. 배다른 자식에다 상처와 핍박 속에 자란 오빠야 말해 무엇 하겠는가. 분노의 표출로 폭력의 하수인이 되었고 전과자 딱지까지 붙어 가족들로부터 끝내 외면당한 것을 누가 이해하겠는가.

문득 자경은 오빠가 죽기 한 달 전쯤 찾아와 한 말이 생각났다.

"누구든 너 괴롭히거나 힘들게 하는 인간 있으면 이 오빠한테 말해라, 내가 물고를 내줄 테니."

그 말이 생각나자 자경은 자리에 엎드려 엉엉 울었다. 컴퓨터를 박살 낸 아버지와 오빠에게 악담을 퍼붓던 기억도 떠올랐다. 용돈 한푼도 안 주는 인간들이 내 컴퓨터를 왜 망가뜨려? 생각해 보니 자경은 아버지나 오빠보다 컴퓨터가 더 소중했던 것이다. 사람은 심리구조는 참으로 묘하다.

상처나 분한(憤恨) 속에서도 사랑의 기운은 감지된다. 사랑은 마음을 진정시키는 효과가 있다. 어느 날 멘토는 그녀의 귓가에 대고 말했다.

"나는 사랑받는 존재입니다. 그래서 나는 자유와 소망이 넘칩니다."

"누구한테 말이죠?"

"당신을 지으신 절대자입니다."

몇 번을 반복하니 마음속에 잔잔한 평화가 느껴졌다, 멘토는 자경의 상한 마음을 다독이며 격려해 주었다.

"자경씨는 누구보다 훌륭한 상담자가 될 겁니다."

"왜죠?"

"누구보다 공감력이 뛰어난 편이에요. 많은 아픔을 겪은만큼 내담자들을 잘 위로하고 치유할 수 있을 거예요."

자경은 멘토의 격려에 불철주야 노력한 결과 마침내 자격증을 취득했다. 기적 같은 일이었다. 세상에 태어나 나한테도 이런 기적이 발생하다니 이거야 말로 신의 은총이 아니던가. 자경은 스스로 감격했다. 이후로는 생각지도 않게 시온의 대로가 열렸다. 상담사로 취업한 자경에게는 특별한 케이스가 주어졌다.

그녀에게 오는 내담자는 여러 상담사를 거쳐 마지막 코스로 오는 경우가 많았다. 자경이는 내담자가 상처와 분한에 대해 끊임없이 하는 이야기에도 귀찮아하지 않고 잘 들어주었다. 내담자는 말했다.

"제가 하는 말 이해하실 수 있겠어요?"

자경은 말했다.

"물론이죠, 저도 겪은 일이거든요."

내담자는 또 다른 사건을 이야기하며 또 물었다.

"제 마음 이해할 수 있나요?"

"물론입니다. 저도 그랬어요."

말하는 자경의 눈에 눈물이 맺혔다. 내담자의 눈에서도 눈물이 흐르며 공감대가 형성되고 있었다. 내담자는 가슴을 치며 울다가도 자경의 말 한마디에 위로를 얻고 차분하게 상담을 이어갔다. 자경은 자신이 겪은 어두웠던 과거의 삶이 내담자에게 큰 위로와 격려가 될 줄은 꿈에도 상상하지 못했다.

그녀는 상담 기법보다 공감대 형성에 주력했고 더 큰 치유 효과로 나타났다. 그녀의 마음속에서 어둠이 가시면서 내면의 상처도 차츰 아물어져 갔다. 그녀는 자신을 칭찬하는 소리에도 전혀 귀 기울이지 않았다. 자칫하면 교만이라는 악수(惡手)가 찾아올지 몰라서였다.

교만은 자신뿐만 아니라 타인에게도 상처를 주는 가장 큰 원흉이다. 상담사로서 관록이 쌓이면서 삶속에 안정이 찾아왔다. 그리고 어느 날인가 윤애가 오빠한테 왜 자신의 연락처를 알려주었는지 이해가 되었다. 윤애의 아픔과 함께. 자경은 생각했다. 20대 때 나의 상처와 아픔은 극대화 되었지만 30대 중반을 넘어서자 상황이 호전되기 시작했다.

그 정점을 넘어서자 안정기가 찾아온 것이다. 자유의지를 신의 선한 뜻에 맞추면 과거의 고통을 딛고 일어설 힘이 생기듯이 기회도 찾아온다는 것을 .

신은 자유의지를 중요시한다.

윤애는 백지 위에 자신의 아픔을 쏟아 부을 때마다 카타르시스를 느꼈다. 자가 치유가 일어난 것이다. 그러나 먼 객지에서 생활하는 동안 가족과는 연을 끊고 살았다. 언제 상처가 재가동할지 몰라서였다. 언제 상처의 쓴 뿌리가 기억의 회로를 타고 나타날지 항상 조마조마했다.

심신미약으로 살아오면서 겪은 수많은 질곡이 생각 속에 항상 웅크리고 있었다. 어느 날 윤애는 생각했다. 나도 멘탈갑이 되고 싶다. 수없이 흔들리는 나약한 의지를 절대자에게 맡기고 싶다. 내 자유의지를 절대자에게 접속시키고 싶다. 이기심이 아닌 담대함으로 마음을 무장하고 싶다.

그녀는 오랜만에 불암산에 올라 마음껏 자연을 향취했다. 조물주의 솜씨가 장관(壯觀)으로 펼쳐져 있었다. 자연은 힐링 자체였다. 초여름 공기가 그녀에게 감성을 터치하며 무한한 상상력을 불러일으키고 있었다.(2026년 순수문학)

인생 역전

　쿠본의 어머니 리타나는 19세 어린 나이에 살던 집에서 맨몸으로 쫓겨났다.

　남편이 빚에 쪼들려 파산해 도망간 줄 알았는데 실상은 숨겨 놓은 여자와 야반도주한 것이었다. 날마다 빚쟁이가 들이닥쳐 집안이 풍비박산 나자 리타나는 아들과 함께 도망쳤다.

　동네 사람들한테 들킬까 봐 한밤중에 맨발로 아들을 업고 동네를 벗어나 깊은 산중으로 들어갔다. 거대한 뱀이 우글거리고 모기와 벌레가 득실대는 숲속이었다. 리타나는 가져간 낫으로 나뭇가지를 잘라 기둥을 세운 다음 야자수 잎으로 지붕을 만들어 덮었다. 일단 빗방울만 피해도 괜찮았다.

　바닥에는 커다란 나뭇잎을 깔아 침상을 대신했다. 낮에는 높은 산에 올라 죽순을 캐어 어깨에 메고 장에 내다 팔았다. 음식은 카사바를 캐어 불에 구워 먹었다. 이제 갓 돌을 지난 아들을 업고 산에 올라가 버섯을 딸 때는 몸은 힘들어도 아이를 볼 때마다 힘이 났다.

　아들은 순종적이고 착해서 엄마의 조력자 역할을 톡톡히 해냈다. 엄마 아빠 품속에서 재롱부릴 나이에 아들은 엄마를 도와 생활 전선에 뛰어든 것이다. 밤에 잘 때 모기가 물어뜯어도 울지 않았고 엄마가 일할 때는 투정 한번 안 하고 일을 도왔다. 리타나는 어린 아들과 살기 위해 온갖 위험을 감수했다.

그러나 삶은 가혹하리만큼 슬프고 괴로운 일이 속출했다. 나무 열매를 채취해 판매한 돈으로 요리를 만들었는데 그만 도둑이 들어 훔쳐 먹은 것이다. 살인적인 더위에 목욕을 즐기는 사이 치한이 침입하는가 하면 잠시 집을 비운 사이에 악한이 침투해 집을 태워 버리기도 한다.

허접하기 이를 데 없어도 대나무집은 리타나의 터전이었다. 한순간에 불에 타 없어진 집터에 비가 내리고 있었다. 할 수 없이 모자는 산꼭대기 정상에 올라가 돗자리를 폈다. 마침 큰 바위 밑에 비를 피할만한 공간이 있었다. 리타나는 쌀을 씻고 솥에 불을 붙였다.

하늘은 멈췄던 비가 당장이라도 쏟아질 기세였다. 어디선가 산짐승 울음소리가 들려왔다. 풀숲에서 사그락거리는 소리가 들린다. 뱀이 출몰했나 싶어 모자는 바짝 긴장했다. 밤이 지나자 모자는 다시 터전을 옮겨 대나무 집을 지었다. 높은 산에 올라가 몇 십 년은 묵었을 것 같은 굵은 대나무를 수십 개 잘라 어깨에 메고 내려온다.

낫으로 대나무를 자르고 집의 근간을 세운다. 기둥과 벽면을 세우고 야자수 잎을 촘촘히 연결해 지붕을 완성했다. 대나무로 침대를 만들고 물의 근원지를 찾아 부엌도 만들었다. 병아리와 오리를 사다 키웠다. 잡초를 제거하고 씨를 뿌린 뒤 야채밭도 일구었다. 두 달이면 수확이 가능해 장에 내다 팔 수 있다.

그마저 힘들면 페트병이나 쇠붙이를 수거해 고물상에 팔아 연명했다. 여름이면 작열하는 불볕더위에 일사병으로 쓰러지기도 하고 말라리아에 걸려 사경을 헤매다 죽는 사태도 발생한다. 그래서인지 베트남에는 유난히 고아들이 많다. 부모 사망으로 고아가 된 경우도 있지만 극심한 가난으로 부모가 이혼하면서 아이를 방치하고 떠난 경우가 더 많다.

태어난 지 열흘 남짓한 신생아를 길가에 그대로 두고 달아나는 엄마도 있고 산속에 갖다 버리거나 두세 살 된 남매를 그대로 행길에 놓아두고 떠나는 부모도 있다. 천인공로할 일들이 가난이라는 핑계로 생명이 무한대로 버려지는 것이다. 버려진 아이들을 인신매매로 팔아넘기는 중간책도 있다.

어린 소녀를 납치하거나 갓 돌 지난 아기를 오토바이에 실어 중간책에 넘기고 돈을 챙기는 파렴치들도 있다. 고아들이 키우는 닭을 몰래 훔쳐 팔아먹는 악당도 있고 피땀 흘려 번 돈을 빼앗아 도망치는 오토바이 도둑떼도 있다. 빈집털이 하는 흉악범이야 말해 무엇 하겠는가.

리타나는 싱글맘으로 살면서 아이를 빼앗기는 일 말고는 모두 경험했다. 그녀는 산에서 죽순을 캐거나 버섯을 딸 때도 꼭 아들을 동반했다. 집에 혼자 두었다간 인신매매범에게 잡혀갈지 몰라서였다. 어느 날인가는 산에 나무를 하러 갔다가 길을 잃는 바람에 동굴에 들어갔는데 뱀의 습격을 받아 며칠 동안 사경을 헤매느라 집에 돌아오지 못한 일도 있었다.

뜨거운 여름날 리타나는 아들과 함께 산에 죽순을 캐러 갔다가 변을 당했다. 커다란 대나무를 낫으로 찍는 순간 대나무가 아들을 덮친 것이다, 어린 아들은 대나무에 깔려 일어나지 못했다. 강한 충격으로 아이는 정신을 잃었다. 리타나는 아이를 업고 집으로 돌아왔다.

간신히 정신을 차린 아이는 엄마가 걱정할까 봐 큰소리로 울지도 못했다. 하지만 계속되는 통증에 아이는 기력을 잃었다. 리타나는 그동안 숨겨 두었던 지갑을 열었다. 돈을 전부 꺼내 안주머니에 넣고 아들을 들쳐

업었다. 큰 행길 가로 나와 지나가는 오토바이를 불러 세웠다.

이른바 콜택시인 셈이었다. 오토바이는 모자를 멀리 떨어진 도시에 내려 주었다. 리타나는 병원이 보이는 곳으로 아이를 업고 뛰었다. 의사는 초음파로 아이의 배를 진찰했고 처방전을 내렸다. 아이에게 약을 먹이고 병원비를 지불하고 나오는 리타나의 눈에서는 끊임없이 눈물이 흘렀다.

참을성 있고 착한 아이는 계속 통증을 호소했다. 어지간해서는 울거나 보채지 않는 아이였다. 리타나는 한밤중에 일어나 물을 끓이고 닭을 잡아 백숙을 만들어 아이에게 먹였다. 아이가 회복될 때까지 산에 가서 하는 일도 중단했다. 아이를 향한 모성애에 눈물이 흐른다.

베트남의 빈민층 아이들은 어릴 때부터 삶의 노하우를 배운다. 어머니를 따라 산에 들어가 나무 열매와 야채를 수확해 장에 팔아 생계를 유지한다. 강가에 가 물고기를 잡아 팔기도 한다. 작은 대나무 바구니를 들고 엄마를 따라 삶의 전선에 투입해 활로를 배운다.

걸음마를 떼고 보행이 가능해지면 밭에 나가 곡괭이를 들고 일을 한다. 엄마가 집을 비우면 어린 동생을 업고 장작불을 지펴 밥을 짓는다. 그러다 장난기가 발동해 불로 지붕을 태워 삽시간에 집에 무너져 내리는 사태가 발생한다. 이후에도 아이의 장난은 심심하면 이어져 엄마의 애간장을 녹였다.

쿠본은 지능이 높고 착해 일찍 노동의 대가를 체득한다. 먹을거리가 생기면 반드시 엄마 입에 먼저 넣어주고 배려에 익숙하다. 엄마의 착한 심성을 닮아 누구에게나 친절을 베풀고 학습 효과도 뛰어나 노래도 잘 부른다. 리타나는 착한 심성으로 고아나 불쌍한 노인을 결코 외면하지 않고 돕는다.

길가에 쓰러진 벙어리 모녀를 데리고 와서 선심을 베푼 적도 있다. 심지어 아기를 두고 도망친 여자가 다시 찾아오자 자기는 자매가 없으니 같이 살자고 제안한다. 이런 리타나에게 연인이 나타난다. 어느 날 집에 들른 사냥꾼 루안이다. 들르는 횟수가 많을수록 둘의 사이는 깊어진다.

어느 날 리타나와 루안은 미스테리한 밤을 지내고 리타나는 임신한다. 드디어 쿠본에게 새 아빠가 생긴 것이다. 그러나 동시에 시어머니부터 엄청난 핍박과 고난이 몰려온다. 사악한 시어머니는 임신한 아이의 존재를 의심하며 리타나에게 끔찍한 학대를 가한다.

한밤중에 찾아와 집기를 부수고 리타나에게 폭력을 행사했다. 밀어뜨리고 마시는 물병에 몰래 독약을 넣기도 한다. 미리 점 찍어둔 며느릿감까지 데려와 폭언과 온갖 수모를 자행했다. 그럼에도 리타나는 달걀 바구니를 들고 아픈 시어머니를 방문한다.그러나 돌아온 것은 수모와 멸시다.

시어머니는 달걀을 밟고 리타나에게 수모를 준 뒤 내쫓는다. 루안은 리타나의 이모를 돌봐주는 CEO의 도움으로 건설회사에 취직한다. 열심히 일하지만 대학 나온 여자 상사의 비협조적인 태도로 애로를 겪는다. 여자 상사는 루안과 리타나의 환대에도 사악한 면모를 그대로 드러내며 악행을 저지른다.

나중에는 루안의 집으로 찾아가 그 어머니에게 주술을 강요하며 그동안 모아둔 돈을 모두 챙겨 도망친다. 그 이전에 여자 상사는 쿠본을 밀어뜨려 다리를 부러지게 하고 깡패들을 동원해 리타나가 살고 있는 집을 부수고 불을 지르려 시도한다.

마침 들이닥친 경찰에 의해 집은 불에 타기 직전에 소화된다. 하지만 집은 형편없이 망가졌고 루안의 어머니는 피같이 모아둔 돈을 여자 상사의 말을 믿었다가 몽땅 빼앗기고 만다. 악이 악에게 복수를 당한 셈이다. 만삭이 다 된 리타나는 출산을 위해 지방 병원에 입원한다.

난산 끝에 제왕절개로 딸을 출산하자 가족은 모두 기쁨에 휩싸인다. 이모가 와서 산모 구완을 하고 루안은 너무 기쁘고 행복하다며 아기를 안는다. 쿠본도 동생의 출현에 기뻐 어쩔 줄 모른다. 루안은 아내가 퇴원하자 임시 거처로 옮겨 아내를 돕는다. 아내를 위해 손수 요리를 하고 빨래를 하며 봉사한다.

리타나는 아기를 안고 목욕하고 오랜만에 휴식을 취하며 행복감에 젖는다. 한편 루안은 쿠본과 함께 옛 집터를 찾아 새로운 공사를 시작한다. 나무와 장비를 구해 집 벽면을 세우고 새 집을 완성한다.

한편 노숙자 출신인 리튜카는 길거리에서 고물을 주워 생계를 이어간다. 옷가지가 든 보퉁이를 들고 아들과 함께 맨발로 다니며 생활한다. 그녀는 자신의 어머니도 노숙자 출신이며 자신에게는 돌봐줄 인척도 없다고 말한다. 15살 때 또래의 남자 청소년들에게 집단 성폭력을 당했다.

이후에는 알코올 중독자인 남자를 만나 성폭행으로 아이를 임신해 아들을 낳았다. 그녀는 아들 때문이라도 아직까지는 살고 싶다고 말한다. 노숙자 출신이어도 그녀는 아름다운 외모를 지녔다. 어느 날 그녀는 길거리에서 아들을 위해 양말을 주워 신겼다.

그리고 자신도 슬리퍼를 주워 신었다. 고물을 주워 팔아 살아가던 어느 날 한 천사가 나타났다. 산속에 기거할만한 빈집이 있으니 거기 들어가 살라는 것이었다. 빈집에는 그녀가 입을만한 옷가지가 있었고 침대와 도구가 있었다. 또 밭을 일굴 만한 터전도 있었다.

막 삶을 향한 희망의 싹이 트일 순간 아이의 아빠가 나타났다. 알코올 중독자인 그는 리튜카와 아이를 쫓아내고 집을 차지했다. 리튜카는 다시 산속 깊은 곳으로 들어가 대나무 집을 완성했다. 그리고 아이와 함께 깊은 숲속으로 들어가 열매를 채취해 장에 내다 팔았다.

일사병에 쓰러지는 사태가 발생하고 산에서 미끄러져 다리를 심하게 다치며 삶이 올스톱 되기도 한다. 하지만 그녀는 열심히 일하며 아들을 학교에 보내는 것이 소원이라고 했다. 아름답고 성실한 그녀에게 연인이 나타난다. 남자는 고학력에 회사를 운영하는 CEO다. 건강하고 친절하고 잘생긴 남자는 리튜카의 아들도 진심으로 사랑하고 배려한다.

그에게도 고학력자인 여직원이 나타나 구애를 하지만 그는 전혀 개의치 않고 리튜카만 사랑한다. 그는 리튜카에게 무릎 꿇고 청혼하고 꽃을 선사한다. 아이에게 교육자료를 선물하고 학교에도 데려간다. 뿐만 아니라 모자를 위해 값진 음식과 고급 옷가지를 선물한다.

또 자신의 승용차로 여행지로 데려가 행복한 시간을 보낸다. 리튜카의 모든 어려움을 함께 하며 진정한 사랑을 구가한다. 어떤 훼방꾼도 둘의 사랑을 가로막지 못한다.그는 산에 땔감을 구하러 갔다가 행방불명된 리튜카를 찾기 위해 경찰까지 동원하고 그녀를 납치한 괴한을 끝까지 추적해 그녀를 구한다.

리튜카는 CEO를 만나 진정한 사랑을 경험하면서 과거로부터 완전한 해방된 모양새다. 마치 신분상승한 듯한 모습으로 행복을 구가한다. 사랑은 상대의 조건을 따지지 않고 손해를 감수하며 변함없는 모습으로 미래를 향해 전진한다. 리튜카는 옛날에 비해 더욱 당당하고 자신있는 모습으로 변해갔다.

옷도 단정하게 입고 음식도 기름지고 영양가 있는 식단으로 하고 아들에게도 교육 혜택을 맘껏 누리게 한다. 그녀에게는 이제 예전의 노숙자 모습은 어디에도 찾아볼 수 없다.

한편 항상 어려운 이웃을 돌보고 자신을 희생하는 트랑(싱글 대디)에게는 언제나 고난이 잇따른다. 그는 무모하리만큼 자신보다 이웃을 돌보고 희생한다. 그건 그의 습관이고 다져진 삶의 철학과 같다. 하지만 그의 삶은 인과응보의 법칙을 허용하는 경우가 많지 않다.

선을 향한 그의 의지는 지칠 줄도 꺼질 줄도 모르고 진행된다. 그의 일방적인 사랑은 앉은뱅이인 리리에게 극명하게 실현된다. 그녀는 16살 어린 나이에 딸을 안고 남편과 친정아버지로부터 버림당한다. 하루아침에 길거리로 쫓겨난 그녀는 지나가는 행인에게 도움을 청하는데 그가 바로 트랑이다.

트랑은 그녀에게 집을 짓는 걸 도와주고 때때로 찾아가 먹을 것을 공급해 준다. 다른 독지가들도 나타나 그녀의 삶을 돕는다. 리리는 앉은뱅이 걸음으로 밭도 일구고 이웃의 도움으로 파인애플 장사도 하면서 삶을 이어간다, 그때 또다시 천사임을 자임하는 트랑이 나타나 그녀에게 전적인 도움을 베푼다.

트랑은 이미 처자가 있는 몸임에도 거의 매일 찾아가 음식과 옷 돈을 주고 간다. 리리는 행복감에 눈물 흘리고 그녀의 삶은 점점 편안해진다. 그러나 그녀가 원하는 건 따로 있다. 새 남편을 만나는 것이다. 트랑은 이마저 들어주기 위해 직접 혼사를 서두른다.

베트남의 전통은 여자가 재혼을 할 경우 남겨진 자식을 데려갈 수 없다. 트랑은 리리의 딸을 거두기로 결심한다. 어느 날, 리리의 새 남편이 이웃들과 함께 결혼식을 위해 리리가 살고 있는 집에 도착한다. 리리는 신부화장을 하고 결혼식 파티를 치른 뒤 새 남편과 함께 떠난다.

트랑은 리리의 딸을 데리고 먼곳으로 가서 새 집을 짓고 살아간다. 그 사이 그의 아내는 바람이 나 딸을 버리고 달아난다. 딸은 거지가 되어 고물을 주워 간신히 연명하는데 또래의 아이들이 나타나 괴롭히고 폭력을 가한다. 옷은 떨어져 남루하고 얼굴을 새카맣게 물들어 완전 거지 형색이다.

트랑은 리리의 딸을 데리고 살아가는데 그 사랑이 얼마나 헌신적인지 기가 찰 지경이다. 자신의 친딸은 아이들에게 놀림감이 되어 비참하게 살아가는데 정작 자신은 남의 딸을 지극정성으로 키우는 것이다. 그의 적극적인 사랑 앞에 어느 날 리리가 새 남편과 일행들을 데리고 나타난다.

딸을 도로 찾아가겠다는 것이다. 일행과 함께 오토바이를 타고 나타난 그녀는 돈까지 준비하며 트랑에게 딸을 요구한다. 트랑은 돈도 거절하며 딸을 지키겠다고 떼를 쓴다. 그러나 결국 힘에 밀리고 그는 눈물을 머금고 돌아선다. 혼자가 된 그는 그제야 자신의 친딸을 찾기 위해 경찰서를 찾아간다.

얼마 후 그는 기적적으로 친딸을 찾는데 성공한다. 친딸과 그는 한눈에 서로를 알아본다. 트랑은 아이에게 신발과 옷을 사서 입힌다. 아이에게 목욕을 시키고 새 옷을 입히며 요리를 해 먹인다. 아이는 아빠에게 적극적으로 사랑을 표현하며 학교에 가서 공부하며 새로운 삶을 시작한다.

하지만 그들의 행복은 오래 가지 못하고 이따금씩 불행이 닥친다. 어느 날 트랑은 힘들게 번 돈을 강도에게 갈취당한 뒤 물가에 버려진다. 뇌를 심하게 다친 그는 인사불성이 되어 인지력이 급격히 떨어져 사경을 헤맨다. 다행히 친절한 이웃을 만나 간신히 회복되지만 딸도 못 알아볼 만큼 정신이상을 일으킨다.

한편 딸은 다시 천애 고아가 되어 먹을 것을 찾아 헤맨다. 중간에 흉악한 이웃을 만나 고초를 치르고 다시 아빠와 재회하지만 절망만 되풀이된다. 아빠는 딸을 전혀 못 알아보고 또다시 떠나기를 반복한다. 그러다 어느 날 기적처럼 정신이 돌아온다.

아빠와 딸은 또다시 삶을 위해 고군분투한다. 트랑은 돈을 버는 족족 미래보다는 어려운 이웃에게 쓴다. 먼 곳에 떨어져 사는 리리의 딸을 키우고 있는 그녀의 여동생에게 찾아가 옷과 먹을 것을 선물한다. 그러다 건설 현장에 나가 힘들게 번 돈을 또 강도에게 갈취당하고 폭행당해 인사불성이 된다.

그 외중에 이혼하고 떠난 전처가 사람들을 몰고와 그나마 있던 집터마저 뺏기는 사태가 발생한다. 트랑과 딸은 한순간에 집에서 쫓겨나 노숙자 신세가 된다. 트랑은 정신적 육체적 고통에 시달리다 경찰서를 찾아가 호소하기에 이른다. 그의 사정을 들은 경찰은 곧바로 조사에 착수하고 트랑은 딸과 함께 기거할 곳을 찾아 헤맨다.

딸은 그에게 든든한 조력자이자 희망이다. 그는 딸과 함께라면 어떤 고난도 감당할만큼 다시 활력을 되찾는다. 어느 날 딸과 함께 길을 가던 그에게 경찰 일행이 나타나 옛집으로 회귀하는 일이 발생한다. 집에 도착한 트랑에게 경찰은 집문서를 내밀고 희망은 다시 싹을 틔운다. 세상이 아무리 악해도 악은 반드시 대가를 치르고 선도 마찬가지다.

한편 리탐카는 남편에게 쫓겨나 아이 둘을 데리고 친정어머니를 찾아갔다. 친정 어머니는 허술한 대나무 집에서 간신히 끼니를 이어가는 극빈층이었다. 어머니는 아이 둘을 데리고 급작스럽게 나타난 딸을 보더니 단박에 사태를 알아차렸다. 표정이 꾹 다문 입술과 함께 일그러지더니 냉혹하게 변했다. 리탐카는 아이를 업은 채 쌀을 씻어 솥에 앉혔다.

그리고 밖으로 나가 길가에 나 있는 야채를 뜯어왔다. 야채의 거친 줄기를 떼어 내고 부드러운 부분을 끓는 물에 데쳐 프라이팬에 볶았다. 흙바닥 위에 밥상이 차려졌다. 밥그릇에 밥을 푸고 데친 야채를 접시에 담았다. 반찬이라곤 달랑 채소볶음 하나였다. 그녀는 아기를 들쳐업은 채 어머니에게 말했다.

"식사 다 됐어요."

그런데 어머니의 눈치가 이상했다. 눈에 독기가 서리더니 자리에서 벌떡 일어났다. 이제 3살 된 아들이 밥그릇에 막 손을 대려는 찰나였다. 친정어머니는 외손주에게 다가가더니 밥그릇을 빼앗았다. 아이가 왕!하고 울음을 터뜨렸다. 그러더니 이번에는 딸에게 다가가 등을 떠밀었다.

"당장 나가거라."

"어머니 전 더 이상 갈 데가 없어요."

"듣기 싫다. 당장 내 집에서 나가거라."

친정어머니는 커다란 대나무 등짐과 낫과 솥을 찾아 밖으로 던졌다. 리탐카는 눈물을 머금으며 돌아섰다. 아이가 등에서 뻗대며 울어댔다. 벌써 어두워지고 있었다.

리탐카는 아들과 함께 동네를 벗어나 한참이나 떨어진 숲속으로 들어갔다. 나뭇가지를 잘라 기둥을 세운 뒤, 천장은 커다란 나뭇잎으로 가렸다. 바닥에 야자수 잎을 깔고 잠을 청했다. 들짐승이 지나가는지 울음소리도 났다. 비가 오려는지 바람이 세찼다. 빗방울이 후두둑 듣기 시작했다. 밥 한술도 못 얻어먹고 쫓겨난 아들이 배가 고프다고 징징 울어댔다.

어두워서 한 치 앞도 보이지 않는 상황에서 그녀는 아이를 안고 숨죽여 울었다. 외손주에게 밥그릇에 손도 못 대게 하고 쫓아낸 어머니가 너무도 야속했다. 오랜만에 만난 손주를 그런 식으로 쫓아내야 했을까. 뜬눈으로 밤을 새운 리탐카는 다시 마을로 내려갔다. 강 언덕 아래 빈터가 보였다.

주변에 논밭이 펼쳐져 있고 임시거처로 안성맞춤이었다. 그녀는 산으로 올라가 대나무를 베어왔다. 땅을 깊숙이 판 다음 기둥을 단단히 세웠다. 발로 꼭꼭 다진 후, 잘게 쪼갠 대나무를 어긋나게 엮은 다음 벽면을 세웠다. 지붕은 야자수 잎을 촘촘히 엮어 얹었다. 이젠 비가 와도 끄떡없을 것 같았다.

첫날은 돗자리를 깔고 맨바닥에서 잤다. 물은 인근 샘물에서 길어 왔다. 날이 새자 리탐카는 들에 나가 카사바를 캐와 불에 구워 먹었다. 카사바는 흔하면서도 귀중한 먹을거리였다. 다시 산에서 대나무를 가져와 잘게 쪼갠 다음 방바닥을 완성했다. 돗자리를 깔고 이불을 한쪽에 놓고 보니 그런대로 집 모양이 완성되었다.

잠시 누워 눈을 붙인 다음 집 밖으로 나갔다. 작열하는 태양이 살인적인 기세로 온몸에 내리꽂히고 있었다. 숨이 턱턱 막혔다. 일자리를 찾기 위해 나섰지만 막막했다. 아이 둘을 데리고 어디 가서 일할 수 있단 말인가. 타는 듯이 목이 말라왔다. 리탐카는 개울물이 흐르는 교각 밑으로 내려갔다.

물에 발을 담그고 나니 살 것 같았다. 비교적 깨끗한 물가를 찾아 손바닥으로 물을 떠 마셨다. 아이도 엄마를 따라 손바닥으로 물을 마시더니 배가 고프다고 했다. 그때 그녀 눈에 들어오는 게 있었다. 팔뚝만한 물고기였다. 리탐카는 아이를 업은 채 첨벙 물속으로 뛰어들었다.

손으로 움켜쥐려는 순간 물고기가 미끄러져 빠져나갔다. 물고기는 펄쩍 뛰어오르더니 센 물살을 향해 헤엄쳐 나갔다. 주변을 보니 얕은 물가에도 물고기가 보였다. 손바닥만 한 크기였다. 리탐카는 대나무 등짐을 벗어 물가에 옆으로 세웠다. 손으로 물고기를 대나무 등짐이 있는 쪽으로 쫓을 생각이었다.

물고기는 리탐카는 손으로 휘휘 젓자 저 죽을 줄도 모르고 대나무 바구니 속으로 들어갔다. 작은 물고기는 물론 어디서 나타났는지 큰 물고기도 걸려들었다. 물고기를 팔기 위해 인근 시장으로 갔다. 지나가던 사람들이 한두 사람씩 와서 물고기를 사 갔다. 마지막 한 마리까지 다 팔리자 그녀는 인근에 있는 가게에서 쌀과 라면을 샀다.

칭얼대는 아이에게 사탕도 사 쥐어주었다. 사탕을 쥔 아이는 좋아서 엄마의 등에서 춤을 췄다. 그리고 노점에서 파는 돼지고기도 샀다. 오늘 저녁은 푸짐한 한 끼 식사가 될 것이다. 오랜만에 아이들에게 고기 반찬을 해줄 생각을 하니 가슴이 뿌듯했다. 그때였다. 그녀 곁으로 큰 트럭 한 대가 지나더니 큰 비닐 백 같은 게 툭 떨어졌다.

희뿌연 먼지가 회리바람처럼 지나갔다. 그녀는 비닐 백을 집었다. 안을 열어보니 지폐 한 뭉텅이가 보였다. 그녀로서는 상상도 못할 거액이었다. 가슴이 쿵쾅거리며 뛰기 시작했다. 이 돈이면 평생 먹고살고도 남을 것이다. 그러나 다음 순간 양심의 소리가 들렸다. 그 돈을 잘못 사용했다간 큰 봉변을 당하게 될지도 모른다.

　주인에게 돌려주어라. 리탐카는 그 자리에 도로 주저앉았다. 불볕더위
가 살갗을 태울 듯이 맹렬한 기세로 달려들었다. 도로에는 오토바이와
짐을 잔뜩 실은 트럭이 전 속력으로 달려가고 있었다. 이대로 앉아 기다
리기엔 너무 속절없다는 생각이 들었다.

　비닐 백 주인이 다시 찾아온다는 보장도 없거니와 날씨가 너무 뜨거웠
다. 그녀가 자리에서 일어나는 순간 또다시 돈에 대한 욕심이 생겼다. 이
돈이면 아이들과 함께 평생 돈 걱정 안 하고 살 텐데. 끔찍한 가난과 심
심하면 찾아오는 일사병 말라리아로부터 해방될 것 같았다.

　그래 이번 한번만 딱 눈감고 인생역전을 꿈꿔 보자. 얼마나 시간이 지
났을까. 잠시 정신이 몽롱해지는 순간 뽀얀 먼지를 일으키며 트럭 한 대
가 와 섰다. 작업복 차림의 중년남자가 스마트폰을 들고서 그녀 앞으로
다가왔다.

　"혹시 이 근처를 지나다가 비닐 백 못 보았나요? 이만한 크기의 것인
데."

　그가 말을 마치기도 전에 리탐카가 비닐 백을 내밀었다.

　"조금 전에 트럭 위에서 떨어진 것인데 이것 맞나요?"

　남자는 반가운 듯 비닐 백을 들더니 눈물을 글썽거렸다.

　"감사합니다. 이건 지난달에 우리가 공사를 마치고 받은 대금입니다.
직원들 월급 포함해서 우리 가족의 생계가 걸린 중요한 돈입니다."

　남자는 다시금 눈물을 글썽이더니 비닐 백에서 지폐 몇 장을 꺼내더니
리탐카에게 내밀었다.

　"약소하지만 감사의 표시입니다. 받아 주십시오."

그러나 리탐카는 받지 않았다.

"아닙니다. 그 돈은 처음부터 제 것이 아니었습니다."

"그렇지 않습니다. 감사의 표시로 드리는 것이나 거절하지 마십시오."

그러나 리탐카는 끝내 거절하고 돌아섰다. 잠시나마 돈에 대한 욕심을 품었던 자신이 부끄러웠다. 남자는 인근 가게로 들어가더니 우유와 라면 한 박스를 사가지고 오더니 그녀에게 내밀었다. 아이가 우유를 보더니 덥썩 받아들었다. 그녀는 라면 박스를 받아들고 집으로 돌아왔다.

그녀는 주변에 있는 나뭇가지를 모아 아궁이에 불을 붙였다. 대나무를 반으로 쪼개 그 사이에 돼지고기를 끼워 넣고는 불 근처에 놓았다. 열기로 몸이 타들어가는 것 같았다. 쌀을 씻어 솥에 앉혔다. 잠시 후 주걱으로 밥을 휘휘 젓고는 아궁이에서 내려 잔불 곁에 놓았다.

대나무 사이에 끼워 놓은 돼지고기에서 기름이 흐르면서 맛있게 익는 소리가 났다. 아이가 군침을 흘리며 고기를 달라고 손짓을 했다. 리탐카는 업고 있는 아이를 방안에 뉘이고는 밥상을 차렸다. 밥을 푸고는 고기를 대나무에서 빼내 잘게 찢은 다음 아이 밥그릇 위에 놓아 주었다.

아이가 허겁지겁 밥을 먹기 시작했다. 긴 나무젓가락으로 밥을 퍼먹다가 고기는 손으로 주워 계속 입으로 가져갔다. 식곤증이 몰려오면서 그들은 잠에 빠져들었다. 다음날 아침이었다. 5살 난 아들이 나뭇가지에 불을 붙이더니 불장난을 하고 있었다. 지난번에도 몇 번인가 불장난을 해 지붕과 옷가지를 태워 먹은 녀석이었다.

이번에도 또 불붙인 나뭇가지를 들고 밖으로 나섰다가 엄마에게 딱 들키고 말았다. 리탐카는 대번에 큰소리를 질렀다. 아이가 놀라 뒤로 물러섰다.

"집이 불타 없어지면 어떻게 된다는 걸 모르고 이 장난이야?"

리탐카는 분노가 치밀어 당장이라도 쓰러질 것 같았다. 해가 중천에 떠올라 이글이글 타오르고 있었다. 리탐카는 삶을 위해 고군분투했다. 남의 논밭에서 품삯을 받고 일한 적도 있고 밭작물을 수확해 번 돈으로 돼지와 병아리를 사와 키운 적도 있었다.

그런데 어느 날 도둑이 들어 몽땅 털리고 말았다. 열심히 일하고 양심적으로 살아도 변수는 늘 있기 마련이었다. 낙심한 리탐카는 삶의 의욕을 잃고 자주 자리에 누워 앓았다. 한번 자리에 누우면 밤낮으로 잠을 자고 일어날 줄 몰랐다. 참다 못한 큰 아이는 밖으로 나가 사방을 헤매며 먹을 것을 찾았다.

해가 바뀌어 아들은 이제 만 4살이 되었고 젖먹이인 딸은 걸음마를 시작했다. 아들은 또래에 비해 덩치도 작고 허약했지만 총명하고 순발력이 강했다. 엄마가 꼼짝 못하고 자리에 누우면 산으로 올라가 열매를 따거나 물고기를 잡아 팔았다. 그 돈으로 라면을 사와 끓여 먹었고 약을 사와서 엄마의 입속에 넣기도 했다.

리탐카는 툭하면 쓰러져 몇날 며칠을 자리 보전하고 누워 일어날 줄 몰랐다. 어느 날 자리에서 일어났는데 상황이 너무 비참했다. 젖먹이는 칭얼대다 쓰러져 있었는데 옆에 우유곽이 보였다. 아들이 사다 먹여준 모양이었다. 솥을 열어 보았더니 깨끗했다. 쌀은 물론 먹을 것이라곤 눈을 씻고 찾아도 없었다.

슬픔이 목울대를 치밀고 올라왔다. 동네에 나가 구걸이라도 해야 할 판이었다. 몸을 일으키려고 하는데 눈앞이 핑그르르 돌더니 힘없이 쓰러졌다. 머릿속에서 맴맴 매미소리가 났다. 학교에서 돌아온 아이가 몇 번이나 흔들어 깨웠지만 그녀는 미동도 하지 않았다.

아이는 길거리로 나가 쓰레기 더미를 뒤져 먹을 것을 찾았고 남의 밭에 들어가 파인애플을 구걸해 난전에 가 팔았다. 맨발로 길거리를 헤매다 배가 고프면 가게에 들어가 먹을 것을 사정하다가 쫓겨나기도 했다. 길거리에는 고아들이 흔했다. 찢어진 옷을 입고 먹을 것을 헤매다 길거리에 쓰러지는 건 보통이었다.

그런 아이들을 납치해 팔아먹는 인신매매범도 있었다. 한번은 개울가에 빨래하러 갔다가 그대로 물가에 처박혀 일어나지 못한 일도 있었다. 아이는 젖먹이 어린 동생을 안고 울다가 지쳐 잠이 들었다. 그때 집안으로 들어서는 발걸음이 있었다. 건설회사에 근무하는 동네 청년이었다.

그는 가끔씩 리탐카가 사는 집을 방문해 도움을 주곤 했는데 쓰러진 리탐카를 위해 의사를 불러와 치료해 준 적도 있었다. 그는 아이에게 어머니의 행방에 대해 물었다. 아이는 엄마가 개울가에 빨래하러 갔다가 돌아오지 않는다고 말했다. 그는 아이를 앞세워 리탐카를 찾아나섰다. 리탐카는 개울 풀숲 물가에 죽은 듯이 엎어져 있었다. 아무리 흔들어 깨워도 미동도 하지 않았다.

그는 축 늘어진 리탐카를 업고서 길거리로 나왔다. 지나가는 차량을 불러 세우려 했지만 소용없었다. 그는 리탐카를 집으로 데려가 뉘였다. 그리고 핸드폰을 걸어 의사를 불렀다. 얼마 안 가 흰 가운을 입은 여의사가 도착했다. 그녀는 청진기를 들고 진찰하더니 혈압을 재고는 링거를 꺼내 꽂았다.

약봉지를 내밀고 간단한 주의 사항을 말하고는 가버렸다. 아무래도 극심한 영양실조가 원인인 것 같았다. 청년은 쌀과 라면 박스를 집안에 들여놓고는 자신이 근무하는 직장으로 갔다. 그때뿐만이 아니었다. 리탐카는 집 뒤에 있는 샘물가에서 물을 긷다가도 쓰러졌고 길가를 지나다가도 맥없이 쓰러졌다.

집을 나서다가 쓰러진 적도 있었고 저녁을 먹고 잠들었다가 깨어나지 못하고 몇날 며칠을 혼수상태 속을 헤맨 적도 있었다. 아이는 가끔씩 들르는 청년을 좋아하고 따랐다. 어깨에 매달리기도 하고 업어 달라고 떼를 쓰기도 했다. 리탐카도 청년을 좋아했지만 그때뿐이었다.

언젠가는 청년이 회사 동료를 데려와 대나무 벽면을 떼내고 나무로 대신해 준 적도 있었다. 아이가 대나무에 자꾸 불을 붙여 태웠기 때문이다. 남자는 집을 수리해 주고 나더니 아이에게 학교공부를 시켜야 한다며 가방과 학용품을 주고 갔다. 남자가 가고 난 뒤에도 불행이 약속이나 한 듯 찾아왔다.

리탐카가 양식을 사기 위해 집을 나서는 순간 어떻게 알았는지 강도떼가 나타난 것이다. 그들은 꼭 2,3명씩 몰려다니며 강도행각을 벌였다. 그것도 꼭 혼자 사는 여자나 일용직을 하며 힘들게 살아오는 극빈층이 대상이었다. 아이를 업은 리탐카에게 그들은 무작정 주먹을 휘둘렀다.

주머니를 뒤져 돈을 빼앗더니 그대로 오토바이를 타고 달아났다. 그녀가 쓰러져 사경을 헤매는 동안 도둑이 침입해 키우고 있던 닭들을 자루에 몽땅 쓸어 담고 도망친 일도 있었다. 가난한 나라일수록 약자들을 향한 도둑떼는 기승을 부리는 모양이다.

아이는 도둑한테 맞아 죽을까봐 숨죽여 지켜보다가 돗자리를 들고 강물이 흐르는 교각 밑으로 찾아 들었다. 교각 밑으로 모래밭이 있었다. 아이는 그곳에 돗자리를 깔고 누웠다. 나뭇가지를 모아 불을 붙인 뒤 카사바를 구웠다. 검댕이를 묻히며 막 먹으려는 순간 동네 꼬마들이 나타났다. 그들은 좋은 먹잇감을 발견한 맹수처럼 아이에게 달려들었다.

카사바를 빼앗더니 저희들끼리 나누어 먹고는 유유히 사라졌다. 어린 동심에도 악마는 얼마든지 숨어 악마 노릇을 한다. 아이는 동네가 떠나가라 울고 또 울었다. 불행은 계속 꼬리를 물고 나타나고 어린 동심을 병들게 했다. 어린 젖먹이 동생이 인신매매범에게 납치당한 적도 있었다.

리팀카는 아이를 찾기 위해 경찰까지 동원했지만 찾지 못했다. 경찰이 포기하고 돌아서자 동네 청년이 나타나 끈질긴 추적 끝에 아이를 찾아왔다. 범인은 아이의 손을 묶은 채 중간책에 넘기기 위해 준비 중이었다. 그러나 급습한 동네 청년에 의해 계획은 무산됐고 아이를 찾는데 성공했다.

간질병을 앓는 산 소녀도 있다. 그녀는 총명하고 재능도 있지만 고질병 때문에 항상 위험에 노출된다. 이제 갓 돌을 지난 아들과 함께 열심히 살아가지만 불행은 꼬리를 물고 나타난다. 간질병은 예고도 장소도 없이 찾아와 그녀의 삶을 무너뜨린다. 강에서 빨래를 하다가도 발작이 일어나 그대로 물살에 떠밀려 간 적도 여러 번이었다.

길가를 지나다가 밭에서 야채를 수확하다가 거품을 물고 눈동자가 하얗게 변하면서 쓰러진 적도 있었다. 산 소녀는 어떤 불행에도 고통 속에서도 아이를 지키기 위해 몸부림을 했다. 그녀는 어떤 싱글맘보다 비참하고 애처롭기 이를 데 없었다. 간질병이라는 저주와 함께 강간범이 끊임없이 침입해 들어왔다.

한번은 간질병이 발작되어 길가에 쓰러져 있는데 치한이 다가와 그녀를 끌고 간 것이다. 치한은 거품을 물고 쓰러진 그녀의 두 다리를 질질

끌고 산속으로 갔다. 그는 거렁뱅이에 반 미치광이였다. 미치광이 쇼를 하는 남자에게 벗어나 간신히 도망쳤는데 이번에는 집에까지 쫓아와 괴롭히는 것이다.

남자가 집안으로 막 침입하려는 순간 마침 방문한 전 남편에 의해 쫓겨 갔다. 그 이후에도 남자는 심심하면 찾아와 괴롭힌다. 또 한번은 밭에서 일하고 있는데 흉악범이 나타나 강간을 시도한 적이 있었다. 여자가 필사적으로 저항하자 남자는 근처에 벽돌을 집어 그녀의 얼굴을 때렸다.

피를 흘리고 쓰러진 그녀를 흉악범은 긴 마대자루에 넣어 강물 속에다 침몰시켰다. 아이는 온 동네가 떠나가라 울며 도움을 요청했지만 소용없었다. 며칠 후 강 속에서 건져진 그녀는 병원으로 이송되지만 끝내 깨어나지 못하고 돗자리에 둘둘 말린 채 강가 모래 언덕에 묻힌다.

아이는 거지가 되어 떠돌아다니며 연명하는데 험한 인심이 나타나 이중고의 고통을 겪는다. 마치 엄마의 불행을 이어받은 듯한 모습이다. 길가에서 쓰레기를 주워 먹고 엄마가 숨겨놓은 돈을 찾아 연명하지만 일시적이다. 아이는 총명하고 지혜롭지만 어린 생명이 버티기엔 세상은 가혹하고 잔인하다.

상처받고 굶주린 아이는 바짝 여윈 채 위태롭게 생명을 이어간다. 어느 날 산 소녀가 묻힌 모래 무덤에서 발가락이 꿈틀거린다. 몸에서 진동이 나더니 소생한 것이다. 숨이 돌아온 그녀는 돗자리를 걷어차고 살아난다. 살아났지만 그녀의 모습은 완전 귀신 형상이다. 눈은 퀭하니 들어갔고 머리칼은 산발에다 일어서지도 못한 채 기어 다닌다.

그러나 삶에 대한 의욕은 강하다. 아이를 위해서라도 살아남아야 하기 때문이다. 그녀는 기어서 강가 풀숲을 헤쳐 나오고 버려진 음식으로 허가를 메운다. 밭으로 들어가 날 옥수수를 씹어 먹고 하수구 밑에 들어가 잠을 청한다. 길가를 지나가는 그녀를 본 아이들은 소리를 지르며 도망친다.

귀신처럼 변한 그녀의 모습을 보는 사람마다 기겁을 하고 놀라 도망친다. 여자는 아이를 찾기 위해서라도 잠시도 멈추지 않는다. 지팡이를 들고 헉헉대며 아들을 찾기 위해 걸음을 옮긴다. 우여곡절 끝에 독지가의 도움으로 아들을 만나 품에 안는다.

아이는 너무 많은 시간을 고통과 상처로 인해 거의 인사불성이 되어 있다. 엄마의 품에서도 안정을 찾지 못하고 울며 까무러치길 반복한다. 이제 겨우 살아나나 싶은데 더 큰 불행이 닥친다. 아이를 팔아넘기는 인신매매범이 들이닥친 것이다.

잔인하고 악독한 인신매매범은 아이를 중간책에 넘기고 돈을 받아 챙기는 인면수심이다. 아이는 범인의 눈을 잠시 속인 뒤 도망치지만 또다시 붙잡힌다. 심지어 엄마의 품에 안겨 있는 데도 찾아와 잔인하게 폭력을 휘두른 뒤 아이를 납치해 간다. 인신매매범들은 핸드폰으로 연락을 하면서 아이를 교묘히 빼돌리는데 성공한다.

아이를 돕기 위한 독지가도 붙잡아 실신시킨 뒤 강물에 빠뜨린다. 완벽한 범죄에 성공한 모습이다. 하지만 독지가의 협력자가 경찰을 데리고 나타나 범죄자 일당을 체포하고 사건은 마무리 된다. 한편 강물에 빠진 독지가는 물속에서 깨어나 강가로 기어 나온다.

간신히 정신을 차리려는 순간 근처를 지나던 산 소녀에게 기적적으로 발견된다. 이윽고 두 사람 사이에도 행복이 찾아온다. 산 소녀와 아이의 건강을 걱정한 독지가는 자신의 집에 머물 것을 권유한다. 하지만 그 집에는 어린 악마가 살고 있었다. 눈빛부터가 흉악한 어린 악마는 애초부터 악마의 기질을 타고 났다.

산 소녀와 모자를 바라보는 어린 악마의 눈은 사납게 변하며 악행을 시도한다. 아이를 업고 멀리 떨어진 곳에 방치하고는 돌아선다. 아이는 발악을 하며 울어댄다. 산소녀는 아이를 찾기 사방을 헤매며 절규한다. 불안을 느낀 어린 악마는 이튿날 아이가 있는 곳에 찾아가 아이를 업고는 더 멀리 떨어진 곳으로 데려가 방치한다.

산 소녀는 독지가와 함께 온 산야를 헤매며 아이를 찾기 위해 전력을 다한다.

마침내 아이를 찾자 어린 악마의 집을 벗어나 자신의 집으로 온다. 하지만 어린 악마는 그곳까지 찾아와 악마의 본질을 나타낸다. 그녀가 마시는 물에 독약을 투입한 것이다. 여자가 쓰러지자 악마는 자루를 가져와 여자를 꽁꽁 묶은 채 언덕 아래로 밀어뜨린다. 안심이 안 됐는지 몇 번이나 찾아와 여자의 상태를 확인하고 돌아간다.

악마는 어린이나 성인이나 똑같이 악마 기질을 나타내며 살아간다. 그러나 이번에도 산 소녀는 죽음 직전에 소생한다. 그런데 충격으로 벙어리가 된 것이다. 그녀는 아들을 안고 오열하며 가슴을 친다. 독지가는 이번에도 나타나 자신의 집으로 돌아가 함께 살 것을 권한다.

산 소녀는 강하게 거부하며 아이와 함께 산길을 걸어 집으로 돌아온다. 그러다 중간에 또 치한에게 발각된다. 그녀의 불행은 끝이 없어 보인다.

한편 성류엔은 계모에게 모든 재산을 빼앗기고 딸 기우둥과 함께 맨몸으로 쫓겨났다. 거기에다 병까지 들어 온몸이 만신창이가 되었다. 성류엔은 근거지에서 쫓겨나 멀리 떨어진 곳으로 옮겨갔다. 고산 지대 도로가에 위치한 하수구에 들어가 몸을 숨겼다.

몸과 마음이 만신창이가 되어 숨 쉴 겨를조차 없었다. 하수구 안에 남이 쓰다 버린 대나무 발판을 들여놓고 밤낮없이 잠을 잤다. 거의 혼수상태로 몇 날 며칠을 깨어나지 못하고 누워만 있었다. 다행히 가물어서 하수구 안에는 물이 흐르지 않아 큰 위험은 없어 보였다.

하지만 큰비가 오거나 홍수가 나면 언제 물살에 떠밀려 갈지 불안했다. 자리에 누운 엄마 대신 딸 기우둥은 먹을거리를 찾아 나섰다. 총명한 기우둥은 산속에 들어가 물을 길어 왔고 카사바를 캐서 연명했다. 하지만 어린 소녀의 몸으로 곧 한계에 부딪쳤다. 찌는 듯한 불볕더위에 기우둥은 엄마의 대나무 바구니를 들고 일어섰다.

마을로 내려가서 양식을 구걸하기 위해서였다. 한참을 걸어가 마을 입구에 들어서자 벽돌집 앞에 오토바이가 보였다, 기우둥은 집 앞으로 걸어가 멈춰 섰다. 먹을 것 좀 달라는 말이 차마 나오지 않았다. 한참을 서 있는데 안에서 청소년으로 보이는 남자 아이가 나왔다. 그가 호기심 가득한 눈빛으로 물었다.

"어디서 왔니?"

기우둥은 대답하지 않았다. 초롱초롱한 눈망울로 바라볼 뿐이었다.

남자 아이가 다시 물었다.

"너 배고픈 모양이구나?"

기우둥은 고개를 끄덕였다.

남자 아이는 안으로 들어가더니 비닐봉지 안에 쌀을 반쯤 담아서 내왔다.

"이 정도면 되겠니?"

기우둥은 고개를 끄덕이며 쌀이 든 봉지를 받았다. 기쁜 마음에 동네를 벗어나 도로가를 지나 엄마가 누워 있는 하수구를 향해 뛰었다. 밥솥을 꺼내 쌀을 한 움큼 씻어 앉혔다. 죽을 끓이기 위해 나뭇가지를 모아 불을 지폈다. 죽이 다 끓자 길에서 주운 일회용 컵 용기에 죽을 퍼 담았다.

엄마에게 죽을 한 숟갈 퍼서 입에 넣었다.

메하이!(베트남어로 엄마)

그러나 엄마는 죽조차 삼키지 못했다. 그냥 죽은 듯이 잠을 잘 뿐이었다. 이대로 두다간 언제 위급 상황이 닥칠지 모른다. 기우둥은 어린 마음에도 걱정이 앞섰다. 기우둥은 죽 한 그릇을 깨끗이 비우고 하수구 앞에 쭈그려 앉았다. 그리고 엄마가 평소에 하던 대로 두 손을 모으고 기도했다.

"하느님, 우리 엄마 살려주세요. 벌써 며칠째 저렇게 누워만 있어요. 하느님의 은총으로 우리 엄마 일어나게 해주세요."

다음날 아침, 성류엔은 기적처럼 일어났다. 하수구 밖을 나와 대나무 바구니를 들고 기우둥과 함께 산으로 올라갔다. 기우둥이 좋아하는 바나나를 따기 위해서였다. 깎아지른 듯한 높은 곳에 커다란 바나나 나무가 보였다. 성류엔은 기우둥에게 밑에서 기다리라고 하곤 혼자 올라갔다.

아슬아슬한 비탈길에 바나나 열매가 보였다. 성류엔은 낫으로 바나나 나무 기둥을 몇 번 내리쳤다. 크고 굵은 바나나 나무가 쿵하고 쓰러졌다. 먹음직한 바나나가 수십 개도 더 달려 있었다. 낫으로 몇 갈래 쪼갠 다음 대나무 바구니에 담았다.

그날 성류엔과 기우둥은 바나나로 배를 채우면서 감사기도를 연이어 했다.

우리에게 일용한 양식을 주시는 하느님 감사합니다.

아침에 눈을 뜰 때도 하루를 허락해 주신 신께 감사기도를 올렸다. 이튿날이었다. 성류엔을 잘 알고 있는 경찰관이 찾아왔다. 모녀의 안부를 묻기 위해 들른 그는 친절하고 좋은 사람이었다. 라면과 빵 밥그릇이 들어 있는 비닐봉지를 내밀며 잘 견디라고 격려해 주었다.

이튿날이었다. 성류엔은 자리에서 일어나지 못했다. 또다시 혼곤한 잠 속에 빠진 것이다. 이튿날도 그 다음날도 일어나지 못했다. 기우둥이 아무리 흔들어 깨워도 꿈쩍하지 않았다. 기우둥은 안타까운 마음에 산이 떠나려가라 울었다. 그때였다. 약속이나 한 듯이 경찰관이 나타났다.

그는 성류엔의 상태를 보고는 심각성을 느꼈다. 그리고 핸드폰을 꺼내 어디론가 전화를 했다. 잠시 후 흰 가운을 입은 여의사가 오토바이를 타고 나타났다. 여의사는 하수구 안으로 들어가 진찰하고는 링거를 꽂아 주었다. 상처로 인한 극심한 스트레스와 영양부족이 원인이라고 했다.

그녀는 약봉지를 주면서 잘 먹고 잘 쉬면 금세 나을 거라 했다. 경찰관은 의사에게 비용을 지불하면서 감사를 표했다. 며칠 뒤 성류엔이 살고 있는 지역에 큰 홍수가 들이닥쳤다. 센 물살이 성류엔이 누워 있는 하수구에도 들이닥쳤다. 그녀가 누워 있는 대나무 침낭 밑으로 물살이 흘러갔다.

물살은 아침부터 저녁까지 밤새도록 흘렀다. 그 다음날도 물살이 세차게 흘렀다. 며칠이 지나자 조금 세력이 약해지면서 해가 밝았다. 그러나 성류엔은 일어나지 못했다. 그 동안 기우둥은 아무것도 먹지 못했다. 엄마를 잃게 될까 봐 어린 마음에도 걱정이 되어서였다.

빗줄기는 일주일 만에 그쳤고 또다시 햇살이 쨍쨍하게 내리쪼이고 있었다. 숨조차 쉬기 힘들만큼 맹렬한 더위였다. 배고픔보다 뜨거운 햇살에 정신마저 녹아내릴 지경이었다. 기우둥은 나뭇가지를 모아 불을 붙였다. 경찰관이 주고 간 라면 한 개가 남아 있었다.

마지막 식량인 라면을 끓여 먹고 있을 때 경찰관이 나타났다. 그는 성류엔을 일으켜 세우며 약봉지를 건넸다. 그리고 지난 태풍 수해(水害)로 피해 입은 이재민에게 정부에서 주는 것이라며 큰 비닐봉지를 내밀었다. 그 안엔 약간의 쌀과 라면 마스크 약품 치약 칫솔이 들어 있었다.

그는 성류엔에게 무슨 일이 있으면 꼭 연락하라며 핸드폰을 주었다. 사용법을 설명해 주었지만 성류엔은 잘 알아듣지 못했다. 성류엔은 다음 날부터 기력을 회복해 산으로 올라갔다. 산에는 바나나 카사바 야생 생강 고구마가 있었다. 약재가 되는 약초도 있었지만 그것을 캐기 위해서는 더 깊은 숲속으로 들어가야 했다.

그만큼 위험도도 높고 체력도 많이 소모됐다. 성류엔은 딸 기우둥과 함께 열매를 채취해 팔기도 하고 물고기도 잡아 생활했다. 그녀는 언제나 표정이 온화했고 침착했다.

그녀는 딸 기우둥이 좋아하는 물고기를 요리할 때면 엄마인 자신보다 기우둥이 더 많이 먹는다며 웃었다. 그러면서 기우둥이 너무 어려서 선과 악을 잘 구별 못한다며 걱정했다. 한번은 기우둥이 혼자 길을 가는데 한 젊은 여자가 다가와 말했다.

"너에게 밥도 먹여 주고 잠도 재워주는 곳이 있는데 나 따라 가지 않으련?"

그녀는 어린 소녀를 성매매 업소에 팔아먹는 중간책이었다. 그녀가 어리둥절해 있는 기우둥에게 다시 한 번 설득하려는 순간 이를 지켜보고 있던 청년이 나타나 말했다.

"왜 아이에게 못된 짓 하려는 건가? 난 당신들이 하고 있는 일을 알고 있다. 경찰에 신고하기 전에 빨리 꺼져라."

여자는 잠시 머뭇거리더니 숲속으로 사라졌다. 청년은 기우둥에게 말했다.

저런 나쁜 여자에게 속으면 안 된다. 따라가면 큰 봉변을 당한다. 의미를 알 수 없었지만 기우둥은 고개를 끄덕였다. 아직 어린 나이였다. 어느 날 성류엔은 산에 땔감을 구하러 갔다가 큰 사고를 만났다. 발을 잘못 딛는 바람에 절벽 아래로 추락한 것이다.

다행히 뼈가 부러지거나 하는 대형사고는 면했지만 다시 올라오지 못하고 절벽 아래 갇히는 신세가 되고 말았다. 기우둥은 절벽 아래로 떨어진 엄마를 향해 소리쳤다.

"엄마 내 목소리 들리지?"

"응 들린다, 기우둥."

"엄마, 내가 엄마 구해줄 테니까 조금만 기다려."

기우둥은 가게에서 사온 빵과 물병을 절벽 아래로 던졌다. 성류엔은 몸을 간신히 움직여 물병을 집었다. 물을 한 모금 마시고 빵 봉지를 뜯었다. 언제까지 이러고 있어야 하나 절망이 몰려왔다. 그녀는 두 손을 모아 기도했다

하느님 저를 이곳에서 꺼내 주세요, 저를 도와줄 천사를 보내주세요.

기우둥은 한 가지 꾀를 냈다. 차량이 쌩쌩 달리는 도로로 뛰어가 달려

오는 자동차를 향해 두 팔을 벌렸다. 마침 중형 세단이 기우둥을 발견하곤 멈춰 섰다.

"무슨 일이니?"

"우리 엄마가 저기 절벽 아래로 굴러 떨어져서 못 나오고 있어요. 우리 엄마 좀 구해 주세요."

"너희 엄마가 어디쯤 있다는 거니?"

"저기 저 아래요, 엄마 엄마 대답 좀 해봐 엄마 내 소리 들리지?"

"그래 기우둥 엄마 아직 살아 있어."

남자는 잠시 생각에 잠기더니 자동차를 운전해 동네로 내려갔다. 그는 단단한 밧줄을 사 가지고 돌아왔다. 밧줄을 큰 나무에 단단히 매고는 밧줄을 타고 조금씩 소리가 나는 곳으로 점프해 내려갔다. 한참을 내려가니 절벽 아래 풀숲에 여자가 보였다.

"자, 이젠 안심하세요. 당신 딸의 부탁으로 구하러 왔어요."

그는 자신의 허리에 밧줄을 매고는 성류엔의 허리에도 밧줄을 감았다.

"자, 이 밧줄을 단단히 붙잡고 저를 따라오세요."

남자는 밧줄을 잡고서 산기슭을 올라 도로가로 올라왔다. 성류엔도 무사히 올라와 기우둥을 안고 하염없이 울었다. 남자는 자신의 이름은 제임스라며 집까지 친절히 데려다 주었다.

하지만 그들이 하수구에 살고 있다는 사실을 알고는 큰 충격에 빠졌다. 이런 곳에서 사람이 살다니. 이곳에 더 이상 있다가는 질병에 걸려 죽을 수밖에 없다고 생각했다. 그는 당장 이곳을 떠나야 한다고 말했다. 하지만 그들 모녀는 갈 곳이 없었다.

옷도 지금 입고 있는 게 전부였다. 제임스는 모녀에게 빵과 약간의 돈을 주고는 다음에 또 찾아오겠다고 말했다.

"어떠한 상황에서도 하느님이 지켜준다는 사실을 잊지 마십시오, 하느님만 굳게 믿으세요."

그는 신앙인이었다. 며칠 후 그는 다시 나타났다. 그는 회사를 운영하는 CEO였다. 그 동안 모녀가 살만한 공간을 마련하기 위해 물색하고 있었다. 그들이 살고 있는 멀지 많은 숲속에 빈 공터가 있었다. 그야말로 산세 좋고 물 맑은 곳이었다. 집 짓는데 필요한 도구는 제임스가 가져 왔고 대나무는 산에서 베어 왔다.

힘 좋은 제임스가 거드니 집 짓는 일이 한결 수월했다. 며칠 만에 빈 공터 위에 집이 완성됐다. 마을과 시장이 너무 멀리 떨어진 것 외에는 큰 문제점은 없어 보였다. 제임스는 단벌뿐인 성류엔과 기우둥에게 옷도 선사했다. 성류엔은 오랜만에 평화롭고 행복했다.

있는 재산을 계모에게 몽땅 빼앗기고 노숙자 신세가 되어 너무 처량했는데 이렇게 기거할 집과 건강을 되찾았으니 이 모든 게 신의 은총이라 생각했다. 그녀는 집 앞에 평평한 곳을 골라 잡초를 뽑고 밭을 개간했다. 씨앗을 뿌리고 개울에서 물을 길어다 부었다. 이제 두 달 후면 채소를 수확해서 팔 수 있을 것 같았다.

아침이면 기우둥과 함께 산에 올라가 나무 열매를 채취해 팔았다. 20리도 넘는 길을 수십 킬로에 달하는 등짐을 지고 갈 때면 힘에 부쳤지만 감사했다. 이따금씩 나타나 도움을 주고 가는 제임스는 신이 보내주신 천사가 틀림없었다. 제임스는 성품이 온화하고 진실했다. 그는 성류엔의 과거를 알고 나서는 계모를 용서하라고 권면했다.

그 길만이 살길이라며 그리스도의 십자가를 생각하라고 했다. 그리스도께서 십자가에서 우리의 모든 죄를 탕감해 주셨으니 용서하고 자유함을 누리라고 했다. 그리고 언젠가는 하느님이 이 모든 상황을 아시고 좋은 것으로 갚아주실 거라 했다. 그러고 보니 그는 진실한 신앙인이었다.

공산 정권하에 수많은 종교인들이 학살당했는데 그는 어쩌다 살아남게 되었을까. 그 또한 신의 은총이었다. 어쩌면 제임스는 그 신적 사랑을 성류엔 모녀에게 베풀고 있는지도 모른다. 제임스와의 교류가 깊어갈수록 성류엔을 향한 제임스의 신뢰와 사랑도 쌓여 갔다. 어느 날 성류엔은 제임스의 눈빛에서 예전과 다른 느낌을 받았다. 동정이나 연민이 아닌 그 어떤 절실함이었다.

어느 날 성류엔이 살고 있는 집을 수리하기 위해 여비서가 방문했다. 그녀는 제임스와 함께 오랫동안 사업을 같이한 동반자였다. 그녀는 두 사람을 보자마자 사랑을 눈치 챘다. 그리고 타오르는 질투심과 함께 당장 적대감을 나타냈다. 그녀는 뚱뚱하고 못생겼지만 일에 관해서는 탁월한 능력을 가지고 있었다.

그녀는 오랫동안 제임스 곁에서 일했기에 그의 온화한 성품과 능력에 대해 잘 알고 열렬히 흠모하고 있었다. 다만 표현만 못할 뿐이었다. 언젠가는 하고 마음을 다지고 있었는데 미혼모인 성류엔에 의해 꿈이 산산조각 날 처지에 놓인 것이었다. 그녀는 질투심에 눈이 멀어 흉계를 꾸미기에 이르렀다.

그리고 자신의 계획을 제임스의 어머니와 공유했다. 치밀한 완벽 범죄였다. 어느 날 제임스가 성류엔이 사는 집에 들렀을 때 집은 텅 비어 있었다. 아무리 찾아도 모녀의 모습은 오간 데가 없었다. 이튿날 다시 찾았을 때도 모녀의 모습은 보이지 않았다. 그는 절망했다. 도대체 어디로 실종한 것일까. 그는 경찰에 수사를 의뢰하기로 결심했다.

그때 그런 그의 모습을 몰래 숨어서 지켜보는 눈이 있었다. 여비서였다. 그녀는 자신의 모략으로 성류엔 모녀가 사라진 게 탄로날까 봐 전전긍긍했다. 그리고 공범인 제임스의 어머니를 찾아가 의논했다. 제임스의 어머니는 여비서에게 말했다. 이제 두 사람이 실종됐으니 시간이 흐르면 제임스는 잊고 포기할 것이다. 세월이 약이다.

그때쯤 너는 내 며느리가 될 것이고 네 사랑은 결실을 맺게 될 것이다. 너는 누구보다 남편을 잘 내조할 능력을 갖추었고 오랜 시간 동안 옆에서 지켜보며 사랑했으니 누구보다 행복한 아내가 될 것이다.

여비서는 감격했고 행복했다. 성류엔이 사라졌으니 얼마 안 가 제임스도 그녀에 대한 사랑을 잊고 내 사랑을 받아줄 것이다. 그러나 그들의 대화를 몰래 듣고 녹화하는 사람이 있었다. 성류엔의 실종 사건을 맡은 형사였다. 형사는 여비서와 제임스의 어머니를 불러 심문을 시작했다.

그들은 대체적인 사실을 인정했지만 성류엔의 실종사건에 직접 관여하지 않았다며 발뺌했다. 다만 자신들이 성류엔이 살고 있는 집에 불을 지르고 돌아서는데 험한 남자들이 그쪽으로 가고 있는 것을 보았다고 진술했다. 그렇다면 왜 신고하지 않았느냐는 질문에 그들은 침묵했다.

사건은 마무리 됐고 여비서와 제임스의 어머니는 감옥에 갔다. 이후에도 제임스는 성류엔에 대한 사랑을 멈추지 않았다. 그녀를 찾기 위해 수소문하던 중는 어느 날 편지를 받았다. 성류엔과 기우둥이 다른 지역에서 안전하게 잘 지내고 있으니 걱정 말라는 메시지였다.

그는 눈물을 흘리며 신께 감사 기도를 올렸다.

그는 여비서가 감옥에서 나오면 그를 다시 채용하기로 결심했다. 그러나 그녀를 자신의 곁이 아닌 먼 지방 부서로 보낼 작정이었다. 그는 복잡한 마음을 가라앉히고 다시 사업에 전념했다. 사업은 번창했고 거래처도 확장됐다. 어느 날 그가 거래처 방문을 위해 국도를 달리고 있을 때였다.

차창 밖으로 낯익은 모습이 보였다. 성류엔이 기우둥과 함께 대나무 바구니를 멘 채 걸어가고 있었다. 무엇이 즐거운지 계속 웃고 있었다. 잘못 본 건 아닐까? 그는 순간, 자신의 눈을 의심했다. 틀림없이 성류엔과 기우둥이었다. 그는 깜짝 놀라 급브레이크를 밟았다. 그가 자동차에서 막 내리려는 순간이었다.

그의 눈에 또 한 사람이 포착되었다. 언젠가 보았던 두 모녀를 돕던 경찰관이었다. 그는 인근에 있는 가게에서 나오며 그들 모녀에게 아이스크림을 선물하고 있었다. 세 사람은 무엇이 즐거운지 계속 함박웃음을 터뜨리고 있었다. 제임스의 마음에도 잔잔한 평화가 함박웃음처럼 계속 번져나고 있었다.

리튜카는 노숙자 출신이지만 성품이 온화하고 인정이 많았다. 경거망동하거나 비굴하지도 않았고 예의도 차릴 줄 알았다. 그녀는 흔한 미혼모처럼 아기를 유기하거나 방치하지 않았다. 오히려 아들 다비드로 인해 살아갈 힘과 용기를 얻었다.

곤경에 처한 사람을 만나면 기꺼이 도움을 베풀고 이웃들과도 소통할 줄 알았다. 자신과 엄청난 신분 차이가 나는 맥스와의 사랑에 많은 회유와 협박이 있었지만 물러서지 않고 사랑을 지켜냈다. 맥스의 아들을 낳을 때는 큰 지방병원에 입원해 안정된 평화를 누렸다. 그녀는 난생 처음 경험하는 사랑과 호사(豪奢)를 넉넉하게 누렸다.

새로운 경험에는 어색함과 위험이 따를 법한 데도 여유롭게 의심없이 받아들였다. 나이가 어려서 그랬는지도 모른다.

사회적 지위와 부(富)를 겸비한 맥스는 리튜카에게 최고의 예의와 격식을 갖추어 사랑했다. 동정이나 가진 자로서의 우월감이 아닌 사랑하는 연인에 대한 본능적인 발로였다. 아낌없이 퍼부어 주는 사랑에 리튜카는 행복의 절정을 누렸다. 맥스는 그녀에게 최고급 옷도 선물하고 보석으로 치장도 해주었다.

심지어 어머니의 완강한 반대에도 리튜카와 결혼을 강행했고 그 역시 주변의 많은 화유와 겁박이 있었지만 사랑을 지켜냈다. 그는 사랑을 위해 많은 것을 포기했고 리튜카의 전실 자식인 다비드까지 품에 품었다. 심지어 자신의 아기가 태어났을 때는 얼굴이 다비드를 닮았다며 기뻐했다.

그의 사랑은 진실했고 거리낌이 없었다. 그는 사랑하는 여자를 위해서는 못할 것이 없었다. 사랑을 위해서라면 모든 것을 다 희생할 각오였다. 한때의 불길 같은 감정으로 여자와의 쾌락을 꿈꾸는 소모성 사랑이 아니었다. 잠시 타올랐다 꺼지는 일시적인 감정놀음도 아니었다. 순수와 열정이 빚어내는 적극적인 사랑이었다.

진실한 사랑은 과거를 묻거나 계산하지 않는다. 오히려 험악한 과거까지 끌어안고 미래를 향해 나아간다. 리튜카 역시 끔찍한 과거의 고통에 갇혀 자신을 하대하거나 괴로워하지 않는다. 현재에 집중하며 행복해 한다.

혹자는 맥스가 선택한 사랑을 두고 비난할지 모른다. 그냥 일회성 사랑으로 끝내고 말 것이지. 뭐 하러 자신의 재산과 미래까지 던져가며 그녀를 선택했을까. 결혼마저 계산적인 조건으로 마무리하려는 사랑공식에 그들은 전혀 공감하지 않을 것이다. 현재는 과거의 연장선이고 결혼은 현실이다 라고 말할 것이다.

리튜카와 맥스의 사랑은 현대판 신데렐라를 뛰어넘는 어이없는 사랑공식이기 때문이다.

사람들은 흔히 말한다. 사랑받아 본 사람만이 남을 사랑할 줄 알고 사랑을 베풀 줄 안다. 학습된 사랑이 사랑을 낳는다는 이치다 말한다. 그러나 그게 과연 정답일까? 리튜카는 맥스의 호화로운 저택에 머물다 그의 어머니에 의해 쫓겨났다. 눈물로 자신이 살던 집을 돌아왔을 때 맥스는 더 큰 사랑으로 그녀를 품어주었다.

그들의 앞날에 더 큰 인생역전이 기다리고 있었다.(2026년 창조문학)

(위 소설은 인터넷에서 발췌한 것에 허구를 가미해 쓴 글입니다.)

겨울 안개

겨울안개가 짙게 낀 어느 날이었다.

새벽 댓바람부터 기분이 이상했다. 집을 나서 명식이네 밭을 지나는데 무언가 뒤통수를 당기는 느낌이었다. 돌아보니 명식이 형 철식이가 사병(士兵) 두 명과 함께 나를 가리키며 웃고 있었다. 무슨 이야기를 하는지 재미있어 죽겠다는 표정이었다. 순간 불쾌감과 공포가 내 온몸을 뒤덮는 것 같았다. 나는 얼른 들판을 가로질러 뛰기 시작했다.

추수가 끝나버린 들판은 썰렁했고 간밤에 내려앉은 서리로 사방이 눅눅했다. 안개가 짙게 깔린 탓으로 사방이 부옇게 보였다. 일부러 지름길을 택해 논둑길을 걸었다. 논둑길이 끝나는 곳에 도랑물이 보였다. 살얼음이 끼어 그냥 건넜다가는 푹 빠지기 십상이었다. 나는 심호흡을 크게 한 뒤 두 팔을 번쩍 들고서 물을 건넜다.

곧바로 신작로가 나타났다. 그 길을 조금 지나자 현자네 구멍가게가 나타났다. 나는 그쯤에서 신발을 고쳐 신었다. 연대본부 쪽에서 군가 소리가 들려왔다. 이따금 소총 쏘는 소리도 들려왔다.

'으쌰 으쌰

군인들이 런닝셔츠 차림으로 구보를 하고 있었다. 입에서 하얀 입김을 내뿜으며 산야가 쩌렁쩌렁 울리도록 군가를 불렀다.

'싸나이로 태어나서 할 일도 많다만 너와 나 나라 지키는 영광의 사나

다. 전투와 전투 속에 맺어진 전우야, 산봉우리에 해가 뜨고 해가 질 때
에 부모 형제 나를 믿고 단잠을 이룬다'

군인들은 나를 보자 손을 흔들며 지나갔다. 어떤 군인은 휘파람을 불
며 몸을 흔들기까지 했다. 냉기가 코끝으로 전해져 왔다. 진입로부터 학
교로 통하는 입구는 온통 눈 천지였다. 쌓인 눈을 치우지 않아 두껍게
층을 이룬 데다 응달이 졌기 때문이다. 소나무가 쌓인 눈 무게를 못 이
겨 가지가 휘청한 채 늘어져 있었다. 안개 속에 멀리 교문이 보였다.

나도 모르게 발걸음이 빨라졌다. 안개가 점점 내 뒤로 밀려났다. 교문
을 들어서자 여기저기서 외침이 들려왔다.

"안녕하십니까."

시골 아이들은 인사도 군대식으로 한다. 거수경례를 붙이는 아이도 있
다. 주변의 영향 탓이리라. 아직 이른 시각이다. 나는 천천히 교무실로
들어갔다. 자리를 찾아 앉는데 발끝이 시려왔다. 바로 눈앞에 현판이 보
였다.

'서정쇄신'

군사정권이 내세우는 캐치프레이즈였다. 교장실에 들어가면 군 출신
대통령의 사진이 정면으로 보인다. 광주에서 피비린내 나는 살육을 치르
고 들어선 정권이다. 그래서 해마다 5월이 되면 데모대의 함성과 최류탄
이 서울 거리를 메우곤 했다. 그들의 요구는 단 한가지였다.

'군사정권 퇴진'

군부독재 종식이 그들의 최대 과제였다. 데모대의 행렬 속에 좌경화
세력이 숨어 조종한다고 아무리 떠들어대도 사람들은 믿지 않았다. 광주
에서 엄청난 인원이 총탄에 스러져 갔다고 해도 마찬가지였다. 사람들은

사실을 진실로 받아들이지 않았다. 데모 때문에 흉흉한 민심 때문에 살기가 힘들어졌다고 푸념할 뿐이었다. 내가 근무지를 이곳 최전방 지역으로 선택했을 때도 그랬다.

군 보안부대에서는 내 전력에 대해 철저히 조사했다. 혹시나 운동권과 연루된 끄나풀은 아닌지 심지어 북과 내통하는 첩자는 아닌지 면밀히 조사했다. 내 친구 관계까지 낱낱이 조사하는 바람에 본의 아니게 친구들에게 폐를 끼친 결과가 되고 말았다. 그러나 아무리 조사해도 소득이 있을 리 없었다. 나는 운동권에 관련될 만큼 사리분별에 밝지도 않았고 대담하지도 못했다.

오히려 반대였다. 나는 소심증 환자였다. 게다가 피해망상에다 신경과민증에다 노이로제 증상까지 있었다. 그럴지라도 나는 돈을 벌어야 하는 처지였다. 그러기에 일부러 낯선 고장인 이곳까지 오게 된 것이었다. 이곳에 와서 나타난 현상은 생각이 조각모음을 하는 것이었다. 어릴 때부터 생각이 복잡한 나는 산만한 정신 때문에 잠시도 평안할 틈이 없었다.

걱정과 불안, 불길한 상상력이 늘 꼬리를 물고 달려들었다. 그도 그럴 것이 안팎으로 분쟁이 끊이지 않았기 때문이다. 한마디로 내우외환이었다. 집안은 고함과 울음소리와 함께 전쟁터를 방불케 했다. 큰오빠는 5.18 광주항쟁과 연루되어 구치소에 감금된 상태였고 그로 인해 풍비박산된 아버지의 사업체는 빚쟁이가 몰아닥쳐 이중 삼중의 고통을 겪고 있었다.

그 외중에 어머니는 심장병이 발발 툭하면 병원 응급실로 실려갔다. 그것도 꼭 일요일이나 공휴일이었다. 그러면 아버지는 말했다.

"왜 하필이면 아파도 꼭 공휴일에 아파?"

기실은 없는 살림에 병원비 나가는 게 아까워서 그러는 거면서, 소심증 환자인 나는 큰소리만 들려도 지레 겁을 먹고 떨었다. 심장이 두 방망이질을 하고 다리가 후들후들 떨리고 어떨 땐 환청까지 들렸다. 나중에는 피해망상이 가중돼 정신병동에 입원할 정도였다.

그래서 내린 결론이 있었다. 그건 지인(知人)들과의 분리였다. 좀 더 자세히 말하자면 나를 알아 볼 이가 아무도 없는 곳으로 가 몸과 마음을 숨겨버리는 것이었다. 즉 환경의 변화를 통해서 마음의 안정을 꾀하자는 것이었다. 그것이 바로 내가 객지를 택한 이유였다. 또 한 가지가 있었다. 사범대학을 졸업하고 일 년 동안 쉬고 있던 나는 찬밥 더운밥 가릴 처지가 아니었다.

당장 밥벌이가 필요했다. 그러나 서울로 발령 나기엔 실력이 턱없이 부족했고 떠나는 게 급선무인 나는 가장 만만한 도서벽지형 학교를 택할 수밖에 없었다. 강원도 척박한 산골, 금강산이 마주 보이는 곳이었다. 당시만 해도 그곳은 서울에서 버스로 4시간 가량 걸리는 곳이었다. 대충 코스는 이러했다. 서울서 출발해 양평 강가를 계속 거슬러 올라 가다보면 홍천이 나온다.

내가 서울을 떠날 당시만 해도 홍천은 비포장 도로였다. 먼지 풀풀 날리는 길을 1 시간 반 가량 지나면 인제가 나온다. 그곳에서 가파른 언덕길을 지나 신남리를 지나면 소양호를 끼고 아슬아슬한 주행길이 시작된다. 소양호는 한 겨울에도 결코 어는 법이 없다. 수십 미터에 달하는 수심(水深)이 바로 그 증거이다. 차량은 빙판이 진 도로를 엉금엉금 기다시피 하는데 천 길 낭떠러지 끝 소양강은 수증기가 연기 기둥처럼 모락모락 강 언덕을 맴도는 것이다.

소양강을 끼고 구불구불 사행길을 지나면 인가가 보이기 시작하고 평지가 나타난다. 중간에 12개가 넘는 검문초소를 지나야 한다. 헌병이 소총을 들고서 직접 검문하는데 분위기가 여간 살벌한 게 아니다. 모두 주민증을 내보여야 하는데 특히 소양대교를 건너기 전에 가장 검문검색이 심하다. 검문이 끝나고 소양대교를 건널 때면 악! 소리가 절로 난다.

다리 밑으로 펼쳐지는 강은 까마득히 멀다. 강 수면에서 뭉게구름처럼 피어오르는 수증기는 수십 미터를 상회한다. 그 다리를 건너면 남면이라는 동네가 나온다. 바로 중앙에 검문 초소가 있고 양쪽으로 길이 갈린다. 왼쪽으론 읍내가 나오고 오른쪽으로 최전방 지역 철책선이 보이는 해안으로 향하는 곳이다. 그 중간 기점에 내가 근무하는 직장이 있었다.

사방이 산으로 둘러싸여 있고 온통 푸른색 일색이었다. 농지에는 벼와 푸성귀가 지천이고 군부대와 농민들. 우습게 표현하자면 그곳은 거주민들조차 군을 위한 들러리에 불과할 정도로 온통 군 일색이었다. 여름에는 바람 한 점 없이 무덥고 겨울이면 보통 영하 20도를 오르내렸다. 서울과 춘천이 3도 온도 차이가 난다면 춘천과 그곳은 역시 3도 차이가 났다.

그런가 하면 해안으로 통하는 대암산은 5월에도 눈이 펄펄 내렸다. 페치카를 두고 불꽃이 활활 타오르는 장면을 목격한 적도 있다. 그곳에 도착해 정착한 지도 어느덧 일 년이 다 되어 가고 있었다. 아직도 관사(官舍)를 차지하지 못한 나는 명식이네 뒷집 점순이네 집에 세 들어 살고 있었다. 근대식으로 지은 농가로 대문도 없고 펌프 하나에 텃밭과 울타리 없는 마당이 전부였다.

그러니까 집안이 온통 오픈 된 거나 마찬가지였다. 외부에서 곧바로 집안으로 들어설 수 있었다. 현관문을 열면 넓은 마루에 방이 세 개였다. 주인집이 두 개 사용하고 부엌 옆방이 바로 내가 기거하는 곳이었다. 나는 그 방안에 누워 날마다 서울을 그리워했다. 시골은 답답했다. 동네를 나서면 아무데도 갈 곳이 없었다. 간단한 구경거리라도 찾기 위해선 읍내를 나가야 했는데 동네 언덕을 벗어나 고갯길로 올라가서 40분마다 한 대씩 오는 버스를 기다려야 했다.

늘 갇혀 지내다시피 하니 군대생활이나 진배없었다. 동네를 벗어나 버스를 타고 읍내로 가면 '중학교의 옥선생이 외출했다더라' 하고 소문이 났다. 동네에서 일어나는 대소사도 한집 건너 소문이 나 발을 타고 날아다녔다. 동네는 토박이 주민들과 군인가족들이 뒤엉켜 인심이 사나웠다. 시골도 도시도 아닌 외지 인심이 스며든 탓이었다.

가장 힘든 건 대화 상대가 없는 것이었다. 직장에서 나는 제일 막내였다. 나머지는 나보다 보통 20년 연배였다. 나이 차이는 곧 세대차이로 이어졌다. 도시와 시골의 인식 차이도 너무도 컸다. 대표적인 것이 남존여비 사상이었다. 젊은이들이 도시로 떠나버린 동네는 노인네들만 득시글댔다. 아이들도 가정조사를 해보면 모친 가출이 많았다. 도시와 시골의 문화차이도 격심했다.

나는 그 차이 속에서 항상 내가 태어나고 자란 서울을 그리워했다. 늘 도시의 기운을 떠올리면서 그리움이 가슴속에서 새록새록 살아났다.

'학교 앞 다방 엘리뜨'

봄 축제 기간만 되면 우리는 짝짓기 미팅을 하느라 뻔질나게 드나들었었다. 미팅에서 성공하면 파트너와 함께 명동에 있는 학사주점에 술을 진탕 마시고 취했다. 신촌 네거리 우산속 디스코텍, 종로3가의 국일관,

그런가 하면 무교동 낙지골목과 쎄시봉 디스코텍도 자주 갔다. 당시 무교동에는 국제극장 뒤로 가수 김정호가 운영하는 '네'라는 경양식점이 있었다.

폐병 말기 증상에 시달리는 김정호가 가쁜 숨을 쉬며 몰아쉬며 노래를 부르던 기억이 난다. '하얀나비'를 부르며 김정호는 가는 손가락으로 기타줄을 퉁겼다. 그리고 얼마 되지 않아 영원히 숨을 거두었다. 우리는 그렇게 명동과 종로 무교동을 쏘다니면서 끝없이 낭만이라 외쳤다. 술집에 모여 부라보를 위치면서 '술은 인류의 적 마셔서 없애버리자'고 소리를 고래고래 질렀다.

그러다 군사정권 타도를 외치는 운동권과 격렬한 말다툼을 벌이기도 했다. 나는 그때 주류였던가. 비주류였던가. 이상하게 잘 기억이 나지 않는다. 소심하고 기죽어 지내면서도 그런 자리는 빠짐없이 참석했던 걸로 보아 주류의 입장에 서고 싶어 했던 건 분명하다. 나는 방안에서 뒹굴면서 고작 그런 상상놀음을 즐기고 있었다.

한참 서울에의 향수에 시달리고 있을 때였다. 봄 학기가 시작되면서 충청도에서 총각선생이 전근해 왔다. 나이는 나보다 두 살 어렸고 시골 태생이라 그런지 완전 순진무구였다. 부끄러움을 잘 타면서도 나만 보면 쭈뼛쭈뼛 다가와 말을 붙였다. 얼굴이 발그레한 사람이었다. 처음에는 잘 몰랐었는데 그가 내게 관심을 가지고 의도적으로 접근했음을 나중에야 알았다.

비가 억수로 쏟아지는 초여름 날이었다. 후텁지근한 공기를 씻어 내리려는 듯 맹렬한 빗줄기가 창문을 때리고 있었다. 그런데 한밤중에 그가 나를 찾아온 것이다. 누군가 창문을 두드리는데 처음에는 TV에서 나는 소린 줄 알았다. 창문을 열었더니 당장 빗물이 방안으로 몰아쳤다.

얼결에 방문을 열고 그를 맞아 들였다. 그가 우산을 탁탁 털고 나서 말했다.

"여적 안 주무시고 뭐한 거래요?"

TV에서 애국가가 시작되고 있었다. 이어 지직거리며 화면이 정지됐다.

"여기 수건에 발 닦고 어여 들어와요. 그런데 이 야심한 시각에 웬일이래?"

"웬일은 무슨…… 총각이 처녀 보고 싶어 찾아왔지요."

순간 가슴속에서 쿵 소리가 났다.

"채선생 술 마셨어요?"

목소리가 내가 생각해도 너무 컸다.

"왜 이래요, 누가 들으면 어떡하려구요."

"뭐요?"

그가 주춤거리며 방 윗목에 앉았다. 수건으로 머리를 털고 나더니 한숨을 푹 쉬었다.

"옥선생님은 여기가 좋대요? 어쩌다 서울서 이 먼곳까지 왔대요?"

"좋기는 뭐, 그러는 채선생은요?"

"나야 뭐, 고향서 농사짓다 왔지요."

"뭐요? 농사짓다 와요?"

나는 단박에 웃음을 터뜨렸다.

"아니 농사짓다 온 게 뭐가 그리 우스워요."

그는 약간 화난 표정이었다. 무슨 일이 있는지 얼굴에 고민한 기색이 역력했다. 그가 품에서 담배를 꺼내더니 불을 붙였다. 한모금 깊게 빨아

당기는데 표정이 이상야릇했다. 그때였다. 밖에서 두런거리며 말소리가 들렸다.

"옥선생, 옥선생 자?"

교무주임 김찬옥이었다. 교사들 사이에서 시어머니로 통하는 엄격하고도 대가 센 여자였다. 나와 채선생은 동시에 얼굴이 얼어붙었다.

"이를 어쩐대요?"

채선생은 거의 울상이었다.

"들어가도 돼?"

김선생이 당장 문을 열 듯이 말했다.

"네에 선생님, 잠시만요."

나는 창문을 열었다. 그리고 채선생에게 손짓했다. 어서 뛰어서 나가라는 표시였다. 채선생은 엉겁결에 창문을 넘었다. 쿵소리가 났다.

방문을 열며 내가 말했다.

"김선생님 어쩐 일이세요? 통행금지도 다 됐는데."

"벌써 그렇게 됐나? 그런데 이상하다. 방금 누가 왔다 간 거 같은데."

"네? 누가요?"

목소리가 덜덜 떨렸다. 소심증 환자가 그렇지 뭐.

김선생은 미심쩍은 표정으로 내 안색을 살폈다.

"들어오다 보니까 신발이…… 뭐 같은 신발은 얼마든지 있을 수 있으니까. 그보다도 말야, 나 내일 새벽에 춘천에 가봐야 할 것 같아."

"무슨 일 있으세요?"

"응, 남편이 이번에 도지사로 승진했거든, 내일 취임식이야."

그녀는 자랑스러운 듯 표정이 한껏 고무돼 있었다. 그동안 말하고 싶어 어떻게 참았을까.

"축하드려요 선생님, 그런데 너무 갑작스럽네요. 여적 아무 말씀도 없으시다가."

"나야 진작에 말하고 싶었지. 그런데 남편이 입조심시켜서 말야, 내가 교감선생님께는 낮에 말씀드렸어. 내 대신 수업에 들어가 줄 수 있지?"

"네, 그럼요."

그런데 왜 하필이면 그 중요한 이야기를 이 한밤중에 찾아와 할 게 뭐람. 낮 시간에도 얼마든지 할 수 있었을 텐데.

"사실 난 안 가려구 했어."

"네? 그건 또 무슨 말씀이세요?"

나는 순간 어리둥절했다.

"애들 아빠니까 가는 거라구, 그렇지 않음 어림도 없지."

김선생은 주먹을 불끈 쥐어 보이기까지 했다. 아까는 도지사로 승진했다며 자랑스러워하더니 지금 하는 저 소리는 또 뭔가. 상반된 현상에 나는 또다시 어리둥절했다.

"뭐 자세한 건 알 필요 없고 내일 수업이나 잘 부탁해."

김선생은 방안을 한번 휘둘러보더니 말했다.

"그런데 옥선생 담배 피워?"

"네?"

순간 얼굴이 화톳불처럼 달아올랐다.

"애들처럼 불장난하지 말고 조심해, 불조심 남자 조심 알았어?"

그녀는 의심스런 표정을 잔뜩 짓고 나더니 자리에서 일어났다. 나는 그녀가 나가자마자 재떨이를 들고 부엌으로 가 아궁이 속에 털어 넣었다.

다음날 아침이었다. 펌프가에서 세수를 하는데 점순이 엄마가 다가왔다.

"선생님 어젯밤에 누가 왔다 갔대요?"

"네. 무슨 말씀이세요?"

"아궁이 속에 웬 담배꽁초가 그리 많대요?"

아뿔사. 신중하지 못한 나의 행태가 그대로 드러나고 말았다.

"아이들 눈치가 얼마나 빠른데, 담배는 나가서 피우는 게 좋을 것 같네유."

이번에는 아예 얼굴에 모닥불이 확확 피어오르는 것 같았다. 쉬는 시간에 교무실에서 커피를 끓여 마시고 있을 때였다. 아무도 없는 틈을 타 채선생이 다가왔다.

"저도 커피 한잔 타 주실래요?"

기가 막혔다. 나보다 두 살이나 어린 것이.

"지금 저한테 뭐라고 하신 거예요?"

나는 일부러 채선생을 아래위로 훑어 내리며 말했다. 나를 대하는 태도가 마치 자기 애인이나 아랫사람에게 하듯 했다.

"왜 그래요, 잘 알면서."

"알긴 뭘 알아요?"

나도 모르게 언성이 높아졌다. 그때였다. 문이 열리더니 교감이 나타났다.

"어이, 처녀 총각 선생, 분위기 좋구만 단 둘이서 여기서 뭐하는 거야?"

채선생이 싱글벙글 웃으며 농을 받았다.

"처녀 총각 사이에 나이가 무슨 상관이래요?"

"그렇지, 사랑엔 국경도 없다는데 나이가 무슨 상관? 그것도 겨우 두 살 차이 갖고."

교감은 좋아서 어쩔 줄 모르는 표정이었다.

"그런데 왜 옥선생이 말을 안 들어?"

그는 채선생을 향해 눈을 찡긋 하더니 손바닥을 옆으로 뒤집었다. 거기에 힘을 얻은 채선생이 말했다.

"지는 아직 나이도 어리고 완전 숙맥이라 그거래요. 잘 알잖아요."

"알긴 뭘 알아?"

나는 그에게 주먹을 보이며 눈을 부라렸다.

"아하! 왜들 이러시나, 우리 학교에 단 한 쌍밖에 없는 처녀 총각께서 잘들 지내지 않고. 그저 어린 것들은 할 수 없다니까. 좋을 때다 좋을 때야."

교감은 재미있어 죽겠다는 표정이었다. 아무튼 채선생이 부임해 오고 나서 교무실은 잠잠할 날이 없었다. 별별 해괴한 농담이 오가질 않나, 아예 나중에는 채선생과 나를 연인이나 부부처럼 둔갑시켜 말하기도 했다. 점순이네 집에서 6개월쯤 지내고 났을 때 관사에 자리가 났다. 관사에 살던 교무주임 선생이 드디어 사표를 내고 춘천으로 간 것이다. 남편의 내조를 위해서 30년 동안 지켜온 교직을 버린 것이다.

어느 날 직원종례를 하다 말고 교장이 말을 꺼냈다.

"관사에 드디어 자리가 났다 이거지, 어이 채선생과 옥선생."

"네?"

채선생과 나는 동시에 대답을 했다. 마치 합창이라도 하듯이. 교장은 모두 들으란 듯이 큰소리로 말했다.

"거 교무주임이 쓰던 관사 말야, 방이 두 칸이고 하니까 하나는 채선생이 쓰고 그 옆방은 옥선생이 쓰는 게 어때?"

그 말에 직원들은 모두 폭소를 터뜨렸다. 말의 의미를 알아차리고 즐거운 비명을 지른 것이다.

"말야, 낮에는 학부형들 눈도 있고 하니까 따로 지내다가 밤에만 합방하는 거야, 어때 내 제안?"

그는 눈 하나 까딱 안 하고 농담을 했다. 채선생이 좋아서 배를 쥐고 웃었다. 나는 너무 기가 막혀 할 말을 모르는데 체격이 건장한 체육선생이 말을 받았다.

"둘 다 어리숙한 데다 숙맥이 되어서 합방하려면 한참 걸려야 될 거예요."

"뭘 알겠어요, 아직 어린애들인 걸요."

어느새 교감선생이 나서고 있었다. 그들은 그런 위험천만한 농담을 조금도 망설임 없이 했다. 그러고 나서 꼭 채선생을 향해 말했다.

"여자는 남자 하기 나름이라구, 알겠어?"

아예 코치까지 했다.

"그러니까 내 말은……."

무슨 말을 하는지 잘 들리지 않았다. 귀엣말로 했기 때문이다. 퇴근시간이 가까워 오면 채선생은 안달이 났다.

"저기요, 읍내에 새로 생긴 경양식점과 영화가 들어왔다는데, 같이 가실래요?"

나는 일부러 못 들은 척했다. 그러자 채선생은 화가 났는지 재차 말했다,

"사람 말이 말 같지 않대요? 왜 대답이 없대요."

나는 정색을 하고 나서 말했다.

"전, 연하는 별로 취미가 없거든요, 그리고 서울 가면 저 기다리는 사람 많거든요. 무슨 말인지 알겠죠? 그러니 그만 괴롭히라고요."

채선생은 고개를 푹 꺾었다. 그러더니 한다는 말이 걸작이었다.

"골키퍼가 있다구 골이 안 들어가는 건 아니라고요."

기가 막혀서. 나는 그의 등 뒤에 대고 단호히 말했다.

"다시는 밤중에 나 찾아오지 마세요."

"안 가요, 안 간다구요."

나는 무슨 말이든 그대로 믿는 습성이 있었다. 퇴근하고 나면 관사로 들어가 아예 푹 파묻혔다. 읍내에서 사 나른 술병이 나날이 늘어났고 저녁이면 열린 창문 틈으로 담배연기가 빠져나갔다. 창문 밖은 텃밭이었다. 고추밭과 옥수수밭이 교장 관사까지 늘어져 있었다. 장마가 끝나고 나면 잡풀이 자라 호랑이가 새끼를 칠 정도였다.

나는 서울을 떠나 혼자 기거하는 동안 마음이 담대해져 갔다. 우선 악다구니로 가득 찬 집안 꼴을 보지 않아 노이로제 증상이 사라졌고 모든 걸 혼자 결정하다 보니 이기심만 증폭되었다. 아무 눈치도 보지 않고 모든 걸 내 중심적으로 생각하고 결정했다. 남을 배려한다거나 이해하는 마음은 아예 존재하지도 않았다. 소심증으로 자주 발생하던 심장병도 어느덧 사라지는 듯했다.

그 틈을 타고 누군가 내게 찾아와 말했다.

인생을 네 마음대로 내키는 대로 살아라. 낯선 감정과 새로움에 눈떠라. 나는 누군가의 지시에 의해 낯선 감정에 몰입했다. 주말이면 아예 읍내에 나가 살았다. 좁은 읍내 바닥을 다 휩쓸고 다니면서 술집 이름을 다 통달했고 장이 서는 날이면 하루종일 마실을 다녔다. 그때면 꼭 읍내 여고에 있는 여교사들과 합류했다.

어떨 땐 경찰서에 근무하는 여직원들과 합류한 적도 있었다. 삼삼오오 짝을 지어서 후미진 술집에 모여 군사정권을 야유했고 그러다 군인들이 보일라치면 서로 입막음을 하느라 바빴다. 영화관에 틀어박혀 철 지난 영화도 감상했고 그것도 시들해지면 시외버스를 타고 인제나 홍천으로 나갔다. 그곳도 군 주둔지대이긴 했지만 그나마 자유로운 편이었다.

왜냐하면 아는 얼굴과 마주칠 일이 전혀 없었기 때문이다. 홍천이나 인제에 가서는 더 대담하게 놀았다. 분위기 좋은 경양식점에서 군 장교 들과 그룹미팅을 했다. 모두 육사 출신들이었다. 미팅 주선은 읍내 여고 에 근무하는 홍선생이 맡았다. 그녀는 20대 후반으로 미모였다. 사교성 도 뛰어나고 사리분별에도 밝았다. 모두 그녀의 명령에 따라 행동거지를 조심했다. 뒤탈을 없애기 위해서였다.

그런데 어찌된 영문인지 미팅을 할 때마다 파트너에게 에프터를 하는 장교는 한 사람도 없었다. 여교사들도 마찬가지였다. 모두 술집에서 팝송 을 들으며 한바탕 진하게 마시고 자리를 털고 일어났다. 그 외중에도 장 교들은 신경을 곤두세우며 주변을 경계하느라 바빴다. 소문이 상부에 전 해지면 어쩌나 걱정하는 눈치였다.

장교들과 여교사들이 서로 어울려 술판을 벌이고 그렇고 그렇다더라. 술에 취해 객지 거리를 걸으면 세상은 얼마나 급박하게 돌아가는지 몰랐 다. 낯선 건물, 낯선 골목, 이질적인 분위기의 시외버스 터미널, 그 앞을 우리는 휘적휘적 걸었다. 그러다 관공서 앞을 지날 때면 저절로 긴장이

돼 쭈뼛거리기도 했다. 어떤 여교사는 술을 더 마시고 나이트클럽에 가 춤을 추자고 제안했지만 듣는 사람은 아무도 없었다.

다음날 수업에 지장이 있다는 이유에서였다. 만남이 끝나면 장교들은 각자 자기가 속한 부대로 귀속했고 여교사들은 시외버스를 타고 학교 관사로 돌아갔다. 그것은 반복될 때마다 묘한 쾌감과 함께 낯선 감정을 일으켰다. 낯섬은 점차 타락한 감정으로 변해갔고 나는 어느덧 직원들의 농담에도 익숙해져 갔다. 그것은 내가 가장 두려워하고 염려하던 결과이기도 했다.

내 방에서 나가는 술병이 나날이 늘어갔다. 재떨이에 쌓이는 담배 꽁초도 늘어났고 외로움도 늘어났다. 해가 바뀌고 나자 내 얼굴 표정이 사납게 변해져 있었다. 말투도 거칠어졌고 전에 없었던 대인기피증마저 생겨났다. 그러나 그것을 발표할 수는 없었다. 속으로 삭이자니 죽을 맛이었다. 또다시 내부에서 조급증이 일며 다짐이 터져 나왔다.

떠나자, 이 곳을 떠나버리고 말자.

남편이 도지사로 발령 난 뒤 떠나간 교무주임 대신 새로운 교사가 차출돼 왔다. 그는 40대 중반으로 얼굴에서부터 카사노바 기질이 농후했다. 그의 자랑은 늘 한가지였다. 40평생 벌여온 여자들과의 엽색행각이었다. 직원들의 회식 자리가 있는 날이면 그의 화려한 여자 경력은 날개 돋친 듯 남자들 입가에서 팔려 나갔다.

"십 년 전엔가 내가 사북에서 근무할 때였지, 탄광촌이라 여간 힘든 게 아니었어, 수업 중에도 사이렌 소리가 들리면 아이들이 밖으로 우르르 달려나가는 거야, 갱도가 무너져 내렸다는 신호였지, 아버지가 광부인 아이들은 울고 불고 난리가 났지, 대개 하루 벌어 하루 먹고사는 사람들도 많았어, 얼굴 예쁜 깔치들도 많았지."

그는 침을 꼴깍 삼키고 나서 말했다.

"그런데 그 탄광촌 학교에서 근무할 때 말야, 나를 좋아하는 처녀 선생이 둘 있었는데 말야, 내가 어떻게 했겠어?"

그가 좌중을 둘러보며 말하자 여기저기서 말이 튀어 나왔다.

"뭐 어떡케 해? 따먹었겠지."

교무주임은 회심의 미소를 지으며 말했다.

"여관에 데리고 가서 자고 난 뒤 여관비 계산하라고 했지."

"잘했네 뭐, 지가 좋아서 잤는데 뭐."

남자들은 서로 술을 권커니 자커니 하면서 음담패설을 이어갔다. 그러더니 갑자기 교무주임이 생각난 듯이 말했다.

"어이 옥선생, 나 좀 봐."

갑자기 그가 나를 호칭하는 바람에 나는 기절할 뻔했다. 그가 나를 바라보더니 말했다.

"내가 술 한잔 줘도 괜찮겠지?"

"저 전."

"왜 그래 저녁마다 관사에서 술병 비우는 거 내가 모를 줄 알고."

어느새 다가온 그가 내 잔에 술을 따르며 손목을 쥐었다.

"저 교무주임 선생 또 발동 났구만."

체육선생이 비아냥거렸다. 옆에서 보고 있던 채선생의 눈빛이 꿈틀거렸다. 나도 모르게 채선생에게 구원의 눈빛을 보냈다. 교무주임의 손이 내 어깨 위로 올라왔다. 한쪽 손은 여전히 손목을 감싸고 있고 채선생이 다가왔다.

"선생님 제 술 한잔 받으시죠."

그가 소주를 잔에 가득 부었다. 소주잔이 아닌 맥주잔이었다.

"자아 쭉 한잔 들이키시고."

채선생이 교무주임과 나 사이에 끼어 앉더니 내게 눈짓을 했다. 빨리 도망치라는 신호였다. 내가 자리에서 일어나자 여기저기서 야유가 터졌다.

"어이 옥선생 어딜 가는 거야, 내가 따라주는 술 한잔 받아야지."

나는 못 들은 척 밖으로 나왔다. 급하게 신발을 구겨 신고 나자 기분이 더러워졌다.

'씨팔.'

나도 모르게 욕설이 터져 나왔다.

"아니 선생 입에서 씨팔이 웬말이래요? 남사스러워서 못 들어주겠네."

어느새 나왔는지 옆에서 채선생이 말했다.

"저 인간들 선생 맞아?"

나는 아직도 술판이 벌어져 있는 쪽을 향해 일갈했다.

"꼰대들이 다 그렇지 뭐, 이러지 말고 우리 단둘이서 한잔합시다."

그날 채선생과 나는 장소를 장터 구석진 술집으로 옮겨 한잔 했다. 아니 엉망진창이 되도록 대취했다. 혹시라도 학부형과 마주치게 될까 봐 일부러 구석지고 후미진 곳에서 마셨는데 다음날 소문이 일파만파로 번져나갔다. 그것도 아이들의 입을 통해서였다. 녀석들은 소문을 학교와 이웃 읍내에까지 퍼뜨렸다. 소문의 내용이 기가 막혔다. 그런데 더 기가 막힌 건 채선생의 반응이었다.

"뭘 그리 심각하게 생각하고 그런데요. 저러다 말겠죠."

"뭘 저러다 말아요? 녀석들이 저를 두고 뭐라 하는지 아세요?"

“뭐요? 우리 둘이 잤다구요?”

그는 태연한 듯이 말했다.

“채선생님은 아무렇지도 않으세요?”

“아무렇지 않음 어떡하겠어요. 우리 둘이 아무 일 없었음 됐지.”

그러다가 그는 혼잣말로 말했다.

“내가 하고 나서 그런 말을 들음 덜 억울하지.”

“뭐요? 지금 뭐라고 했어요?”

“뭘요, 나 아무 말도 안 했어요.”

안 그래도 소문 때문에 다 잊고 지냈던 노이로제 증상이 살아날 판이었다. 학부형들의 눈치도 심상치 않았고 직원들은 아예 채선생과 나 사이를 결혼을 앞둔 연인 사이처럼 비약시켜 말하기까지 했다. 읍내 교육청에 다녀온 교감이 말했다.

“야! 소문 빠르대, 읍내에 있는 여고에까지 소문이 환하대, 우리 동기들은 물론 애들도 다 알아. 날 보더니 그러는 거야, 어이! 거기 교사부부 탄생하게 되었다며?”

교감은 싱글벙글이었다.

“이거 소문 더 이상 번지기 전에 빨리 국수를 먹여 주던가 해야지, 안 되겠어, 채선생 양쪽 집안 상견례는 언제 할 거야?”

나는 아예 대화 대상에서 제외시켜 놓은 듯 채선생하고만 말했다.

“녀석들이 어찌나 집요하게 묻는지……”

말투는 곤혹스러운데 표정은 싱글벙글이었다.

“고향에서 어머니가 오신다는 걸 겨우 말렸지 뭐예요.”

“아니 왜?”

"아직 준비도."

"준비는 무슨 준비?"

나는 더 볼 것도 없이 채선생의 멱살을 쥐고 밖으로 나왔다.

"도대체 날 뭘로 보길래."

"왜 이런데요, 누가 보면 어쩌려고."

아이들이 지나가다 말고 흘끔거렸다. 아이들은 손가락으로 입을 가리며 킥킥대고 웃었다.

"제가 이따 찾아뵐께요."

아이들이 계속 따라오며 웃는 바람에 나는 거기에 신경 쓰느라 그의 말은 잊어버렸다.

밤에 자려고 자리에 누웠는데 온갖 잡생각이 떠올랐다. 어떻게 하면 이 상황을 모면할까? 아무리 궁리해도 떠오르는 생각이 없었다. 가장 좋은 방법은 둘 다 다른 곳으로 전출돼 가는 것이다. 하지만 때가 일렀다. 아직 초여름인 것이다. 더구나 채선생은 부임한 지 일 년도 되지 않았다. 물론 나는 그의 인생에 얽매이고 싶은 생각은 추호도 없었다.

"씨팔 재수 없으려니까."

나는 나도 모르게 터져 나오는 욕설에 깜짝 놀랐다. 습관처럼 벽장문을 열고 술병을 찾아 마시고 있는데 방문 앞에 그림자가 어른거렸다. 이불을 한쪽으로 밀어 넣으며 급하게 소리쳤다.

"누구세요?"

"옥선생님 주무신대요?"

채선생이었다.

"누가 보면 어쩌려고 왜 또 왔어요?"

"잠깐 할 말이 있어서."

방문을 열며 내가 말했다.

"할말이 있음 낮에 할 것이지, 지금이 몇 신데 당장 돌아가요."

"싫어요."

기가 막혔다. 하도 기가 막혀서 울음이 나오려고 했다. 나는 진작부터 그에게는 관심조차 없었다. 그런데 어쩌다 일이 이 지경까지 온 것일까. 채선생이 이미 문지방을 넘어서고 있었다. 그는 방에 들어서자마자 마치 꾸짖듯 말했다.

"밤에 여자 혼자서 술이나 마시고……."

"그게 채선생과 무슨 상관이에요."

"왜 상관이 없대유, 옥선생 술꾼이라구 읍내에까지 소문이 파다한 거 알아요 몰라요."

"나 참 기가 막혀서."

"그러니……."

"그러니 뭐요?"

"이쯤에서 마음 정리하고 다음 주에 저희 어머니 만나러 같이 가자구요."

나는 그 순간 너무 기가 막혀서 쓰러질 뻔했다.

"나야말로 옥선생 때문에 장가도 못 가게 생겼단 말예요, 소문이 다 나버려서."

"순진한 척하고 하고 자빠졌네, 누가 그 속 모를까봐."

드디어 내 입에서 막말이 나왔다.

"소문 핑계 대지 말고 오늘밤 결판냅시다."

"어떻게요?"

채선생이 불안한 눈빛으로 물었다.

"내가 그만둘까요, 아님 채선생이 떠날래요."

"네에? 그게 무슨 말이래요? 그만 두다니."

"내가 보니까 채선생은 그만 둘 형편이 안 되니까 제가 떠날께요."

"네 그게 무슨 말씀이래요?"

그는 거의 울상이었다.

"제가 사표 내고 떠난다구요, 아시겠어요, 더 이상 이런 촌구석에서 버틸 자신이 없다구요."

"그럼 교사 자격증 저절로 박탈되는 거잖아요?"

"어차피 난 교사 체질 아니니까 상관없어요."

나는 순간에 모든 걸 다 결정해 버리고 말았다. 한번 쏟아낸 말은 다시 주워 담을 수 없다. 나는 누구보다 그 말의 위력을 잘 알고 있다. 채선생이 술병을 잡으려고 했다. 나는 술병을 빼앗아 들고서 밖으로 나갔다. 그리고 마당에 한 방울도 남김없이 다 쏟아버렸다. 채선생이 멍하니 쳐다보고 있다가 돌아갔다.

그는 다음날 "제발 다시 한 번 생각해 보세요"하며 만류했지만 나는 듣지 않았다. 아니 마음이 흔들릴까봐 서둘러 사표를 제출하고 말았다. 그로부터 일주일 후 내 사표는 정식 수리됐고 나는 그 힘든 객지를 떠나오고 말았다. 떠나오기 전날 직원들이 송별식을 해 주었는데 하나같이 채선생을 걱정하는 말뿐이었다.

후임지도 없이 교사자격증까지 내놓고 가는 나에 대한 배려는 전혀 없었다. 그때도 남자 직원들은 입버릇처럼 음담패설을 지껄였다. 그건 그들의 생활의 일부이자 재미인 모양이었다. 그중에서도 교무주임과 체육선

생이 말이 기가 막혔다. 연대본부가 보이는 앞길에 이르러 교무주임이
먼저 말을 꺼냈다.

"내 젊었을 적 군대시절의 일이야, 구보에서 낙오돼 혼자 산길을 걷고
있을 때였어, 산 속에 외딴집이 보였어, 가까이 가니까 여자 고무신이 보
이는 거야."

"그래서?"

체육선생이 입맛을 다시며 물었다.

"옳다 여자가 있구나 싶었지."

체육선생이 마침 길을 지나는 군 지프를 보며 작은 소리로 물었다.

"음, 재미보고 싶은 생각이 들었겠지."

"그래서 방문 가까이 갔는데 아뿔싸 여자 혼자 있는 게 아니고 늙은
어멈도 있더라 그 말이었지."

"그래도 확 덮치지……."

"예끼 이 사람. 벼룩이도 낯짝이 있지.".”

순간 살의(殺意)가 욕구처럼 안에서 치솟았다. 소리 안 나는 총이 있다
면 당장 탕! 쏴버리고 싶었다. 도대체 저런 인간들을 남편으로 믿고 사는
여자들의 심경(心境)은 어떤 걸까 몹시 궁금해졌다. 세상에 아무리 남자
가 없어도 그렇지 어디서 저런……. 나는 그들의 말을 엿들으며 떠나기로
한 내 결정을 두고두고 자찬했다.

마지막 날, 채선생은 내게 작은 선물을 주었다. 순금으로 만든 십자가
목걸이였다. 일부러 홍천까지 가서 만들어 온 거라 했다. 그는 십자가의
의미에 대해 애써 설명하려 들었지만 나는 듣지 않았다. 그냥 귀찮은 듯
외면해버렸다. 아무 대책 없이 서울로 돌아왔다. 객지생활을 시작한 지

만 2년만이었다. 추풍낙엽이 객지의 산야를 막 물들기 시작한 깊은 가을이었다. 가족들에게 나의 출현은 반갑지 않았던 게 분명하다. 왜냐하면 당장 돈줄이 떨어졌기 때문이다. 그러나 엄마의 병세가 나날이 심화돼 환자를 돌볼 손길도 필요했다. 나는 하루아침에 가정부 신세로 전락했다. 간병인도 되어야 했고 단 하루도 마음 편할 날이 없었다. 일각이 여삼추요 사는 게 생지옥이었다. 군사정권에 반기를 들었다는 이유로 고문과 옥고를 치르고 나온 오빠는 거의 식물인간이 되다시피 했다.

집안에 돈 버는 사람은 없고 환자는 양쪽에서 죽는다고 앙앙대니 지옥이 따로 없었다. 또다시 노이로제 소심증 강박증이 시작되었다. 옆에서 피해의식을 부추기는 사건도 연이어 발생했다. 이따금씩 환청도 들려왔다. 영(靈)이 혼미해지기 시작한 것이다. 심리테스트를 해보니 정신분열 초기증세였다.

오빠는 자신의 처지를 비관하다 못해 자살을 시도했다가 더 큰 곤경에 봉착했다. 밤마다 빨간 옷을 입은 여자귀신이 나타나 괴롭힌다며 난리굿을 쳤다. 보다 못한 여동생은 가출해버리고 말았다. 아버지는 새로운 사업을 시작한다는 구실로 집을 나가 감감무소식이었다. 이래저래 죽을 맛이었다. 딱 자살하고 싶은 심정이었다. 평강이 없는 내 삶은 저주에 가까웠다.

만일 신(神)이 계신다면 이 상황에 대해 어떻게 대답할까. 나는 눈에 보이지 않는 신을 향해 수없는 질문을 퍼부었다. 그러다 원망의 화살을 퍼부었고 그러다 혼미한 영에 휩싸였다.

"떠나고 싶다, 어디론가."

나는 주문을 외우듯 시간만 나면 자신에게 외쳤다.

차라리 떠나자, 나를 알아볼 이가 없는 먼 곳으로 가서 죽은 듯 엎드려
살다가 이 세상을 조용히 떠나자. 단 하루만이라도 마음 편히 살아보자.

아무리 평강을 간구해도 현실은 요지부동이었다. 어느 날 꿈속에서 채
선생이 나타났다. 그가 현실처럼 말했다.

"옥선생님 그동안 어떻게 지내셨대요?"

나는 묵묵부답으로 대신했다.

"전 선생님 떠나고 나서 한동안 너무 힘들어 죽을 뻔했지요, 그러다
교무주임 선생과 함께 읍내에 있는 교회에 나가요."

나는 너무 뜻밖이라 그를 멍하니 바라봤다. 그 말을 하고 나서 채선생
은 나를 향해 눈물을 글썽였다. 꿈에서 깨어났는데 너무나 생생하게 꿈
내용이 생각났다. 교회라니…… 더구나 천하의 호색한 교무주임과 함께
교회라니…….

엄마가 단말마의 고통을 호소하고 있었다. 마지막이라는 낌새를 알아
챈 것일까. 건넌방에 죽은 듯이 엎드려 있던 오빠가 나타났다.

"어 엄마."

엄마는 나와 오빠에게 손을 내저으며 안타깝게 울었다. 마침 집에 와
있던 이모가 임종이라는 사실을 눈치 채고는 교회로 달려가 목사를 모셔
왔다. 간단한 기도와 찬양을 마치자 엄마는 평화로운 미소를 지으며 세
상을 하직했다. 어떻게 알았을까. 텔레파시가 통하기라도 했던 것일까.
그동안 소식불통이었던 아버지와 여동생이 돌아왔다. 마치 기다렸다는
듯이. 장례식은 조용히 치러졌다. 벽제에 있는 용미리 공원묘지에 안장되
자마자 모두 제 갈길로 흩어졌다.

이상한 건 엄마가 사라지자 오빠가 기력을 회복하기 시작한 것이다.

밥술도 제대로 뜨지 못했는데 그동안 못다 한 영양보충이라도 하듯 마구 퍼먹어 댔다. 정신도 차츰 돌아왔다. 무엇보다도 점차 현실에 눈뜨기 시작했다. 일거리를 찾기 위해 돌아다니기 시작한 것이다. 그것은 실로 기적이었다. 그동안 세상은 군사정권이 사라지고 문민정부가 들어섰다. 내 나이도 어느덧 30대 중반에 들어서고 있었다.

나는 집에서 결코 노는 법이 없었다. 집안 살림을 하면서 저녁이면 학원강사로 뛰었고 그나마 여의치 않으면 옛 기억을 뒤적여 소설을 썼다. 겨울안개처럼 희미한 기억을 허구라는 거짓말을 잔뜩 묻혀 사실처럼 꾸며내는데 성공했다. 등장인물도 다양했다. 때론 채선생이 교무주임과 바꾸어가며 등장했고 홍천이 단골메뉴로 등장한 적도 있었다.

그러나 주제는 항상 떠남이었다. 인생은 항상 떠남의 연속이다. 새로움을 향한 동경과 고통스런 현실로부터의 탈출을 위해 떠남을 시도하는 것이다. 인생은 고통의 연속이라지만 그걸 일부러 자초할 필요는 없지 않은가. 나는 정신적 방랑을 꿈꾸었고 무관심의 사각지대에 들어갔다. 스스로

그 무관심의 사각지대에서 병고를 치르느라 거의 죽다 살아난 적도 있었다. 현금인출기에서 돈을 빼 나오다가 들치기에게 걸려 하마터면 목숨을 잃은 뻔한 적도 있었다. 파렴치한 친척에게 애써 모은 돈을 떼이기도 했다. 그런가하면 우연과 필연이 번갈아 발생하면서 세월의 고마움을 확인시켜 주기도 했다. 꿈이 현실로 나타나 당황한 적이 한두 번이 아니었다. 첫 번째는 내가 작가가 되었다는 사실이었고 두 번째는 채선생을 경동시장 입구에서 만났다는 사실이다.

그는 40대 중반이 되어 머리가 약간 벗어져 있었다. 처음엔 그를 전혀

알아볼 수 없었다. 세월이 너무 많이 흘렀고 그에 대한 기억이 거의 사라졌기 때문이다. 나를 알아본 것도 그가 먼저다. 그가 시장 입구 난전에서 생선을 고르고 있는 내게 다가와 "옥선생 아니래요?" 했을 때도 나는 다른 사람에게 하는 말인 줄 알았었다. 그런데 그가 내 양팔을 잡고 자꾸 "저 채선생이래요 아직도 기억이 안 나세요?" 재차 말했을 때 희미하게 그의 모습이 생각났다.

각진 얼굴에 뱁새처럼 쭉 째진 눈이 옛날과 똑같았다. 그러고 보니 살이 많이 쪘다. 옛날엔 마른 체격에 양쪽 다리를 벌리고 팔자걸음을 걸었었는데. 그는 반가워 어쩔 줄 모르며 시장 바닥이 떠나가라 소리를 질렀다.

"이게 도대체 얼마 만이래요?"

사람들의 시선이 우리에게 모아졌다.

"그런데 아저씨가 다 됐네, 살이 쪄서 꼭 하마 같네."

나는 말을 해놓고 나서 스스로 기가 막혀 웃었다.

"야! 안 죽고 살아있으니까 다 만나게 되네요."

그와 달리 나는 별 감격이 없었다. 원래 정이 없고 살가운 성격이 아닌 탓도 있지만 내 현재 모습이 너무 부끄러웠기 때문이다. 자리를 인근에 있는 커피숍으로 옮겼다. 그는 궁금한 게 많은 모양이었다.

"아이는 몇이나 두었대요? 남편은 뭐하시는 분이고요?"

그는 한꺼번에 질문을 내쏟더니 자기 이야기를 했다, 당시 함께 근무했던 동료교사들에 관한 이야기도 했다. 세월이 이십 년 넘게 흘렀는데 용케 기억하고 있었다. 그중에서도 교무주임 이야기가 충격적이었다. 어느 날 아내에게 전력을 다 들키는 날이 왔다고 한다. 결혼 전은 물론 결혼한 이후에도 끊임없이 엽색행각을 벌였던 그는 이혼 직전까지 갔다가 겨우 모면할 구실을 찾았다고 한다.

그건 아내와 함께 교회에 등록 신앙생활을 하는 것이었다.

"저도 옥선생님 떠나고 난 뒤 하도 술을 마시고 그러니까 그 사모님께서 함께 교회 나가자고 해 지금까지 다니고 있어요. 애 엄마도 교회에서 만났고요."

그는 묻지도 않은 말을 하며 내 인상을 차근차근 살폈다.

"남편분이 잘 안 해주시나봐요?"

"네? 왜요?"

"그냥, 표정이……."

"잘 해줘요, 아이들도 말 잘 듣고 착해요."

"그럼요 그래야지요, 이렇게 만나고 보니까 참말 반갑네요. 전 내일 모레 근무지로 가요, 이제 연수 끝나면 언제 서울 올지."

그는 말끝을 흐리며 여운을 남겼다. 무슨 말이 또 하고 싶은 걸까.

"그때 선생님 떠나고 나서 많이 후회했더랬어요, 꼭 잡고 싶었는데."

이십 여 년 전의 기억을 새삼스레 떠올리며 그는 눈시울을 적셨다.

"세월은 참 고마운 거래요, 이렇게 죽지 않고 살아 있으니까 만나기도 하고, 오늘 만나서 참 반가웠어요. 어디서 계시더라도 몸 건강히 살아서 또 만나요."

그는 자리에서 일어나면서 악수를 청했다. 손이 거칠고 딱딱했다. 시골서 교사 생활하면서 엄청 고생한 모양이었다. 나는 경동시장에서 그와 헤어지면서 소설 같은 인생이라고 자신에게 자꾸만 되뇌었다. 경동시장은 한약상가로 변해 가는 곳마다 한약 끓이는 냄새가 진동했다. 무거운

하늘이 시장을 오가는 사람들을 향해 발걸음을 빨리 하라고 재촉하고 있었다.

그와 헤어진 이후에도 세월은 내 발걸음을 휙휙 지나갔다. 후회라는 엄청난 뒷감정을 남기고서. 그동안 나는 말도 안 되는 노가리를 소설로 써대면서 끊임없이 무언가를 추구하고 있었다. 그건 하느님도 할 수 없는 소설을 통한 내 과거를 바꾸는 것이었다.

거기에는 후회라는 걷잡을 수 없는 통한의 심정이 숨어 있었다. 그동안 나는 분명 세월을 방관한 건 아니었다. 매 순간 최선을 다 했고 충분히 밥벌이도 했는데 남는 결과는 없었다.

너 그동안 무엇을 하고 살았니? 물으면 딱히 할 말이 없었다.

전공을 꾸준히 살린 것도 아니고 작가로 성공했냐 하면 그것도 아니었다, 그렇다고 남들처럼 팔자가 좋아서 무위도식한 것도 아니었다. 그때마다 후회가 폭풍처럼 내 뇌리를 휘몰아치는 것이다. 후회는 곧 의지와 연결되어 창작의욕을 부추겼다. 소설은 내 과거를 수시로 변모시켜 주는데 성공했다. 후회를 착각으로 무마시켜 주었고 자괴감을 불식시켜 주기도 했다.

사람들은 가끔 내게 묻는다.

도대체 소설 왜 씁니까, 글을 쓴다고 돈이 생기는 것도 아닐 테고 그 말뜻의 의미를 나는 잘 안다. 책이 안 팔리는 인터넷 시대에 창작이 웬 말이냐 누가 소설을 읽는다고 헛수고냐. 그러면 나는 속으로 외친다.

"나는 소설을 통하여 내 과거를 바꾸고 싶다!"

지난했던 내 과거 삶을.(2012년 크리스천 문학)

마지막 사랑

자동차를 타고 한길을 지난다.

가을 솜구름이 빌딩 한가운데 걸쳐져 있다. 살갗을 태울 듯한 맹렬한 더위도 시간에 좇겨 허겁지겁 도망친 모양이다. 선선한 가을 바람이 강 쪽에서 몰아치고 있다. 바람은 살갗을 스치고 마음을 뒤흔든다.

열려진 차창 너머로 고급 카페 건물이 보인다. 저런 곳은 커피 값이 얼마나 될까 생각하다 그녀는 눈을 감는다. 자동차는 복잡한 시내를 벗어나 구리시로 접어들고 있다. 옥수수와 잡풀이 바람에 흔들린다. 해바라기와 때 이른 코스모스도 덩달아 흔들린다.

자동차는 이제 굴다리 밑을 지나 강변도로로 접어들고 있다. 진녹색의 강물이 흐른다. 가뭄도 아닌데 개울물은 바싹 말랐고 강물도 말라 거의 도랑물 수준이다.

강 한가운데 솟은 바위 덩어리가 흉물스런 괴물처럼 보인다. 차량이 뜸한 틈을 타 액셀을 힘껏 밟는다. 속도기가 180을 가리키고 있다. 차체가 공중에 붕 뜬 느낌이다. 자동차는 산과 강물을 끼고 시원스럽게 잘도 달린다. 뻥 뚫린 도로는 마음마저 시원하게 한다.

"거 모처럼 원없이 달려보는구만."

그는 신이 나는지 콧노래까지 부른다. 이 길로 곧장 가면 양평이 나온다. 거기에 가면 그들이 잘 가는 카페가 있고 그곳에선 한때 유명했던

가수가 나와 노래를 부른다. 그는 그녀의 옛 애인이었고 남자와도 절친한 관계에 있다. 이제 그들은 모처럼 만나 회포를 풀 작정이다. 그녀는 흘러내리는 브래지어의 끈을 손으로 끌어올리며 남자의 어깨에 기댄다. 그가 한쪽 팔을 뻗어 그녀의 어깨를 감싼다.

자동차는 이제 간선도로로 접어들고 있다. 주변에 한갓진 농촌풍경이 보인다. 인가(人家)와 음식점도 보인다. 상가 건물과 진녹색의 강물이 동시에 보인다. 교각을 지나자 이윽고 풍차 모양의 건물 앞에 차량이 멈춘다. 하얀 목조 건물이다. 겉모습에 비해 내부 장식은 화려하기 이를 데 없다.

탁자와 소파 커피 잔 집기에 이르기까지 하나같이 고급 일색이다. 그 한가운데 무대가 설치돼 있다. 피아노 옆에 마이크와 연주용 높은 의자가 보인다. 가수가 기타를 들고 연주할 자리이다.

"상모씨 이쪽으로."

그녀는 무대가 가장 잘 보이는 탁자에 가 앉는다. 그 자리는 로얄석이지만 주인의 특별배려로 그들은 항상 그곳을 차지한다. 이제 조금 있으면 가수가 나타날 시간이다. 그녀는 남자의 팔을 끌어다 자신의 무릎 위에 놓으며 무대를 응시한다. 잔뜩 긴장한 표정이다. 남자의 손이 여자의 허벅지를 더듬는다. 밖은 어느새 어둠이 장악하고 있다. 가을은 햇빛을 단축하고 밤을 재촉한다.

여기저기 연인들이 보인다. 그들은 이 밤을 위해 멀리서 날아온 사람들이다. 가깝게는 서울에서 멀리는 대전 대구에서. 아는 이들의 눈길을 피해 아주 멀리 날아온 것이다. 그들은 밤과 야합하고 다음날 아침이면 자신들의 일자리로 돌아갈 것이다. 그리고 스스로 자신들의 행동을 파기

할 것이다.

영혼의 일탈을 위해 잠시 연기(演技)한 것으로 치부하고 말 것이다.

사랑은 스스로 선택하는 것이다. 감정적 쾌락을 위해 육신이 그 대가를 치르는 것이다. 그들은 그렇게 주장하며 가을날만 되면 여행을 떠났다. 짙푸른 초록과 함께 선팅한 자동차에 몸을 숨기고 액셀을 힘껏 밟았다.

그러다 그들 중 어느 한 쌍은 너무 힘껏 액셀을 밟는 바람에 무인 카메라에 찍혀 상대 배우자들로부터 곤욕을 치렀다. 어느 쌍은 마주 달려오는 차량을 피하려다 전복되는 바람에 죽음 직전에서 살아난 케이스도 있다.

어떤 사람은 그 여행길에서 부모가 한꺼번에 상(喪)을 당했다는 말을 듣고는 놀란 나머지 핸들을 잘못 꺾어 강 언덕 아래로 추락, 급사한 경우도 있었다. 홀로 남은 아내는 가족장을 치르며 유전이란 단어를 떠올렸다. 시부모 역시 변괴로 사고를 당한 것이다. 남편의 불륜을 눈치 챈 시어머니가 심장발작을 일으켜 응급실로 실려 가자 시아버지가 병원으로 가던 도중 마주 오는 차량과 정면충돌, 즉사했다. 후에 들은 이야기지만 남편과 시부모상을 한꺼번에 당한 아내는 남은 재산을 놓고 시동생과 머리 터지게 싸웠다 한다.

더 기가 막힌 건 모텔에서 나오다 대학생인 아들과 마주치는 바람에 혼비백산한 여자도 있었다. 어떤 남자는 그 야합의 현장에서 직장 동료와 우연히 마주쳤는데 은근히 동지애를 느꼈다나…… 그들은 테이블을 사이에 두고 묵언을 신호로 서로의 비밀을 약속했다. 그들은 모두 신분 계층이나 나이와 상관없이 어울렸다. 아마도 그들은 죽음이라는 전제 하에서도 어울릴 것이다. 왜냐하면 모두 미쳐 있으니까.

카페에서 술을 마시고 가수의 공연이 끝나면 모두 자리에서 일어나 삼삼오오 흩어진다. 주변에 있는 모텔과 민가로 쌍쌍이 발걸음을 옮긴다. 그 모텔에선 밤마다 세기말적인 말세 현상이 벌어진다.

'말세에 고통하는 때가 이르리니 사람들은 자기를 사랑하며 돈을 사랑하며 자긍하며 교만하며 훼방하며 부모를 거역하며 감사치 아니하며 거룩하지 아니하며 무정하며 원통함을 풀지 아니하며 참소하며 절제하지 못하며 사나우며 선한 것을 좋아하지 아니하며 배반하며 팔며 조급하며 자고하며 쾌락을 사랑하기를 하나님 사랑하는 것보다 더하며 경건의 모양은 있으나 경건의 능력은 부인하는 자니 이같은 자들에게서 네가 돌아서라……'

그들은 종말의 극단으로 치달으며 정신과 육체가 파멸의 위기를 당할 것이다. 그들 중에는 성전환자도 있고 동성연애자도 있다. 지하 나이트클럽에서 동료에게 커밍아웃을 선언한 밤무대 가수도 있다. 그들의 환락에는 마약과도 긴밀한 연계가 있었는데 그로 인해 종종 폭력배와의 칼부림도 발생하곤 했다. 공공연한 비밀이 되어버린 그들의 환락파티는 암암리에 진행되었다. 더 이상 숨겨질 수 없는 상황에 놓였을 때 그들에게 기막힌 소식이 들려왔다.

회원 중 하나였던 여자가 에이즈에 걸려 죽었다는 것이었다. 그녀는 그 사실을 끝까지 숨기기 원했지만 남편의 신고로 들통나버리고 말았다. 현재 그녀의 남편은 에이즈에 대한 공포 때문에 제대로 숨도 못 쉬고 있다고 했다. 자녀들도 눈치 채고는 밥도 못 먹고 학교도 못 다닌다고 했다. 그 소식을 들은 남자들은 죽음에 대한 공포 때문에 자살충동까지 일

으켰다. 온몸에 반점이 생기고 감기증상이 일자 지레 겁을 먹은 것이다

그들은 죽음보다도 일상에서 분리되는 것을 두려워했다. 아이러니였다. 죄악을 행하는 데는 담대한 그들이 사람들과의 격리를 두려워하다니, 일탈은 결국 족쇄였다. 쾌락에 몸과 마음을 저당 잡힌 중년남자는 카드빚에 좇기다 못해 사채까지 끌어 써 마침내 폭력배의 칼침을 맞고 쓰러졌다. 그가 끝까지 장기(臟器) 팔 것을 거부했기 때문이다. 러시아어를 잘하는 어떤 노처녀는 국제 마약단에 연루돼 비참한 최후를 맞았다.

그녀 한 사람 때문에 회원들은 차례로 수사본부에 불려가 조사를 받았다. 그래서 한때 조직이 와해되는 게 아닌가 근심하는 사람들도 있었다. 그 사건은 아직까지 미제로 남아 있는데 언제 또다시 불거질지 모르는 휴화산이었다. 그럼에도 그들은 불안과 함께 쾌락을 끝까지 놓지 못했다. 한 가지 특징은 그들은 모두 본거지가 달랐지만 마음은 같았다. 거짓되고 부패한 마음. 쾌락에 목숨 걸고 신(神)을 부정하는 악마적인 심리. 그것은 그들이 공동으로 추구하는 이상이었다. 그들은 얼굴의 양면을 철저히 악용했다.

직장에서는 교양 있고 능력 넘치는 고급 두뇌로 가정에서는 양의 탈을 뒤집어 쓴 가장이었다. 삶의 정상궤도 속에서 그들은 끊임없이 일탈을 추구했다. 허무와 무의미로 뚫린 가슴속으로 술을 붓고 거짓과 맹세했다. 그들의 마음과 귀는 언제나 악마에게 열려 있었다. 그들은 서로를 알려고도 묻지도 않았다.

바다이야기에 빠져 죽은 한 사내가 있다.

처음에는 경마에 빠지더니 나중에는 사행성 오락 게임인 바다이야기에 그만 풍덩 빠져버리고 말았다. 그는 평상시에도 자주 중독에 빠지곤 했

었는데 이미 알코올 중독에 절어 있었다. 기분 나쁘면 폭력을 휘두르고 잠을 못 이루고 가족을 괴롭힌다. 늘 핏발 선 눈빛에 그는 감정과 이성의 기능을 상실한 터였다.

이미 사람이기를 포기한 그는 의지를 악마에게 저당 잡힌 채 이리저리 끌려 다녔다. 그 한 사람의 파산으로 온 가족은 살길을 잃었다. 밀린 카드빚으로 곧 집달리가 닥칠 위기임에도 남편은 여전히 바다에 빠져 있다. 절망한 아내는 불면증 증세를 초래하고 하루 종일 전화도 불통이다. 사람들은 불안을 해소하기 위해 무언가에 심취되기 원한다.

불안은 마약처럼 사람의 뇌를 손상시키는 기능을 한다. 불안은 마음의 지옥이며 불행의 원초이다. 불안에 쫓긴 여자가 영등포 거리를 걸을 때였다. 누군가 그녀에게 다가와 말했다.

"뭐니 뭐니 해도 마음 편한 게 제일이여."

그 옆에 커다란 나무 십자가를 지고 가던 초로의 남자가 말했다.

"인생을 향한 뜻은 내가 아나니 재앙이 아닌 평안이라"

평안 평안……?

여자는 시장 모퉁이에 있는 선술집으로 들어섰다. 남자들이 막걸리에 소주를 가득 부어 마셨다. 이른바 폭탄주였다. 불안도 함께 따라 마셨다. 경쟁사회에서 밀리는 것은 곧 죽음이다. 언제 백수가 되는지 그것은 아무도 모른다. 숨 막힐 듯한 긴장감이 불안과 함께 목줄을 죄었다. 여자는 한 귀퉁이에 앉아 술을 대접에 따라 마셨다. 아무리 마셔도 취기가 돌지 않았다. 헝클어진 머리칼과 때묻은 옷깃을 보며 남자들은 손가락으로 동그라미를 그렸다.

여자는 취하고 싶었다. 그러나 시간이 갈수록 정신은 더욱 말똥말똥해

졌다. 선술집을 나온 여자는 좀 전에 걷던 거리로 나왔다. 여자의 마음속
에 음성이 들려왔다.

'마음 마음. 평안. 평안.'

장난감을 파는 문구점과 식당가를 지나 발걸음을 대로변으로 향했다.
어디선가 쿵쾅거리는 카바레 음악이 들려왔다. 중년남녀가 서로의 허리
를 부둥켜안은 채 계단을 오르는 모습이 보였다. 자세히 보니 이쪽은 물
론이고 길 건너편 쪽에도 온통 번쩍이는 네온사인과 함께 도심이 쾌락으
로 물들어가고 있었다. 그 검은 갈바닥 위로 비가 내리기 시작했다. 그
거리를 걸어가는 발걸음이 있었다.

이마에 내천(川)자를 그린 그는 체격이 건장하고 팔뚝이 굵어 언 듯 폭
력배를 연상시켰다. 그가 어깨를 흔들며 카바레 건물로 들어섰다.

순간 그의 몸에서 전단지가 툭 떨어졌다.

'열심히 살겠습니다.'

그 옆에 난 글자도 보였다. '부킹 전문 100% 성사'

아하! 그러고 보니 그는 폭력배도 제비족도 아닌 카바레 웨이터였다.
카바레는 얼굴에 흉악이라고 써진 남녀들이 모두 발악을 하고 있었다.
왜 사람들은 춤을 추며 쾌락을 꿈꾸는 걸까. 춤과 쾌락은 밀접한 관계가
있는 모양이다. 폭력배로 보이는 어깨들과 꽃뱀으로 보이는 여자들이 홀
안을 오가며 물건을 고르고 있었다.

돈과 쾌락과 춤, 암투와 광기가 사람들 입가에 오갔다. 때마침 광란의
음악이 홀 안을 강타했다. 그러자 사람들은 용수철처럼 자리에서 일어나
스테이지로 뛰쳐나갔다.

그 순간 밖에서는 새로운 진풍경이 벌어지고 있었다. 남자들의 팔목을

잡아 챈 여자들이 서로 주도권 쟁탈전을 하고 있었다. 한눈에 보기에도 그들은 악덕 포주 같았다. 포장마차에서 들리는 괴성과 함께 그들의 싸움은 점점 양상이 심해갔다.

그러다 어느 한순간 싸움이 일제히 멈춰지는 사건이 발생했다. 사거리 쪽에서 손에 칼자루를 쥔 한 떼의 검은 복장의 남자들이 떼로 몰려든 것이다. 사람들은 너나할 것 없이 걸음아 날 살려라 도망을 쳤다. 한바탕 광란의 난투극이 벌어질 줄 알았는데 이상하게 조용했다. 어디로 사라진 걸까. 그런데 다음 순간, 거리에 명함 크기의 흰 종이가 떨어져 나풀거리는 모습이 보였다. 퇴폐 업소 광고 전단지였다. 전단지 위로 여자의 눈물방울처럼 빗물이 스며들고 있었다.

여자의 나체 모습과 함께 글귀가 눈을 자극했다.

TO. 오빠
요즘 많이 덥고 힘들지?
오빠가 힘들어하는 모습 너무 보기 좋지 않다.
잠시나마 편하게 쉴 수 있도록
내가 이쁘게 서비스 해 줄게!!
한번 놀러올 거지? 오빠?

맨 마지막 하단 부분에 카지노 남성 스포츠 마사지라고 씌어 있었다. 그 밑에 빨간 글씨로 난 글자는 더 기가 막혔다. 일본식 마사지 러브 샵.

요즘은 인칭 대명사가 혼란에 빠진 세상이다. 가족 간의 호칭이 온통 타인에게 전이되어 누가 가족인지 남인지 모를 세상이 되어버렸다. 오빠

동생 형 누나 등 친족인지 애인인지 불륜인지 온통 모를 세상이 되어버렸다. 거리는 밤기운에 포로 된 영혼들이 어두컴컴한 골목길을 향해 발걸음을 옮기고 있었다.

금방이라도 쓰러질 듯 위태한 60년대 식 슬레이트집이었다. 그곳은 정육점과 세탁소, 여관과 미용실 중간에 있었다. 그곳은 막다른 골목이어서 더 이상 갈 곳도 없었다. 사람들은 하나 둘, 희미한 불빛이 새어나오는 곳을 향해 몸을 옮겼다. 이기심과 탐욕을 가지고서. 들어서는 순간 그들은 이상한 고정관념에 휩싸였다. 새파란 지폐가 그들의 주머니에서 나오자마자 악마의 검은 손이 잽싸게 삼켜버렸다. 불안과 파멸이 계속 입을 벌리고 달려드는데도 그들은 정신과 돈을 맡기고는 스스로 나락에 빠졌다. 한번 나락에 빠진 영혼들은 다시는 그곳을 빠져 나오지 못했다.

한 여자가 있다. 그녀는 남편이 경마와 술 중독에 빠진 이후, 더욱 더 악해졌다. 집안 살림은 내팽개치고 온종일 나가 살았다. 카드빚은 나날이 불어나는데 옷은 최고급으로 연일 사들였다. 그리고 사람들을 만날 때마다 고급 레스토랑에 가 술과 식사를 대접했다. 그녀는 사람들의 마음을 사기 위해 BC카드를 꺼내 척척 긁어댔다. 그러다 어느 날 카드 정지를 먹자 거의 미칠 듯이 당황했다.

돈이 바닥나자 그녀는 극단의 조치를 강구하기 시작했다. 남편이 몰고 다니는 자동차를 팔기로 한 것이다. 남편이 경마장으로 갈 때 이용하는 독일제 에쿠우스였다. 나중에 삼수갑산을 가더라도 우선 현찰이 급했다. 물론 남편이 아는 날이면 그때는 제삿날이었다. 그러나 그녀는 그런 것조차 눈에 들어오지 않았다. 사람들로부터 받는 찬사가 그리웠다. 너 참 괜찮은 여자다. 너 참 예쁘다. 나이에 비해 젊어 보이는구나. 별별 찬사를 다 듣고 싶었다. 생각 같아선 간이고 쓸개도 다 빼주고 싶었다.

자식들이 학교에서 집단 패싸움을 해 정학 맞을 위기에 있어도 아랑곳하지 않았다. 그녀는 무조건 사랑받고 싶었다. 그것도 오직 자기 한 사람만 바라보고 사랑하는 헌신적인 사랑을. 그러나 남편은 신혼 초부터 주먹을 휘둘렀다. 처음부터 애정 없는 결혼을 한 남편은 자식을 미끼로 끝까지 물고 늘어지는 그녀에게 진저리를 쳤다. 임신했으니 책임지라는 말에 그는 도리질을 했다. 애정 없는 결혼은 할 수 없다는 게 그 이유였다.

그러나 아내는 오빠와 일가친척까지 동원해 결혼을 강행했다. 주제에 걸핏하면 남편의 일거수일투족까지 감시하며 아내 노릇을 하려 들었다. 심지어 핸드폰 내역까지 따지고 들었다. 안 그래도 애정이 안 가는데 아내는 날이 갈수록 도를 더해 갔다. 더구나 부끄러운 줄도 모르고 부부관계까지 요구했다. 아내는 큰 몸집에 얼굴이 검고 못생긴 축에 속했다. 성격도 여자답지 않게 괄괄했다.

결정적인 건 애정결핍 증세가 심하다는 거였다. 사랑 받고 싶어 몸부림을 치는데 완전 병적이었다. 그는 날마다 술에 취해 들어왔다. 한 번도 아내의 얼굴을 쳐다보지 않고 지냈다. 밥도 나가서 먹었다. 아내는 안달이 나 미칠 지경이었다. 사랑해 달라고 안아 달라고 향수를 뿌리고 난리를 쳤다. 그러나 그는 끄덕도 하지 않았다. 아내는 그럴수록 사랑받고 싶어 몸부림을 쳤다. 태아에게 어떤 영향이 미칠지 뻔했다.

그럼에도 그는 아내에게 주먹을 휘둘렀다. 아내가 자신의 팔을 잡고 늘어지면서 한번만 안아달라고 했기 때문이다. 그때 그의 후각을 자극한 건 알코올 냄새였다. 이 여자가 술을 먹었구나. 임신한 여자가.

'이게 완전 미쳤구나.'

그가 뿌리치자 아내는 배를 움켜쥐며 그 자리에 주저앉았다. 정말 배가 아픈 건지 남편의 관심을 끌기 위함인지 알 수 없었다. 분노가 치민 그는 자신도 모르게 아내의 뺨을 후려쳤다.

"지겨워! 지겨우니까 제발 그만 하자구."

다음 순간 아내의 표정이 독사처럼 변했다.

"내가, 내가 그렇게 싫어? 그럼 왜 결혼했어?"

"그걸 몰라서 묻냐?"

그는 아내의 배를 손가락으로 가리켰다. 뱃속에 든 아이 때문에 할 수 없이 했다는 뜻이다.

"그럼 왜 아이는 갖게 한 건데?"

아내는 끝까지 확인하려는 듯 물었다.

"니가 하도 보채서, 그날 밤 아무래도 내가 미쳤던 모양이야, 내 실수였어."

"뭐 실수? 그걸 지금 말이라고 해?"

아내는 분하고 슬퍼서 곧 쓰러질 기세였다. 그는 뒤도 안 돌아보고 나와서 곧바로 단골 술집으로 갔다. 더 이상 아내의 얼굴을 본다는 건 고역이었다. 그후 그는 걸핏하면 아내에게 손찌검을 했다. 아이가 태어나고 자라고 둘째 아이가 또 태어났다. 아내는 아이들을 키우면서 사랑타령을 잠시 멈추는 듯했다. 하지만 아주 잠시뿐이었다. 날마다 그에게 몸짓을 했다. 중년이 되자 몸집이 더 불어났다. 배가 나오고 어깨가 두꺼워 역도선수 같았다.

욕구불만을 식욕으로 해결하는 모양이었다. 날이 갈수록 거구로 변해갔다. 그가 생활비를 최소한으로 주는데도 어디서 끌어다 쓰는지 옷도 자주 해 입었다. 그는 일체 모른 체했다. 그리고 도박에 빠졌다. 싫은 여자와 살 맞대고 사는 것처럼 고역이 없었다. 도박에 빠지는 순간에만큼은 아무 생각도 나지 않았다. 그런 그에게 친구가 다가와 말했다.

"너 그렇게 네 마누라가 싫으냐, 그렇담 차라리 이혼을 해라."

"자식들은 어떡하고?"

"그래도 자식이 걱정되긴 하는구나. 그러게 애시 당초 실수를 말았어야지, 왜 건드려 건드리길 처음부터 조심했었어야지."

그는 도박 빚에 몰리자 마지막으로 에쿠우스 자동차를 팔 생각을 했다. 자동차를 팔아 빚을 청산하고 아내와도 갈라설 생각이었다. 그러나 그보다 아내가 한 발 앞서 있었다. 아내가 자신의 명의를 도용해 자동차를 매매 시장에 헐값에 내놓고 있었다. 정신이 번쩍 든 그는 아내의 행방부터 찾았다. 대낮에 집안에 들어선 그는 쓰레기장처럼 변해버린 거실과 안방을 보고 놀랐다. 옷가지가 흩어져 있고 악취가 코를 찔렀다.

언제 들어왔는지 도둑고양이가 똥을 싸 난리도 아니었다. 더 놀란 건 아이들의 행방이었다. 아들은 집 나간 지 달포가 넘었고 딸은 친구와 함께 동네 PC방에 갔는지 보이지 않았다. 집은 이미 각종 경매에 붙여진 지 오래 되었다.

"네 이놈의 여편네를."

그는 처음으로 아내의 부재를 실감했다. 그제야 자신이 지금까지 무슨 일을 행했는지 알 수 있었다. 아내의 핸드폰에 전화를 걸어 보았다. 신호음은 가는데 받지 않았다. 일부러 안 받는 건지 아님 어떤 놈팽이와 놀아나느라 받지 않는지 알 수 없었다. 초조한 그는 계속 핸드폰을 걸었다. 이윽고 술 취한 아내 목소리가 들려왔다.

“여 여보세요, 누구세요?”

아내는 이미 술에 취해 제정신이 아니었다.

“너, 너 거기 어디야? 당장 들어오지 못해?”

“누구시더라?”

일부러 그러는지 아내는 과장된 목소리로 재차 물었다. 주변에서 시끄러운 음악소리가 들렸다. 카바렌지 아님 음란 퇴폐업소인지 남자들의 거친 입담도 들려왔다. 그는 그만 가슴이 무너져 내리는 것 같았다.

“너, 너 누구 맘대로 내 자동차 내 놨어?”

“자동차?”

그제야 아내는 정신이 드는 모양이었다. 크윽! 하고 트림하는 소리가 들렸다. 그러자 누군가 아내의 어깨를 내리친 모양이었다. 둔탁한 소리가 나더니 아내의 입에서 악! 외마디 소리가 들렸다. 그리고는 이내 잠잠해졌다. 가슴에서 쿵! 하고 절벽 무너지는 소리가 났다. 이게 어찌 된 영문인가. 아내는 지금 어디에서 어떻게 된 걸까. 도대체 무슨 일이 발생한 걸까. 그는 잠시 몽롱한 환상에 빠졌다. 아내는 지금 카바레나 아님 술집에서 쓰러져 있을 것이다. 누군가가 휘두른 흉기에 맞아서 아마도 정신을 잃었는지도 모른다.

그런데 왜 아내는 거기에 가게 된 걸까. 자신도 모르게 슬며시 자책감이 들었다. 언젠가 소책자에서 본 ‘남편의 무관심이 부른 화근’이란 제목 글이 생각났다. 여자는 누군가에게 항상 관심 받고 사랑 받고 싶어 한다. 그것이 충족되어지지 않을 때 여자는 방황한다. 아이들도 내팽개치고 밖으로 나돌며 불륜의 싹을 틔운다. 극단적인 표현 같지만 전혀 이해가 안 되는 바도 아니었다. 왜 갑자기 그 생각이 났을까. 그는 또다시 가슴이 무너져 내리는 것 같았다.

한번쯤, 단 한번만이라도 눈길을 주었더라면 아내는 빗나가지 않았을지도 모른다. 천방지축 날뛰며 돌아다니지도 않았을 것이다. 아니 아내에게 남편으로서 도리만 제대로 했더라면 누구보다 가정에 충실했을 여자였다. 그런데 그녀가 어쩌다 그런 곳까지 가게 되었을까. 그나저나 아내의 행방부터 찾는 게 급선무였다. 방금 전까지는 자동차 문제가 시급했는데 그건 생각에서 벌써 사라지고 없었다. 그는 아내의 경대를 뒤지다 명함을 발견했다.

카바레의 위치와 웨이타의 얼굴 사진과 함께 핸드폰 번호가 적혀져 있었다. 그는 당장 그곳으로 달려갔다. 그가 카바레 입구에 도착하는 순간 들것에 실려 나가는 여자를 보았다. 긴 머리칼이 시트 밖으로 나와 있었다. 그는 돌아서는 순간 자신도 모르게 소리를 질렀다.

"자 잠깐만."

들었는지 못 들었는지 사람들은 들것을 앰뷸런스에 옮겼다. 그는 큰 소리를 지르며 자동차로 뛰쳐 올라갔다.

"뭐야?"

얼굴에 마스크를 한 남자가 그를 강하게 밀쳐냈다.

"저 제 집사람이……."

그는 들것에 실린 여자의 얼굴을 보기 위해 시트 자락을 걷어냈다. 얼굴에 시퍼런 멍자국과 함께 무엇에 찔렸는지 가슴에서 선혈이 흐르고 있었다. 얼굴이 하얗고 체격이 날씬한 게 아내가 아니었다. 그는 자신도 모르게 한숨을 휘 내쉬었다. 다행이었다. 긴 절망감 속에 안도의 한숨이 나왔다. 그는 급하게 앰뷸런스에서 뛰어 내려 아내에게 다시 핸드폰을 걸었다. 받지 않았다. 또다시 불길한 예감이 들었다. 도대체 아내는 어떻게 된 걸까. 생각하는데 핸드폰이 벽력같이 울렸다. 그야말로 벽력같이.

"여 여보세요?"

"네 에쿠우스 자동차 팔려고 내놓으셨죠?"

난 또. 그는 속으로 적이 실망했다.

"그 그런데요."

"네, 적임자가 나타났습니다."

"얼마나……."

"그건 만나서 이야기하시고요 당장 이쪽으로 오실 수 있죠?"

그는 당장 돈이 필요했기에 지체 없이 달려갔다. 얼마 전 끌어다 쓴 사채업자에게서 빚 독촉이 빗발 같았다. 그가 자동차 중개업소 사무실을 들어서는데 맞은편에 앉아 있는 남자가 아무래도 눈에 익었다. 어디서 만났을까. 도박장에서 만났을까. 아님 술집에서 만났을까. 그도 아님 ……? 그제야 생각났다. 남자와는 클럽에서 만났다. 조직을 통한 비밀 클럽이었다. 남자도 눈치를 챘는지 입가에 야릇한 미소가 떠올랐다.

그는 속으로 움찔했다. 하필이면 여기서 만날 게 뭐람. 약점을 잡히기라도 한 듯 그는 기분이 착잡했다.

"급매물이 있다고 해서 나왔더니, 이거 구면이구만요."

남자는 어떤 기대감과 호기심이 섞인 눈으로 그를 바라보았다. 순간 알 수 없는 공감대가 둘 사이에 흘렀다. 그는 언젠가 갔던 장소를 떠올렸다. 양평의 어느 호젓한 장소였던 것 같다. 그때 라이브 카페에서 공연이 끝난 뒤, 각기 약속된 장소로 향하는데 남자의 발걸음이 유난히 가벼웠었다. 남자는 체격이 우람하고 잘생긴 편에 속했다. 자동차는 항상 렌

터카를 이용해 잘 모르겠지만 돈도 꽤 있어 보였다. 옷매무새가 고급스러워 보였기 때문이다.

다음날 그와 우연히 동행하게 되었을 때 남자는 말했었다. 상대 여자가 러시아어를 잘 구사해 처음엔 외국인인가 착각했었다고. 그런데 알고 보니까 국제 통역사였다나. 그는 자랑스럽게 말했는데 나중에 알고 보니까 국제적인 마약책과 연루된 스파이였다. 그녀가 어쩌다 거기까지 스며들게 되었는지 아무도 몰랐다. 그녀 덕분에 회원 모두가 경찰서 특수 수사대에 불려가 한바탕 곤욕을 치렀다는 사실 외에는.

그런데 그 기분 나쁜 기억이 남자를 통해 다시 떠오르게 된 것이다. 재수 없게스리. 그는 재빨리 머리를 굴렸다. 남자가 과연 에쿠우스 값을 얼마나 쳐줄까. 인상으로 봐서는 제대로 쳐줄 것 같지 않았다. 어쩌면 그나마 다행인지 모른다. 아내보다 먼저 자신이 팔게 되었으니까. 만일 아내가 먼저 선수를 쳤더라면 그나마 있던 자동차 날리고 나서 노숙자가 될 판이었다.

"얼마나 쳐 드리면 될 것 같습니까?"

"시세로 따지면야, 사실 자동차 산 지도 얼마 안 되고 해서, 사실 자식 같은 놈입니다. 워낙 급하다 보니⋯⋯."

"전혀 모르는 사이도 아니고 제가 섭섭지 않게 쳐드리겠습니다. 대신⋯⋯."

남자가 은근히 운을 떼려는 사이 핸드폰이 울렸다.

"저 이순지씨 남편 되시는 분이죠?"

뜬금없이 묻는 말에 그는 아연 긴장했다.

"무, 무슨 일이시죠?"

그는 너무도 당황해 몸이 덜덜 떨렸다.

"여기는 ○○경찰서입니다. 확인할 게 있으니 좀 나와 주셔야겠습니다."

"확인이라뇨? 그게 무슨 말씀이십니까?"

"글쎄 나와 보시면 압니다."

찰칵하고 전화 끊는 소리가 났다. 그는 너무 마음이 급해 할 말을 잊었다.

"우리 지금까지 무슨 말을 했죠?"

그가 남자를 향해 묻자 남자의 표정이 묘하게 일그러졌다.

"무슨 일입니까 혹 경찰서?"

어떻게 눈치 챘을까. 남자가 자세를 고쳐 앉으며 물었다. 마치 자동차와 관련된 일이기라도 한 듯 그는 긴장하는 기색이었다.

"그, 그게 아니고 집사람이, 그 망할 놈의 여편네."

그는 자신도 모르게 욕설을 내뱉고 말았다.

"자, 그럼 다시 대화를 시작해 볼까요?"

그러나 남자의 태도는 이미 달라져 있었다.

"저 잊고 있었던 급한 일이 생각나서 나중에 만나서 협상하도록 합시다, 그럼 이만 바빠서."

남자는 마치 도망치듯 급하게 자리를 털고 일어났다. 그는 닭 쫓던 개 지붕 쳐다보는 격으로 멍해졌다. 망할 놈의 여편네 어딜 가나 속을 썩이는구만. 그나저나 무슨 일이 발생했기에 경찰서에서 호출이란 말인가. 갈수록 머리가 복잡해졌다. 방금 전 자동차 매매 사건이 무산된 데다 아내 문제 때문에 경찰서까지 가야 하다니 그는 머리가 복잡해 당장이라도 이

승을 하직하고 싶은 심정이었다. 도박할 때는 그렇게 머리가 잘 돌아가고 살 판 나더니 경찰서 소리가 나니까 갑자기 머리가 확 돌아버릴 것 같았다.

'자업자득이다.'

마음 한 구석에서 자책의 음성이 들려왔다. 요즘 따라 자책의 음성이 자주 들려오는 게 아무래도 심상치 않았다. 내부에서부터 조짐이 보이는 게 이상했다. 평생 양심의 가책 따위와는 무관하게 지낸 자신이 아니었던가. 그런데 왜 요즘 따라 마음속에 반성의 기운이 싹트는가 말이다. 아무리 생각해도 알 수 없는 일이었다.

그는 중개업소 사무실을 나와 근처 버스정류장에서 잠시 망설이다 버스를 탔다. 에쿠우스를 타고 다니다 버스를 타기란 학창 시절 이외엔 처음 있는 일이었다.

아내와 자식들에겐 버스나 지하철 등 대중교통을 이용하게 하고는 자신은 언제나 고급 승용차를 이용했었다. 그래야 술집에서든 도박장에서든 큰소릴 칠 수 있었기 때문이다. 내 신세가 말이 아니구나. 쌩! 욕이 나왔다. 그가 발걸음을 버스에 올려놓자 운전기사가 말했다.

"손님, 요금 내셔야죠."

"요금? 얼맙니까?"

그는 정말 몰라서 물었다. 기사가 그를 아래위로 내리 훑더니 말했다.

"천 원입니다."

그는 주머니를 뒤적여 천 원을 꺼내 요금함에 넣었다. 쌩! 인간 유인철 체면이 말이 아니구나. 순간 그의 눈에 짧은 팬티를 입은 여자의 빼어난 각선미가 들어왔다. 키가 170센티쯤 되었을까. 날씬한 체격에 다리

곡선이 환장할 만큼 예뻤다. 나이는 삼십쯤 되어 보였다. 어떤 놈인지 복도 많지.

그 와중에 그는 여자의 남편 아니 애인일지도 모를 사내를 향해 강한 질투심을 나타냈다. 아내의 거무튀튀한 얼굴이 떠올랐다. 욕구불만을 오직 식욕으로 해결하느라 배가 나오고 육중한 체격으로 변해버린 아내의 모습이 떠오르자 그는 자신도 모르게 입이 불쑥 나왔다.

망할 여편네, 못난 주제에 사고까지 치다니. 그것 때문에 경찰서 출입이 웬 말이냐. 그러나 그 소리는 이내 잦아들고 자책의 음성이 들려왔다. 오죽 했으면 그 짓거리까지 했을까. 남편이란 게 밤낮 여편네 구박이나 하고 도박이다 술에 미쳐 돌아드니 어떤 여자인들 제정신 갖고 견뎌내겠는가. 참으로 이상했다. 다 늦은 중년에 철이 나려나. 그나저나 현 상황을 바라보니 재앙이 따로 없었다.

돈 문제도 문제려니와 아이들도 어디서 무얼 하는지 알 수가 없고 아내는 아내대로 저 모양이니, 생각할수록 자신의 불찰이 컸다. 그는 버스에서 내려 경찰서 조사계로 들어가는 동안 내내 불안감에 휩싸였다. 혹시 아내의 신변에 이상이 발생한 건 아닐까. 이 여편네가 혹시? 그는 카바레 입구에서 보았던 앰뷸런스를 떠올렸다. 아니지 고개를 흔들었다. 미리 방정맞은 생각은 말자. 그 순간 그는 마음이 아주 넓어지는 것 같았다.

아내가 무사하기만 하다면 무슨 일이 있든 다 용서할 것 같았다. 갑자기 넓어진 포용력으로 조사계 문을 여는 순간 그는 깜짝 놀라 뒤로 넘어질 뻔했다. 아내가 웬 남자와 더불어 몸싸움을 하고 있었다. 경찰이 호통을 치는 데도 둘은 멈추지 않고 계속 욕설을 퍼부어 대며 싸움을 했다.

싸움의 발단은 이러했다.

남자는 아내가 돈 많은 이혼녀라고 해서 돈을 빌려 주었는데 알고 보니 새빨간 거짓말이라는 것이었다. 그래서 이자와 원금을 갚으라고 했는데 아내는 전혀 그런 일이 없다는 것이다.

이혼녀라고 한 일도 없고, 더구나 돈을 빌린 일은 더더욱 없다고 했다. 남편이 두 눈 시퍼렇게 뜨고 살아 있는데 이혼녀라고 할 이유도 없고 또 뭐가 아쉬워 남의 남자에게 돈을 빌리겠는가 하는 것이었다. 그런 아내의 얼굴에 피멍자국이 파랬다. 얼마나 맞았는지 거무튀튀한 얼굴에 퍼런 멍 자국이 무슨 삼류 영화를 보는 듯 사태를 짐작케 했다. 그런데 저 둘은 어 어떻게 알게 된 걸까. 혹시?

"저 여자가 그 카바레에서 제일 돈을 물 쓰듯 잘 썼다니까요."

"야! 그렇다고 돈을 차용증도 안 쓰고 빌려 주다니 그게 말이 된다고 생각 하냐?"

형사로 보이는 남자가 가소롭다는 듯이 말했다.

"아무리 그래도 그렇지 여자를 왜 패냐 패길, 넌 상해죄에 걸린 거야, 알았어?"

형사가 말하자 남자가 분하다는 듯 말했다.

"글쎄 저 여자가 먼저 내 바지를 물고 늘어지면서 이렇게 이렇게 했다니까요."

남자가 자기의 주먹을 사타구니를 향해 쳐들어 보였다. 이야기를 들어 보니 남자와 아내는 카바레에서 만난 그렇고 그런 사이 같았다. 서로 돈을 뜯어낼 목적으로 만났는데 서로 물렸다는 주장이었다. 기가 막혔다. 그는 자신의 처지도 잊은 채 벽력같이 소리를 질렀다.

"야! 망할 연놈들아 그러게 누가 돈을 꿔주고 빌려주고 하랬어?"

그가 대뜸 욕설부터 퍼붓자 남자와 아내는 그제야 그의 존재를 눈치 챈 듯 멍하니 바라보았다.

"그런데 도대체 저는 왜 부르신 겁니까?"

그러자 형사가 그를 바라보며 물었다.

"예, 우선 누구의 이야기가 맞는 건지 확인도 필요하고, 아드님이 학교에서 패싸움을 하고 사라진 모양입니다."

"예? 패 싸움요? 사라져요? 누가요?"

그가 놀라서 거듭 묻자 아내도 그제야 정신이 든 모양이었다.

"우리 아들이 패싸움을 하고 사라졌다니 그게 무슨 말씀이시죠?"

"이제야 정신이 드냐? 이 정신 나간 화냥년아."

그가 아내를 향해 종주먹을 들이대자 아내가 말했다.

"내가 화냥년이면 넌 뭔데? 이 나쁜 놈아."

아내가 지지 않고 말대꾸를 했다.

"이 양반들 여기서도 쌈박질이네. 자, 그건 그렇고 아들이 갈만한 데가 어딥니까? 저쪽에서도 찾고 하니 서로 좋게들 타협하는 게 낫지 않습니까?"

"저쪽이라뇨?"

"아! 댁의 아들이 때려서 상처 입힌 피해자 학생 말입니다, 지금 병원서 진단서 끊어 가지고 온다고 하지 않았습니까?"

갈수록 태산이었다. 살다가 이런 일은 처음이었다. 그는 오직 자기 한 몸만 위하고 살았기에 이런 일이 발생하리라곤 꿈에도 생각지 못했다. 죄악을 행하는 데는 담대하고 머리가 잘 돌아가더니 막상 여러 가지 일이 한꺼번에 닥치자 머리가 복잡해지기 시작했다. 더구나 아내의 불륜의 현장과 아들이 패싸움이라니, 피해 학생의 부모에게 위자료까지 물어주어야 하다니 엎친 데 덮친 격이었다.

도대체 어디서부터 일을 시작하고 끝맺음을 해야 할지 난감했다. 머릿속에서 불길 같은 것이 치솟는 것 같았다. 그런데도 아내의 태도는 너무도 태평했다. 마치 남의 집 불구경 하듯 관심조차 없었다. 저 여자가 돌아도 단단히 돌았구나. 한 순간이나마 아내를 불쌍하게 생각하고 자책했던 자신에 대해 분노가 치밀었다. 그는 아내가 들으라는 듯 말했다.

"지금 집이 경매에 붙여져 언제 넘어갈지 모르고 위자료 해 줄 능력이 없으니 감옥에 가두든지 마음대로 하쇼."

형사가 어이가 없는지 멍한 표정으로 물었다.

"이봐 당신들, 당신들 부모 맞아?"

형사가 이번에는 아내를 향해 말했다. 아내는 남자와 핏대를 올리며 싸우다 실성한 목소리로 말했다.

"지금 무슨 소리하는 거예요?"

"지금 당신 아들이 학교에서 패싸움해서 철창 신세지게 되었다구 알겠어?"

"우리 아들이라구요? 아들."

아내는 잠시 정신이 드는 듯했으나 이내 정신 나간 소리를 했다.

"그건요, 저 사람보고 해결하라 하세요. 저 사람이 애비되는 작자니까요, 사실 저 인간은 애비 될 자격도 없어요. 맨날 술만 처먹고 도박이나 하고 처자식 두들겨 패기나 하고, 그러니까 아들이 미쳐서 패싸움한 거라구요."

"그러는 너는 안 미쳐서 카바레 가서 놈팽이랑 붙어 먹냐, 이 정신나
간 년아."

"피장파장 막가파가 따로 없군."

곁에서 지켜보던 또 다른 형사가 말했다.

그때였다. 그의 핸드폰에서 신호음이 울렸다. 시경(市警)에서의 출두
전화였다. 재작년에 국제 마약단 사건에 억류되었을 때 사건을 담당했던
형사였다. 그가 또 무슨 볼일이 있다고 전화를 한 걸까. 생각해 보니 그
때 그 사건이 미제로 끝나 언제나 마음이 조마조마했었다.

"또 무슨 일 때문에 그러십니까."

"별건 아니고 몇 가지 물어볼 게 있으니까 그때 조사 받았던 곳으로
오십시오."

또. 짜증이 울컥 일었다. 그러면서 불안이 태풍처럼 머릿속에 휘몰아
쳤다. 사건의 단서를 잡기 위해 끈질기게 질문을 유도하던 담당 형사가
생각났다. 단지 회원이었다는 이유 하나만으로 너무나 큰 곤욕을 치른
것이다.

에이 쌍! 그가 자리에서 일어나자 형사가 물었다.

"아니 지금 이야기하다 말고 어딜 가요?"

"시경(市警)에요, 에이 또 귀찮게 되었네."

그는 형사에게 아내를 가리키며 말했다.

"저 여자가 엄마 되는 여자니까 알아서 하쇼."

"이거 완전 콩가루 집안이구만."

형사는 기가 막힌 듯 남자와 아내, 그를 돌아보며 말했다. 온통 흙탕
물을 뒤집어 쓴 기분이었다. 자포자기. 막가파, 인생막장, 이판사판 갖가

지 불길한 단어들이 떠올랐다. 형사가 한심하다는 표정으로 아내와 그를 돌아보았다.

그는 문을 박차고 나와 시경으로 가기 위해 택시를 집어탔다. 그날 끝내 합의를 못한 아들은 유치장 신세를 지게 되었다. 그리고 다음날 경매에 붙여진 집은 세금과 은행 대출금 상환으로 모두 날아가 버렸다. 일주일 후 정신을 차린 아내가 집으로 돌아왔을 때 그녀는 자식의 가출과 남편의 잠적으로 미치기 일보직전이었다. 결국 악의 종말은 파멸이었다.

시경 입구에 이르렀을 때 그의 입에서 거친 말이 튀어 나왔다.

"야! 이거 유인철 인생 너무 막 가는 거 아냐?"

그는 조사실이 있는 7층을 누르며 엘리베이터 안에서 탄식했다. 그가 조사실에 이르렀을 때였다. 저쪽에서 걸어오는 사람이 있었다. 김상모? 그 뒤에 또 다른 얼굴도 보였다. 그와 함께 했던 여자였다. 그 뒤에 또 다른 얼굴들이 계속 나타났다. 그들은 모두 조직에 몸담았던 회원들이었다. 이게 도대체 어떻게 된 일이지? 그들은 불안감과 동시에 적대감을 나타냈다. 혹시 너가? 모두 서로를 의심하는 눈치였다. 한때 서로 은근한 동지애로 비밀을 공유했던 그들은 격랑의 파도에 휩쓸리기 시작했다.

국제마약단 사건의 본말은 이러했다. 얼마 전 시내 모처에서 발생했던 폭력배들의 패권 싸움에 국제적인 마약단이 연루된 사실이 경찰에 포착되었다. 그런데 그 사건에 조직의 회원이었던 김상모가 자신도 모르게 깊숙이 관여돼 있었다. 한때 그의 연인이었던 여자가 옛 애인과 그러니까 김상모의 친구였던 가수와 재결합하면서 마약이 본격적으로 조직에 유입된 사건이 밝혀진 것이었다.

가수였던 친구는 처음에는 대마초를 피웠다가 다시 코카인으로 히로인으로 마지막으로 공포의 백색가루인 히로뽕으로 바꾸었다. 그리고 그것이 회원들에게 알게 모르게 유입돼 중독현상을 일으켰던 것이다.

회원중의 하나였던 여자가 교통사고로 입원했는데 검사 도중 마약 중독 증세가 나타나 수사에 착수한 결과 사건의 본말이 밝혀진 것이었다. 쾌락 중독과 화인 맞은 양심이 빚어낸 극단의 결과였다. 히로뽕이 어떤 경유로 유통되었는지 또 어디로 흘러갔는지 조사하던 중 회원 모두에게 골고루 혜택이 주어졌음이 증명되었다. 그날 시경에 불려온 사람들은 모두 심각한 마약중독 증세를 나타내고 있었다.

수없이 주사바늘이 꽂힌 팔뚝을 손으로 쓸어내리며 환청증세를 보이는 사람도 있었고 핸드폰이 울리지도 않았는데 자꾸만 핸드폰을 열며 강박 증세를 보이는 사람도 있었다. 언제 소문을 들었는지 기자들이 몰려들기 시작했다. 그들은 국제적인 마약단 사건에 어떤 사람들의 명단이 들었는지 알기 위해 머리 터지게 경쟁하고 있었다. 서로 대박을 터뜨리겠다는 욕심에 해괴한 질문을 마구 퍼부으며 범인들의 윤곽을 잡기 위해 애를 썼다.

그 중의 한 기자가 연예인 출신의 남자를 가리키며 말했다.

"당신 말야, 에이즈란 소문이 있던데 맞습니까?"

어디서 들었는지 그는 소문의 근거까지 대며 심각한 표정으로 말했다. 그러자 한쪽 구석에 몰려 있던 여자들이 갑자기 발악을 하며 울부짖었다. 남자들은 모두 한발 뒤로 물러서며 공포심을 나타냈다. 남자가 부정의 뜻으로 고개를 흔들자 기자는 또다시 물었다.

"당신 작년에 커밍아웃 선언한 것 맞잖아요?"

그러자 여자들은 일제히 울음을 터뜨렸다. 기자들은 카메라 플래시를 터뜨리며 기사 작성하기에 바빴다. 다음날 일간지 톱기사를 어떤 문구로 장식할까. 고심하는 눈치가 역력했다.

'국제적인 마약단과 연루된 사회 저명인사들. 그들의 현장 취재를 가다.'

그들 중 유인철은 직간접으로 피해를 입은 당사자였다. 그는 마약과는 거리가 멀어도 한참 멀었다. 다만 조직의 핵심이었던 여자와 관계를 맺었다가 파편을 맞은 피해자일 뿐이었다. 그는 이미 가정과 경제가 파탄 나 더 이상 망가질 것도 없는 상태에서 최대의 기로에 선 셈이었다. 언젠가 느꼈던 자책감이 정죄감과 더불어 소리도 없이 목울대를 채웠다.

망신살이 뻗친 회원들 중에는 사회 저명인사와 젊은 층도 있었다. 그들은 몰려드는 기자를 향해 두 팔을 내저으며 항의를 했지만 소용없었다. 그러한 그들의 모습은 다음날 일간지에 모두 대서특필됐다. 기자들은 세기말적 말세 증상이란 표현으로 그들을 매도했다. 그들 중 한 기자는 다음과 같이 표현했다.

'그들은 모두 중독에 빠지고 정신적 감옥에 갇혀 제정신을 잃은 사람들이었다. 죄악의 온상지에서 살다 경건의 기능을 상실하고 자긍하고 교만하다 끝 간 지옥까지 떨어진 자들이었다. 그들은 신을 부정하고 조롱하다 스스로 죄의 결과를 자초한 양심에 화인 맞은 자들이었다.'

신의 마지막 사랑까지 외면한 그들은 블랙홀을 빠져나가면서 마지막으로 절규했다. 그들의 귓가에 들려오는 말이 있었다.

"또한 네가 청년의 정욕을 피하고 주를 깨끗한 마음으로 부르는 자들과 함께 의와 믿음과 사랑과 화평을 쫓으라."(2025년 창조문학)

논현동

강남은 럭셔리하다.

기하학적 고층빌딩과 보도(步道) 한 가운데 꽃의 행렬은 젊음과 함께 묘한 환상적 분위기를 연출하고 있다. 유난히 하체를 강조한 글래머스한 여자들의 발걸음이 모여드는 이곳은 잘 세팅된 패션 무대 같다.

always ready

영어 표기가 적힌 티셔츠를 몸에 두른 여자가 어디론가 발걸음을 급히 옮기고 있다. 찢어진 청바지를 입고서 남자 친구의 팔짱을 낀 여자는 화장이 잣뭉개져 있다. 연예인으로 보이는 한쌍이 나타나자 사람들의 시선이 일제히 모아진다. 그들은 광고 촬영을 위해 온 것 같다.

카메라 앵글이 돌아가고 광풍 같은 댄스 음악이 거리 전체를 흔들고 있다. 행인들은 열기에 들떠 촬영 현장을 지켜보고 있다, 그러나 싱겁게도 촬영은 금세 끝나고 만다. 자동차에 내려 걸어가는 장면을 단번에 끝내고 만 것이다.

사람들의 발걸음은 일제히 한곳으로 쏠리다가 다시 흐트러지고 모종의 담합한 의지와 함께 제각각 걸어가고 있다. 영화 광고를 알리는 대형 전광판에서는 불빛을 자막과 함께 행인들에게 쏘아대고 있다. 이곳에선 젊음이 대세다. 젊음에 취하지 않고서는 이 거리를 지날 수 없다.

마치 외국에 온 듯 강남 특유의 열정이 거리 곳곳에 넘치고 있다.

팬티 자국이 선명한 레깅스를 입은 여자가 횡단보도를 건너가고 있다. 남자들의 눈길이 일제히 여자의 둔부에 쏠린다.

한 마리의 인어가 물속을 헤엄치듯 인파를 빠져 나가는 여자의 모습은 나산을 보는 듯하다.

예쁘면 다야.

성형외과 광고가 빌딩마다 물결친다.

젊음은 화려함의 극치다. 각종 특권과 아름다움의 상징이자 무한대의 가능성이자 패기이다. 그 젊음이 흐르는 강남은 항상 럭셔리하다.

아레나 버닝썬의 유혹이 흐르는 거리. 폭풍치는 듯한 댄스 뮤직에 따라 저절로 몸이 움직인다. 싸이 거리를 지나자 곧바로 호텔 행렬이 이어진다. 국내 최고 재벌녀가 다녔다는 성형외과 건물이 눈앞에서 행인들을 내려다보고 있다. 다시 젊음이 환생이라도 한 것일까.

J의 마음도 바람처럼 흔들린다.

젊음도 세태의 물결을 탄다. J가 대학시절인 30년 전만 해도 젊음의 거리는 단연 종로나 무교동이었다. 그 다음 순서는 명동이었고 세월이 조금 더 지나서는 동숭동 대학로였다. 그러던 것이 압구정동 로데오 거리로 몰려가더니 한동안 신촌이 주 무대로 바뀌었다.

신촌 홍대 앞은 예술의 거리로 한동안 자리매김 되어 주말이면 홍대 앞 전철 역사 앞은 혼잡하기 이를 데 없었다. 각종 거리 예술공연이 홍대 주변에서 펼쳐져 많은 관객이 운집했었다. 그러더니 몇 년 전부터 싸이의 강남 스타일이 점 세계에 후폭풍을 몰고 오면서 강남 거리가 젊은이들의 명소가 되었다.

패션거리가 젊은 열기와 함께 강남을 물들이고 있다. 물뽕이라는 신종 마약과 재벌 3세들의 성적 타락상이 이슈로 떠올랐던 아레나 지하 나이트 클럽. 지하 주차장 옆으로 활짝 핀 튜울립이 색상 경연을 펼치고 있다.

빨강. 노랑. 보라. 주황.

쾌락의 센터였던 클럽은 성폭행과 권력 유착 조세 포탈의 대명사처럼 되어버렸다. MD라는 영업직원이 성매매의 알선책이었다는 게다가 그들은 공권력과 유착해 비리를 양산했는데 목 금 토 일요일 4일간 영업에 50억원의 매출액을 올렸다고 한다.

하루 입장객만 1300명에 이르고 직원만 400명이 넘는 아레나는 남자는 돈에 의해 여자는 외모에 따라 등급이 매겨져 성적 타락의 온상지가 되었다. 테이블 당 수억을 호가하는 범죄 온상지 클럽은 연예인과 금융업 종사자들 운동선수 등이 이용했는데 그만큼 범죄 수위도 높았다.

물뽕 등 마약 투약은 주로 재벌 3세 등의 유학파를 중심으로 이루어졌고 미모인 젊은 여자들은 불법촬영과 성관계 동영상으로 악용 되었다. 이 모든 범죄의 주요 인물인 연예인은 증거 불충분으로 영장이 기각돼 자유의 몸이 되었다. 청와대 게시판까지 올라간 그의 기각 사건은 많은 국민들의 공분을 샀는데 J도 그 중의 하나였다.

J의 딸 영현은 아레나 클럽이 마주보이는 S기업에 근무하고 있었다. 빼어난 외모로 연예인이 되라는 제의도 많이 받았지만 모두 뿌리치고 평범한 직장인이 되기를 원해 선택한 직장이었다. 어릴 때부터 신앙으로 다져진 몸과 마음은어떤 유혹도 넉넉히 이겨내리라 스스로 믿고 있던 터였다.

수십 대 일의 경쟁률을 뚫고 시작한 직장생활이 2년이 못돼 삐걱대기 시작했다. 수없는 긴장감 속에 상처와 스트레스가 쌓이면서 만성피로와 무기력증이 심화됐다. 한마디로 번아웃이 된 것이다. 그러던 어느날 직장 동료의 꾀임에 빠져 클럽에 발을 들여놓기 시작했다.

클럽은 직장 맞은편 호텔 지하에 있었고 퇴근하면 곧바로 달려가 합류했다. 클럽은 입구부터 분위기가 달랐다. 클럽의 조명과 음악은 정신을 마비시키는 마취제 같았다.

환각에 취한 듯 음악에 몸을 맡기고 춤을 추노라면 남자들이 주위에 까맣게 몰려들었다. 개중에는 TV에 나오는 낯익은 얼굴도 있었다. 연예인이었다. 그 얼굴은 보는 순간 순간적으로 마음이 안정됐다. 열기와 흥분 속에는 불안도 뒤엉켜 있었는데 낯익은 얼굴이 바로 눈앞에서 손짓을 하자 마음이 적이 안정된 것이다.

그래도 공인(公人)인데.

영현은 음주가무는 전혀 좋아하지도 않고 소질도 없지만 이상한 열기에 들떠 연예인으로 보이는 그들과 합류했다. 그들은 영현의 외모를 두고 끝도 없이 칭찬했다. 원하면 얼마든지 연예인으로 데뷔시켜 주겠다는 약속까지 했다. 순간 영현의 뇌 속에는 지긋지긋한 직장생활을 끝내고 싶다는 생각이 솟구쳐 올라왔다.

까짓 한번 살다 가는 인생인데 이참에 행로를 확 바꿔 봐?

첫날은 그런대로 넘어갔다. 클럽의 VIP 주 고객이라는 젊은 남자는 매너도 좋았고 친절하게 대해 주었다. 헤어질 때는 택시 타고 가라며 수표까지 던져 주었다. 돈의 위력이 한순간에 느껴지면서 영현은 몽롱한 환상에 빠졌다. 이튿날 직장에 출근했는데 전혀 스트레스가 느껴지지 않았고 퇴근 후 클럽에 가 몸을 풀 생각을 하니 저절로 기운이 났다.

동료는 클럽에 관해 모르는 게 없었다. 이름만 대면 알만한 연예인의 명단을 꿰면서 모종의 거래를 암시하기도 했다. 듣는 순간 정신이 번쩍 들었다. 이러다간 한방에 가겠구나, 조심해야지.

그러나 퇴근과 동시에 발걸음이 저절로 클럽으로 향했다, 언제 소문이 났는지 직장 동료들은 모두 그녀를 클럽걸로 불렀다. 엎드리면 코 닿는 거리였다. 주머니에는 돈이 항상 두둑했다. 남자가 신용카드를 제의했지만 거절했다. 나중에 흔적을 남기고 싶지 않아서였다.

클럽은 환락적인 분위기라 마약과 같았다. 한번 발을 들여놓으면 끊을 수 없는 마력이 수시로 그녀를 이끌었다. 직장에서 근무하다가도 클럽의 분위기가 떠올라 일을 그르칠 정도였다. 수시로 판단력이 흐려지고 실수가 잇따랐다. 이성이 마비됐는지 별일 아닌 것 같고도 불같이 화를 내곤 했다.

그런 날이면 클럽에 달려가 더 미친 듯이 춤을 추었다. 그리고 클럽에서 만난 남자들과 술잔을 부딪치고 제 3의 장소로 옮겨 2차 3차를 갔다. 나중에는 클럽의 MD가 지정해 주는 오피스텔로 가 환락파티에 빠졌다. 클럽의 VIP고객이라는 남자가 건네주는 술잔을 받고 그대로 정신을 잃은 것이다.

나중에 정신을 차렸을 때는 온몸이 만신창이가 되어 있었고 전혀 기억이 떠오르지 않았다. 직장에 무단 결근한 것은 기정사실이다. 정신상태도 문제려니와 온몸이 피멍이 들어 도저히 외출할 수조차 없었다. 하체에는 피가 흥건하게 고여 있었다,

짐작컨대 밤새 성적 농락과 학대가 이루어진 모양이다. 후회가 밀물처럼 몰려왔지만 이미 때는 늦어 있었다. 제대로 된 판단이 서지 않았다. 매사에 변별력이 떨어지고 미칠 듯한 공포가 몰려왔다. 병원에 가 진정제를 맞고 난 영현은 동료에게 사직서를 대신 제출해 줄 것을 부탁했다.

심각한 사고를 당해 도저히 출근할 형편이 못 되니 알아서 처리해 달라고 했다. 이미 직장에는 그녀에 대한 소문이 일파만파 전해져 있었다. 클럽에 출근하다시피 도장을 찍더니 드디어 인생 쫑났구나. 인생 퇴출이란 단어가 그녀의 머릿속을 떠다니던 어느날 그녀는 모르는 남자의 호출을 받았다.

논현동에 있는 모 오피스텔로 와 달라는 부탁이었다. 아니 명령이었다. 그는 다짜고짜로 이름부터 확인하더니 은근 협박조로 말하며 액수까지 제시했다. 순간 그녀는 머리를 둔기로 얻어맞은 것처럼 큰 충격에 휩싸였다. 덫

에 걸린 것이다.

직장 동료에게 전화를 걸어 도움을 요청하려 했지만 그녀는 이미 퇴사하고 전화번호마저 바꾼 상태였다. 이제는 옴쭉달쭉 할 수 없는 올가미에 갇힌 것이다. 영현은 남자에게 사정했다. 며칠 전 오피스텔에 들렀을 때 온몸이 피멍 상태라 도저히 움직일 수가 없다고 했다.

그러나 남자는 듣지 않았다. 상관없으니 시간 맞춰 약속장소로 가라고 했다. 생각은 강한 거부 의사를 나타냈지만 입에서 전혀 엉뚱한 말이 나왔다.

"네 알았어요."

온몸에서 기운이 빠져 나가 일어설 수조차 힘들었지만 영현은 오피스텔을 향해 걸어갔다. 강남 네거리를 건너고 호텔 틈새를 비집고 들어선 오피스텔은 강한 소독 냄새가 진동했다. 마약 도구를 소각하고 냄새를 없애기 위해 후처리를 한 때문이었다.

그녀가 오피스텔 입구에 막 도착할 때였다. 갑자기 경찰 사이렌 소리가 들리더니 기자들이 몰려들었다. 사방에서 카메라 불빛이 터졌다. 그녀는 본능적으로 몸을 인파속에 숨겼다. 핸드백 속에 숨겨 두었던 선글라스를 꺼내 쓰는 동안 누군가 그녀를 향해 사진을 찍었다.

잠시 후 핸드폰에서 벨이 요란하게 울렸다. 엄마의 전화였다. 정신없이 돌아서는 순간 누군가 그녀의 팔목을 강하게 붙잡고 늘어졌다.

"약속은 지켜야지."

"이 손 당장 놔욧."

어디서 그런 용기가 났을까? 그녀는 소리를 꽥 질렀다. 당장 사람들의 시선이 그녀에게 집중했다. 경찰 제복이 그녀에게 다가오면서 물었다.

"무슨 일입니까?"

"이 사람이 아까부터 자꾸 만지려고 했어요."

사람들 입가에 묘한 비웃음이 번지는 순간 남자가 군중 속을 뚫고 대로변을 향해 쏜살같이 도망쳤다. 아득한 현기증이 몰려왔다. 영현은 순간 생각했다.

나도 떠나야 한다.

낯모르는 곳으로.

그 이후의 생각은 떠오르지 않았다. 지나가는 택시를 무조건 올라탔다. 택시 기사가 어디로 모실 거냐고 몇 번이나 반복해 물었지만 너무 떨려 말이 나오지 않았다.

기사가 후면경으로 그녀를 바라보더니 묘한 미소를 지었다. 호기심이 잔뜩 묻은 표정으로 그는 재차 물었다.

"손님 어디로 모실까요?"

"네? 터 터미널요."

"터미널 어디요 동서울 터미널이요 아님 강남 고속터미널요?"

"그냥 아무 데나……."

"네? 농담 마시고 빨리 결정하세요. 이 한강다리 건너면 다시 유턴도 못한다구요."

집으로 갈까? 그랬다가 그쪽 사람들이 닥친다면? 몸이 덜덜 떨렸다. 순간 자신이 추리소설의 한 대목을 쓰고 있는 건 아닌가 착각이 들었다. 범죄영화의 한 장면도 떠올랐다.

되도록 멀리 도망쳐야 한다. 그것도 아주 멀리. 불길한 상상 드라마가 머릿속에서 끝도 없이 펼쳐졌다. 이러다간 피해망상증 환자가 되겠구나.

"동서울 터미널로 가 주세요. 빨리요."

"드디어 결정을 하셨네요. 그럼 지금부터 밟겠습니다. 세게."

기사는 후면경으로 그녀를 훔쳐보며 여전히 기분 나쁜 투로 말했다. 택시가 터미널에 닿자 영현은 습관적으로 카드를 내밀었다. 기사가 카드를 받으려는 순간 그녀는 큰소리로 외쳤다.

"아저씨 잠깐만요?"

그녀는 기사의 손에서 낚아채듯 카드를 빼앗고는 만원짜리 지폐를 내밀었다.

"거스름돈은 필요 없어요."

택시에서 내리자 따가운 볕이 그녀의 발길을 가로막았다. 횡단보도 앞에 수많은 사람들이 모여 있었다. 길가에 좌판을 벌인 상인들이 손짓을 하며 호객 행위를 했다. 그때였다. 터미널 출입구 쪽에서 선글라스를 낀 남자 서너 명이 자기들끼리 신호를 보내며 소리치고 있었다.

순간 영현의 발걸음이 그 자리에서 얼어붙었다. 극한의 공포가 몰려오면서 정신이 일시정지 되는 것 같았다. 그러나 고개를 숙였다 다시 드는 순간 그들은 사라지고 없었다. 그녀는 무작정 창구로 달려가 승차권을 끊었다. 그리고 정신없이 시외버스에 올랐다.

선글라스를 낀 상태로 바깥 풍경을 보니 세상이 너무 어두워 보였다. 사람들은 모두 긴장된 표정으로 도착지를 향해 급히 발걸음을 옮기고 있었다. 영현은 자신도 모르게 자꾸만 핸드백을 움켜쥐었다. 스마트폰에서는 계속 문자 수신을 알리는 발신음이 울렸다.

손이 덜덜 떨려 문자를 확인할 수가 없었다. 그러나 어느새 그녀의 눈은 문자메시지를 들여다보고 있었다. 그녀의 안전을 걱정하는 엄마의 문자 메시지가 9통이나 와 있었다. 나머지는 급전 대출을 알리는 스팸 문자였다. 시외버스 운전기사가 승객 수를 확인 하더니 안전벨트 맬 것을 지시했다.

안전벨트를 매면서 영현은 아차 싶었다. 도착지를 제대로 확인 안 한 것이다. 급한 나머지 창구로 달려가 표를 끊고 무작정 올라 탄 것이다. 승차권을 확인한 순간 휴 소리가 났다. 시외버스에 올라타는 순간 기사가 확인한 것을 무심코 지나친 것이다.

그러면 그렇지.

시외버스는 강변도로를 지나 점점 북쪽으로 진입했다. 신도시 아파트 군단을 지나더니 엄청난 호수를 끼고서 사행길로 접어들었다. 도로명도 꼬부랑길이었다. 2킬로가 넘는 터널도 여러번 지나고 드디어 도착지에 닿았다. 주변이 대부분 농경지에다 군 주둔지역인 소읍이었다.

생전 처음 보는 낯선 풍경이 두려움을 불러일으켰다.

대학 다닐 때 군 입대를 앞두고 명현에게 읍소하던 경민이 생각났다. 경민은 그녀가 속한 미디어학과는 물론 단과대학에서도 못 생기고 형편없기로 유명했다. 그래도 보는 눈은 있어서 남자라면 누구나 선망하는 영현을 마음에 두고 대시를 한 것이다.

그것이 통하지 않자 군 입대를 앞두고 눈물로 호소하기에 이른 것이다.

집안이 가난한 그는 졸업도 하기 전에 입대했는데 모두들 하는 말이 그는 반드시 군에 뿌리를 박을 것이다라고 했다. 왜냐하면 그는 추레한 외모 때문에 취업이 요원할 것이다 지레짐작한 것이다.

지나가는 군인들을 보자 느닷없이 그가 생각났다. 그가 나를 좋아했던 건 진심이었을까? 남자한테 과연 진심이 있는 걸까?

영현은 클럽에서 만났던 대부분의 남자를 보면서 결론내린 게 있었다. 남자들한텐 진심이란 게 없다. 남자들이란 하나같이 사랑과 욕정을 구분 못하는 짐승같은 본능만 있을 뿐이다.

겉으로는 인간성 운운하면서 매너 좋은 척하는 놈일수록 때에 따라 더 잔인한 면모를 보이고 여자를 물건 취급하듯 한다. 못생긴 남자일수록 더 많은 여자를 소유하고 싶어하고 매너가 엉망이다. 피해의식이 강하고 거칠고 이기적이다. 예전에 엄마가 하던 말이 있었다.

"열 계집 싫다는 남자 없다더라. 남자는 아무리 착해봤자 다 거기서 거기다. 멀쩡하게 가정 잘 지키고 살던 남자도 돈벼락 맞아봐라, 백퍼센트 천퍼센트 바람 핀다. 한마디로 돈지랄을 하는 거다."

그러나 성도덕의 타락과 쾌락이 보편화 된 현대에서는 그 말도 통하지 않는다. 인터넷의 해악으로 자살사이트와 성매매는 이미 보편화 된 상식 수준에 와 있기 때문이다. 공권력의 힘으로 아무리 성매매를 근절시킨다 해도 효과는 미지수인 것이다. 항상 그렇다.

그러게 요즘 세상은 비혼이 대세처럼 여겨지고 경제를 빌미로 출산 기피 현상이 극에 달해 백약이 무효인 시대가 된 것이다. 그렇다면 나를 향해 그렇게 간절하게 애원했던 경민의 눈길은 무엇이었을까?

못생기고 미래가 안 보인다는 이유로 여러 여자들로부터 거절당했던 경민의 진심은 어떤 류의 감정이었을까? 감정을 색깔이나 순도(純度)로 나타낸다면 경민은 어느 정도였을까?

영현은 터미널 근처에 있는 편의점에서 도시락으로 늦은 저녁을 때웠다. 해는 벌써 기울어져 땅거미가 지고 있었다. 터미널 근처는 음식점과 상가만 몇 있을 뿐 그 흔한 다이소 하나 없었다. 그런데 이상한 건 요란한 불빛이 켜진 곳마다 모텔 아니면 여관이었다.

영현이 도내 버스 정류장을 지나 모텔 입구를 지날 때였다. 체격이 작은 군인 한명이 여자의 허리를 껴안고 모텔 계단을 올라서고 있었다. 그런데 그의 옆모습이 어딘지 모르게 낯이 익었다. 남자는 이미 술에 만취한 듯 걸음이 흔들렸다. 소리를 고래고래 지르던 남자의 목소리도 어디서 많이 듣던 목소리였다.

자신도 모르게 가까이 다가가려는 순간, 남자가 군인 베레모 모자를 옆으로 돌리더니 바닥에 침을 퉤 뱉었다. 그러더니 갑자기 영현을 손가락으로 가리키며 말했다.

"너 이영현 맞지? 나 아까부터 니가 터미널에 내릴 때부터 쭉 지켜보고 있었어 혹시나 했는데 진짜였네."

영현은 순간적으로 영혼이 이탈된 듯한 착각을 일으켰다. 경민이 바로 눈앞에서 자신을 힐난하고 있었다. 그동안의 세월을 뛰어넘어 우연이라는 기정 사실 앞에서 뭔가 따지듯 말하는데 상당히 기분 나쁜 말투었다. 아무리 만취 상태라 해도 비아냥조였다.

그를 부축하고 있던 여자가 그의 뺨을 갈기며 말했다.

"오라. 니가 그렇게도 오매불망하던 여자가 바로 이 여자였나? 망할 자식 그러면서 왜 잠은 나랑 자? 이 호랑말코 같은 자식아."

여자는 경민의 정강이를 발길로 힘껏 차더니 그대로 돌아섰다. 영현을 향해 힘껏 눈을 흘기고는.

영현 역시 그에게서 돌아섰다.

돌아서는 영현에게 경민이 뇌까렸다.

"나, 너에 대한 동영상 본 적 있다. 니가 어떤 놈들하고 붙어서 너도 그런 년이었나?"

순간 영현의 두 손이 경민을 향해 거침없이 뺨따귀를 날리고 있었다.

"너도 그런 놈들하고 똑같은 거 아니었니? 나쁜 자식."

재수 없는 새끼. 너도 내가 만났던 그 놈들하고 하등 다를 바 없는 놈이었구나. 조금 전까지 경민의 감정의 순도에 대해 생각했던 것에 대해 부끄러움과 자책이 일었다. 꼴에 너도 사내라고 똑같은 놈이었구나.

성관계 동영상이 유출 되었을 거란 생각을 안 한 건 아니었다. 하지만 얼굴까지 적나라하게 나갔을 거라곤 상상도 못했었다.

동영상은 단톡방뿐 아니라 인터넷 사이트를 통해서도 교묘하게 퍼져 나가고 있었던 모양이다. 이제 얼굴 쳐들고 살긴 힘들게 됐다. 그동안 남자들이 자신을 향해 짓던 비웃음의 정체를 알 수 있을 것 같았다.

20년 전엔가 디바로 불리우던 여가수의 성관계 동영상이 유포 되었을 때 엄청난 파장을 일으켰던 때가 있었다. 언젠가 그녀가 방송에 출연해 그때를 회고하며 말했었다.

"빌딩 옥상으로 올라갔을 때였어요, 이 정도에서 뛰어 내리면 확실하게 죽을 수 있는 걸까?"

관객들은 그녀를 향해 동정의 눈빛을 보냈다. 십년의 세월이 지난 후 그녀는 동종업계의 연예인과 결혼해 가정을 꾸렸고 예쁜 딸도 낳아 키우고 있다, 그러나 그후로 들려오는 소식에 의하면 가정이 평탄치 않은 것만은 틀림없다.

그렇다면 나도?

영현은 두려움으로 가슴이 바작바작 조여 왔다.

무작정 도내 버스를 올라타고 아무 데나 내렸다. 논밭 한 가운데 무인텔이 보였다. 가끔 인터넷 상에서 무인텔에 관한 기사를 읽은 적이 있다. 종업원이 없는 무인텔. 영현은 천천히 무인텔을 향해 걸어갔다. 아무도 없는 저곳이라면 죽기에 안성마춤 같았다.

걸음이 천근만근 늘어졌다. 사방에서 불어오는 더운 바람에서 훅 열기가 느껴졌다. 스마트폰에서 계속 진동이 울렸다.

귀찮아 꺼버리려다 문지메시지가 와 있는 걸 확인했다. 남동생이 보낸 문자메시지에는 엄마가 심장수술 하기 위해 입원했으니 빨리 돌아오라는 내용이었다. 마지막일지도 모른다는 암시도 적혀 있었다. 다시 돌아가기에는 늦은 시각이었다. 이미 막차도 끊겨 있었다.

그녀는 무인텔에 도둑처럼 들어가 밤을 지내고 이튿날 아침 시외버스 터미널에 도착했다. 영현이 막 서울행 시외버스에 오르려는 순간 낯익은 얼굴이 지나가며 말했다.

"영현아 나 너에 대한 동영상 아무 것도 안 봤다. 그거 다 내가 꾸며낸 거짓말이다."

망할 자식, 누가 그 말을 믿을 줄 알고.

영현은 그의 등뒤에 대고 큰 소리로 말했다.

"야! 이 멍청한 놈아 너도 그 놈들과 똑같은 놈이야 알겠어."

어머니의 심장수술은 가족이 꾸며낸 거짓말이었다.

"세월 지나면 다 잊혀지는 법이란다. 걱정 말아라, 다신 그런 꾀임에 안 넘어가면 되는 거란다."

"그래도 마음에 남은 흔적은 안 없어지잖아."

"성령의 능력으로 이겨내야지. 죄와 피 흘리기까지 싸우는 법밖에 없단다. 이 유혹 많은 세상에 덫에 걸리지 않으려면 늘 성령으로 무장해 죄 짓는 장소에는 가지 말아야지. 그 죄가 주는 쾌락보다 더 큰 만족을 주시는 이를 바라봐야지."

차라리 비난이라도 했다면 덜 부끄러울 텐데.

그런데도 마음이 안정되고 힘이 나니 너무 뻔뻔한 거 아닌가. 계속 동영상이 퍼져 나간다면 이 일을 어떻게 감당한단 말인가. 유출을 막아야 하는데. 인터넷에서는 동영상의 유출에 대한 기사가 실시간별로 올라와 있었다.

경민이까지 알게 된 걸 보면 동영상이 급속도로 퍼져 나간 건 거의 기정사실이다. 영현은 언젠가 강남 거리를 지나며 보았던 수없이 많던 성형외과 건물을 떠올렸다.

이참에 성형수술을 해버려?

그러나 가슴에 남은 큰 생채기는 결코 못 지울 것 같았다. TV뉴스에서는 아레나 클럽에 대한 탈세와 유명 연예인의 성매매 그리고 재벌 3세들의 신종 마약 물뽕에 시시각각으로 보도하는 영상이 떠올랐다. 누군가 말했었다.

"난 재벌도 강남 졸부도 정치인도 부럽지 않아, 돈만 많으면 뭘해? 매일 피튀기는 경쟁과 불안 속에 살잖아, 내가 아는 강남 졸부는 위가 안 좋아 매일 죽만 먹는다더라. 밤에는 불안 때문에 수면제 없이는 잠도 못 이룬대. 그게 진짜 행복일까? 난 그들보다 가진 건 없어도 내가 훨씬 행복하다고 생각해. 난 없어서 못 먹어. 등만 붙이면 잠이 와, 대궐 같은 집 없어도 마음 하나는 편해. 돈 많은 재벌 하나도 안 부러워, 돈 많으면 뭘해? 돈 처들여 유학 보내면 마약이나 하는 걸."

날마다 좌불안석이었다. 아무리 긍정적으로 생각하려 해도 스스로 위안점을 찾으려 해도 불안이 끝도 없이 가슴을 치받고 올라왔다. 가끔씩 환상도 환청도 들려왔다. 마약에 취한 것도 아닌데 비슷한 증상이 몸과 마음을 휘몰아쳐 맨붕에 빠지는 것이다.

한번의 실수가 아니었다. 동료의 꾀임에 빠진 건 실수라 쳐도 이후에는 스스로 자초한 거였다. 클럽은 그렇게 마약 같은 분위기로 이성을 마비시키고 쾌락으로 이끌었다. 의지와 상관없이 도둑처럼 의식을 점령하고 조종했다. 의지는 쾌락의 하수인이 되었다.

인간의 의지로는 그 어떤 쾌락의 힘을 끊을 수 없다. 노예가 될 뿐이다. 그런데도 왜 사람들은 스스로 쾌락의 종이 되기를 자처하는 걸까. 거기에는 마약과 같은 중독성이 있기 때문이다. 길고 긴 방황이 시작되었다. 가만히 있어도 악마의 유혹은 생각을 통하여 찾아왔다.

버닝썬의 화려한 조명과 환락적 분위기. 불나비처럼 모여드는 남자들의 시선과 몸놀림. 쾌락의 대가로 주어진 엄청난 액수의 현금 다발. 뒤엉킨 생각속으로 혼곤한 잠이 몰려왔다. 매일같이 미로를 헤매는 악몽을 꾸었다. 끊임없이 누군가에게 쫓기다 출구를 찾아야 하는데 전혀 보이지 않았다.

그러다 누군가 뒤에서 목을 움켜쥐는 손이 있었다.

헉!

숨이 막히는 순간이었다. 본능적으로 몸을 뒤로 제키며 소리를 질렀다.

억! 억!

소리는 목안에 갇혀 새어나오지 않았다. 이대로 죽는구나. 그때였다. 누군가 그녀의 귓가에 대고 가만히 말했다.

"저길 보렴."

간신히 눈을 떠 앞으로 바라보는데 어둠 속에 흰옷 입은 천사가 보였다. 그 뒤에 울고 있는 여인의 모습도 보였다. 어머니였다.

어 엄마.

목을 움켜쥐고 있던 손아귀의 힘이 점점 약해지더니 스르르 풀렸다. 잠에서 깨어나니 온몸이 땀으로 젖어 있었다. 엄마가 그동안 나 위해 열심히 기도하고 계셨었구나. 이상하게 기운이 났다. 오랜만에 밥상에 앉아 맛있게 식사를 했다. 그동안 나를 클럽으로 이끌었던 힘은 무엇이었을까.

그 강한 마력의 힘을 나는 왜 이기지 못하고 계속 클럽으로 향했던 걸까. 내가 그동안 믿고 의지했던 신앙의 힘은 왜 나를 왜 지켜주지 못했던 걸까. 그때 내부에서 음성이 들려왔다.

그건 바로 네 탓이야.

그럼 네 탓이지. 니가 네 마음을 지키지 못한 거잖아. 신이 주신 자유의 자를 스스로 팽개쳐놓고 누구 탓을 하는 거니? 무엇이든 선택에 대한 결과는 스스로 지는 거야.

내 탓이라고?

그러나 스스로 정죄할만큼 큰 잘못을 저지른 것 같진 않다. 클럽의 분위기를 이용한 마수의 손길을 피하지 못해 일이 벌어진 것뿐이다. 나는 어디까지나 피해자일뿐 정죄받고 심판 받아야 할 인간들은 바로 그들이다. 영현은 수시로 생각과 전쟁을 벌였다.

때론 망상이 찾아와 괴롭혔고 강한 음성이 들려와 안정되는가 싶으면 자책의 음성이 곧바로 자신을 공격했다. 불안과 평안이 빗금치듯 마음을 점령했다 사라졌다. 자책과 두려움도 한동안 점령하다 사라지는가 싶으면 어느새 긍휼의 음성이 찾아와 자신을 격려했다.

누구나 실수할 수 있단다. 후회하는 순간 돌이키고 자신과 화해하고 용서하는 거란다. 어둠이 깊을수록 빛은 더 강하게 비춰오는 거란다. 자! 자리에서 일어나라. 내가 네 손을 잡아 주리라.

그런데 전 그, 손을 잡을 수 없어요. 제 잘못이 너무 크거든요.

내가 내미는 손을 잡기만 해라. 내가 네 미래를 책임지고 이끌어 주리라.

미래라구요?

정신이 번쩍 들었다. 그래 바로 그거였어, 내가 두려워하던 형체의 그림자가 바로 그거였던 거야.

마음속에서 어둠이 점점 밀려나고 함성이 들려오기 시작했다. 어둠을 이기는 빛의 함성이었다. 영현은 자리에서 일어나 밖으로 나갔다. 미세먼지가 사라진 하늘은 햇살을 사람들 마음속에 골고루 뿌려주고 있었다. 집을 나온 영현은 한강대교를 건너 대형 십자가 탑 앞에 섰다.

때마침 점심시간이라 그런지 많은 직장인들이 공원 벤치에 앉아 휴식을 취하고 있었다. 원두커피 잔을 들고서 담소를 나누던 젊은 남녀들이 그녀가 지나가자 일제히 쳐다보았다. 호기심 어린 눈빛으로 동물원 구경하듯.

순간 영현은 가슴이 철렁했다, 클럽에서 만났던 남자들과 투숙했던 오피

스텔이 떠올랐다. 경민이 보았다던 동영상 장면도 떠올랐다. 가슴이 방망이
질을 시작했다. 죄책감과 수치심이 머리를 뒤집어쓰고 일어났다. 아득한 현
기증이 일면서 몸이 공중에 붕뜨는 것 같았다.

그때였다. 그녀를 바라보고 있던 젊은 여자가 다가오더니 말했다.

"혹시 지난번 TV예능 프로그램에 출연했던 연예인 아닌가요?"

"네에? 연예인요?"

그러자 옆에 원두커피 잔을 들고 서있던 또다른 여자가 말했다.

"아침 드라마에 출연하신 적 있으시죠?"

영현은 잠시 정신이 멍때리는 것 같았다.

연예인이라니? 황당하기도 했지만 방금 자신이 느꼈던 혹시 유출 됐을지
도 동영상에 대한 두려움이 또다시 떠오르면서 맨붕현상이 일었다. 이러다
가 공황장애 패닉상태가 되겠구나. 영현이 긍정도 부정도 않자 그들은 그녀
를 연예인으로 단정하는 모양이었다.

"그래 내 말이 맞잖아. 그 여자랑 꼭 닮았다니까."

"싸인해 달라고 할까. 그런데 화면보다 실물이 훨씬 예쁘지 않니? 얼굴도
몸매도 정말 환상이다."

"정말 감사합니다. 감사합니다."

영현은 고개를 푹 숙이며 감사 표시를 했다.

"어머 감사라니요? 저희가 영광이죠? 겸손하시기까지 하시네요."

그들은 영현을 정말 예능 프로그램에 출연했던 연예인으로 착각한 모양
이었다. 남자들도 커피를 마시다 말고 그녀에게 집중하며 말했다.

봐, 영화배우 맞다니까. 그런데 왜 매니저도 없이 혼자 온 걸까?

야! 연예인은 뭐 혼자 다니지 말라는 법 있냐?

하긴. 그런데 정말 예쁘다, 완전 죽인다 죽여.

남자들은 한술 더 떠 그녀의 외모를 칭찬했다. 햇살이 점점 따갑게 내리쬐기 시작했다. 강바람이 목덜미를 휘감듯 지나갔다. 녹색 풍광이 빌딩과 도로 양편으로 늘어서서 지친 마음을 위무하고 있었다. 권태와 스트레스를 한 방에 날려보라고 그곳에도 지하나이트 클럽이 있었다.

사람들이 지나는 도로 한가운데 횡단보도 앞에서 커다란 십자가를 가슴에 안고서 안타깝게 외치는 사람이 있었다. 가슴에 십자가를 붙인 그는 노방 전도자였다. 그는 두 주먹을 불끈 쥐고 외쳤다.

길은 한 길밖에 없습니다. 유일한 구원의 길, 십자가 앞으로 나오십시오, 때가 악합니다. 더 이상 머뭇거릴 시간이 없습니다. 십자가 외에는 달리 구원받을 길이 없습니다. 주님께서 말씀 하셨습니다. 내가 주는 평안은 세상이 주는 것과 같지 아니하니 너희도 근심도 말라……

사람들은 그의 곁을 지나며 비웃거나 모른 체 그냥 지나쳤다.

누가 듣는다고… 지 목만 아프지.

그렇게 말하는 사람은 방금 전 영현에게 연예인이 아니냐고 말한 직장인이었다. 전도자 옆으로 잘려진 두 다리를 고무판으로 동여맨 장애인이 바닥을 끌며 지나갔다. 그가 파는 좌판에는 수세미와 바퀴벌레 잡는 약이 잔뜩 실려 있었다. 그 밑으로 배터리가 장착된 녹음기에서 계속 노랫가락이 흘러나왔다.

큰 슬픔이 거센 강물처럼 네 삶에 밀려와
마음의 평화를 산산조각 내고
가장 소중한 것들을 네 눈에서 영원히
앗아갈 때면 네 가슴에 대고 말하라
이 또한 지나가리라

가사가 심금을 울렸다.

이 또한 지나가리라. 이 또한 지나가리라. 이 또한 지나가리라.

눈물이 볼을 타고 흘러내렸다. 아픔도 상처도 곧 지나가리라. 곧…

감사합니다. 감사합니다. 나를 지켜 주셔서 감사합니다. 감사합니다. 밑도 끝도 없이 자꾸만 감사가 흘러나왔다.

언젠가 들은 간증 이야기가 생각났다. 그는 미국에서 가장 잘 나가는 금융인 중의 하나였다. 일류대학을 수석으로 졸업하고 가장 유망하다는 직장에 취업해서 억대의 연봉을 받았다. 그가 가장 하기 쉬운 일은 돈을 버는 것이라고 했다.

매일 돈을 흥청망청 쓰는데도 말할 수 없는 허전함이 몰려왔다. 급기야 그는 술중독과 마약 중독에 빠졌다. 그럴수록 허망함으로 미칠 듯이 괴로움만 커졌다. 자살을 시도하려는 어느날 그는 인생 최대 만족을 주시는 절대자를 만났다. 그것도 기적적인 방법으로.

사람들은 그가 만난 절대자와 그가 체험한 신의 존재에 궁금해 하면서도 그가 가진 신적능력에 대해 더 집착했다. 그가 개최하는 집회 현장마다 엄청난 기적이 나타났기 때문이다.

사람들은 하나같이 말했다. 왜 자기한테는 절대자가 그런 식으로 만나주지 않았을까? 만일 그랬다면 그들은 과연 그처럼 돈 버는 능력을 내려놓고 절대자에게 순종했을까?

자신의 모든 기득권을 내려놓고 힘겨운 영적 전쟁터 속으로 스스로 걸어 들어 갔을까? 그는 절대자에게 순종함으로 많은 어려움에 직면했지만 영적 기쁨 또한 얻었다. 탁월한 신적 능력으로 명성도 얻었지만 그만큼 자유의지도 제한 받았다.

자신의 의지보다 영적 사명감이 더 중요했기 때문이다. 그는 많은 것을 포기한 만큼 또 많은 것을 부여 받았고 많은 사람들에게 영적 에너지와 영적 소망을 불어 넣었다. 그리고 세상이 주는 쾌락보다 진리의 기쁨이 주는 위대함을 많은 사람들에게 전했다.

사람들은 누구나 고지에 오르고 싶어한다. 그곳에야 말로 인생 최대의 희락이 있다고 믿기 때문이다. 고지에는 성공의 상징인 돈과 명예 쾌락이 보장돼 있기 때문이라고 믿기 때문이다. 그래서 올라갔다고 치자. 그 다음은?

내려오는 일밖에 더 있을까? 어쩌면 고지야 말로 가장 위험한 곳인지 모른다. 가장 많은 적수가 기다리고 있고 언제 돌발상황이 발생할지 모르기 때문이다. 누가 그 자리가 안전하고 말했을까?

그곳이야 말로 행복이 보장된 자리라고 가르쳤던가? 누가 도덕이나 이념의 가치관보다 돈이 더 중요하다고 말했던가? 돈은 성공의 가치 척도이고 쾌락과 일맥상통하니 거기에 집착하라고 누가 말해 주었던가?

악한 영의 속임수이다.

사람들은 모두 속고 있다. 악한 영이 들려주는 달콤한 말에 속고 쾌락과 맞잡고 자신을 스스로 속이고 기만한다. 미래를 방기하고 사탄이 들려주는 거짓말에 파멸을 자초하고 만다.

J는 영현이 신앙에 불만을 표시한 날부터 악한 영의 기운을 감지했다. 청소년 시절만 해도 신앙의 울타리 안에서 고분고분 잘 따라하더니 직장생활을 시작하면서 엇나가기 시작했다. 상처와 스트레스가 쌓이면서 우울감을 호소했고 신앙 밖으로 눈길을 돌렸다.

클럽은 그녀가 알고 지내던 세상과는 별천지였다. 스트레스 해소는 물론이고 쾌락과 찰나의 기쁨이 입을 열고 들어왔다. 클럽에서 제공하는 술과 마약과 쾌락에는 고통이 배재돼 있었다. 그 순간만큼은 스트레스나 상처도 생각나지 않았다. 일단 취하고 보고 후유증은 나중이었다.

나중에는 이성과 판단력이 마비되고 의지를 상실했다. 사탄이 의지를 점령한 것이다. 사탄은 제일 먼저 그녀의 감정을 지배했고 이성(理性)과 의지를 제압했다. 정신이 방전된 상태에서 사탄의 노리개로 전락했다. 그 순간부터 그녀는 거짓말에 능통했다. 입만 열면 거짓말을 주워대는데 뻔뻔하기 이를 데 없었다. 금방 들통 날 거짓말을 하는데 후회나 가책도 없었다.

처음에는 동료의 말에 속더니 나중에는 자기 스스로에게 속고 온통 거짓말 속에 휩싸여 살아갔다. 모두가 그녀를 포기했다. 구제불능이라 했다. 대인관계를 마지막까지 포기하고 났을 때 그녀가 기댈 곳은 아무 데도 없었다. 죽음에 대한 유혹도 심심치 않게 찾아왔다.

도무지 정신을 차릴 수가 없었다. 혼란한 정신은 매일 방황을 거듭했다. 간신히 정신을 차리고 났을 때 마음속에 들려오는 세미한 음성이 있었다.

내가 너를 도우리라.

내가 너를 싫어 버리지 않겠노라.

내가 세상 끝날까지 너와 함께 하리라.

영현이 눈을 떴을 때 어머니 J는 하염없이 눈물을 흘리며 기도하고 있었다. 기도의 내용이 가슴에 와 닿을 때마다 영현은 전율했다. 몸에서 악한 기운이 빠져나가면서 새 힘이 났다. 죄책감과 두려움이 물러가고 산 소망이 생겨났다. 하지만 어둠은 쉽게 물러가지 않았다.

새롭게 죄책감과 수치심을 주입하면서 고통이 심화되었다. 하지만 고통이 심할수록 의지는 강해졌다. 그리고 소망의 끈도 더 단단해졌다. 그녀가 방황을 끝내고 영적 도피를 멈추던 날 인터넷에 새로운 기사가 떠올랐다.

범죄의 온상지였던 버닝썬이 폐업한 지 몇 달 만에 새로운 업소명으로 오픈한다는 소식이었다. 벌써부터 많은 젊은이들이 개업날짜에 맞춰 기다리고 있다고 했다, 새로운 업소는 진즉부터 새로운 고객을 유치하는데 성공하고 있었다.

세상은 아직도 사람들의 뇌속에서 나쁜 기억은 빠르게 삭제하고 쾌락 일변도로 사람들의 뇌를 계속 잠식해 가고 있었다.

강남은 럭셔리한 분위기로 또다시 많은 젊은이들을 빨아 당기고 있었다. 글래머스한 여자들의 발걸음과 부의 상징을 뿜어내는 VIP 고객들을 유치하느라 빠르게 달려가고 있었다.   end

(2020년 한국소설)

‖ 콩트 ‖

이상한 해후

버스가 구곡을 지나 초록빛 강물이 보이는 도로를 지나고 있었다.

산모롱이에 피어나는 비안개가 늦가을 정취를 한층 돋우고 창가에 한 폭의 풍경화를 담아내고 있었다. 버스가 초소를 지나 xx읍에 멈춰 섰다. 그때 이마가 정수리까지 벗겨지고 만삭처럼 배가 부른 남자가 씨근덕거리며 버스에 올랐다.

그 뒤를 따라 줄무늬 티셔츠에 짧은 팬티를 입은 20대 초반의 여자도 올라왔다. 그들은 바로 내 앞자리에 앉더니 이내 잠이 들기 시작했다. 먼저 대머리가 여자의 두 손을 꼭 잡은 채 머리를 여자의 어깨 위에 실었다.

대머리는 아무리 적게 봐도 50대 후반으로 보였고 여자는 앳된 얼굴로 40킬로그램도 안 나가 보이는 가녀린 몸매에 흰 피부를 하고 있었다. 시골에서는 보기 드문 미인이었다.

참으로 안 어울리는 한 쌍이었다. 도대체 무슨 짓들을 하고 왔길래 타자마자 잠이 든 것일까. 저 늑대 같은 남자가 나이 어린 여자에게 얼마나 심하게 굴었으면…….

난 생각이 엉뚱한 곳으로 비화하면서 여자에게 동정과 연민의 시선을 보내고 있었다. 난 이미 그들의 관계를 불륜으로 규정짓고는 거기에다 갖가지 상상과 억측을 부풀리기 시작했다.

그리고 그들의 행동을 예의주시 하면서 남자를 파렴치범으로 몰아갔다. 30분쯤 지났을까. 남자가 기진한 듯 늘어진 자세로 머리를 창가에 갖다 댔다. 몹시 고단한 모양이었다. 육중하다 못해 비만한 체격으로 간밤에 무리를 했던 모양이다. 다 늙어빠진 주제에 제 자식 뻘밖에 안 된 여자와 놀아나다니…….

나는 그에게 간음죄에다 괘씸죄까지 덧붙여 씌우고는 사내에게 분노의 시선을 쏟아 부었다. 그때였다. 여자의 몸이 오른쪽으로 기우는 듯 하더니 아예 사내의 무릎 위에 누워버린 것이다. 여자는 이제 아주 편안한 자세로 누워 마음 놓고 잠을 잤다.

어이구 저런 뻔뻔한 것들, 부끄러운 줄도 모르고 여기가 무슨 지들 안방인 줄 아나…….

난 여자에게 향했던 동정심을 거두어 이젠 그녀에게도 똑같은 죄목을 추가했다. 하긴 손뼉도 마주쳐야 소리가 나는 법이니까. 잠시 후 사내가 잠이 깬 듯 고개를 들더니 자세를 바로 했다.

그는 여자의 머리칼을 매만지며 어깨를 가만히 다독였다. 저 저런 놈 좀 봤나. 난 속으로 치밀어 오르는 욕을 간신히 참고는 창 밖을 내다보았다. 여관과 민박집, 각종 유흥시설이 교대로 지나고 있었다. 버스가 정류장에 멈추자 남자가 무릎 위에 누워 있던 여자를 흔들어 깨웠다.

"어서 일어나, 내려야지."

여자가 아직도 잠이 덜 깬 표정으로 일어나 가방을 챙겨들었다. 남자의 둔중한 상체가 여자의 뒤를 따라 내리자 난 속에서 알 수 없는 부아가 끓어올랐다.

여관골목으로 사라지는 그들의 모습이 창가를 스쳐지나갔다.

나는 속으로 나직이 외쳤다.

'아, 불쌍한 여자여 불륜의 죄악에서 속히 벗어나기를…….'

이튿날이었다. 나는 아내와 함께 모처럼 외식을 하기 위해 음식점엘 갔다. 신장개업한 지 얼마 안 됐는지 내부의 분위기가 산뜻하고 좋았다.

"어서 오세요."

무심히 카운터를 바라보다 말고 난 입을 딱 벌리고 말았다. 어제 중년 남자와 함께 버스에 탔던 바로 그 여자가 앉아 있었다.

"엄마 손님 오셨어."

안채로 통하는 문이 열리더니 뚱뚱한 몸집의 중년여자가 모습을 나타 냈다.

"뭘 해드릴까요?"

'뭐나 마나 딸 단속이나 잘하시오'

이 말이 목구멍까지 치밀고 올라왔지만 난 간신히 참고는 냉면 두 그 릇을 시켰다. 그리고 아내에게 가만히 속삭였다.

"여보 어제 내가 이야기했던 그 여자애가 바로 쟤야."

"어머, 어쩜 저렇게 참하게 생겼을 수가……. 인물이 아깝네요."

"글쎄 그 늙은 놈팽이랑 여관 골목으로 사라지더라니까."

"세상에 저 좋은 인물로……. 미쳤군 미쳤어."

"글쎄 버스 안에서 그 늙은 놈 무릎을 베고 자더라니까, 부끄러운 줄 도 모르고 그것도 벌건 대낮에."

"글쎄 세상 말세라니까요. 우리 딸도 단단히 교육시켜야 할까 봐요."

"아무래도 그래야 할 것 같아."

그때 주인 여자가 주문한 냉면을 가져왔다. 아내는 주인 여자에게 뭐라고 말할 기세였다. 내가 옆구리를 쿡 찔렀다.

"상관 말고 냉면이나 먹어."

아내가 능청스런 표정으로 말했다.

"따님이신가 보죠, 아주 미인인데요."

"저도 소싯적에는 저애처럼 예뻤답니다. 지금은 볼품없이 변했지만……."

"아주머니도 젊었을 때는 미인 소릴 많이 들었을 것 같은데요 뭘."

주인여자가 웃으며 주방 쪽으로 사라지자 아내가 한심하다는 투로 말했다.

"이그, 딸 단속이나 잘하지 인물만 잘나면 뭘 해, 여자가 행실이 바라야지."

우리 부부는 주인여자를 향해 한없는 연민의 시선을 보냈다. 그때 여자가 구시렁거리며 불평을 늘어놓기 시작했다.

"도대체 이 양반은 한번 배달 나갔다 하면 함흥차사라니까. 또 어디서 술타령하고 있는 것 아녀. 에구, 내가 속 터져 죽어."

"엄마, 아빠 미워하지 마. 어제 나랑 등산 갔다 오느라 얼마나 힘드신 줄 알아. 그리고 요새 살 뺀다고 얼마나 노력 중인데……. 엄마는 왜 아빠를 미워하고 그래?"

"어이구, 그래 효녀 났다 효녀 났어. 저 년은 지 엄마 생각은 그저 안중에도 없다니까."

"행실은 그래도 꽤 효녀인가 봐요."

아내가 들릴 듯 말 듯 내 귀에 대고 말했다. 탕녀가 효녀로 변하는 순간이었다. 난 갑자기 부러운 생각이 들었다. 내 딸은 어느 정도나 나를 생각할까. 아내와 함께 카운터에서 막 계산을 마칠 무렵이었다. 갑자기 칼칼한 주인여자의 음성과 걸걸한 남자 음성이 동시에 들려왔다.

"도대체 어디에 갔다 이제 오는 거야? 배달이 산더미처럼 밀렸는데."

"우리 공주님한테 핀 하나 사주려고 다니다 보니 늦었지. 한번 머리에 꽂아봐라."

소리 나는 쪽을 향해 고개를 돌린 난 그만 입을 다물고 말았다. 딸에게 손을 내미는 남자는 바로 어제 버스 안에서 보았던 파렴치범이었기 때문이다.

"여보, 어서 가자."

난 도둑질하다 들킨 사람처럼 후다닥 그 집을 뛰쳐나오고 말았다.

(2025년 스마트 울타리북)

작가의 말

바야흐로 AI(인공지능) 시대다.

최첨단 과학 문명의 이기를 극대화한 AI는 현대판 바벨탑이 되어 각 분야에서 엄청난 기량을 발휘하고 있다. 의료나 교육 금융 제조업 각종 비지니스에 이르기까지 무소불위의 역량을 나타내고 있다. 뿐만 아니라 신적 영역인 예술계까지 진출해 그야말로 초자연적인(?) 일들이 벌어지고 있다.

바둑내기에서 일단 승기를 잡은 AI는 시나 에세이 시나리오 창작은 물론 영화도 제작하고 있는 형국이다. Gemini에 단어만 입력해 주면 시도 에세이도 만들어 준다. 시인보다 시를 더 잘 써주고 소설도 웬만한 작가보다 플롯을 더 잘 짜준다. 뿐만 아니라 시인이 쓴 시를 가곡이나 트롯 랩 발라드 등으로 작곡하고 노래까지 불러준다.

요즘 유투브에서는 동물(개나 고양이)을 의인화 한 동화가 숏폼으로 방영되고 있다. 동물이 사람처럼 옷을 입고 말도 하고 요리도 하고 알바도 하며 돈을 번다. 말도 재치있게 잘하고 목소리도 얼마나 깜찍하고 귀여운지 웃음이 절로 나온다. 굳이 책을 사서 읽을 필요도 없이 짧은 순간 감동과 재미를 선사하는 것이다.

앞으로 더 진화한 AI는 인간의 두뇌를 조종하고 인간은 기계장치에 따라 움직이는 하수인이 될지도 모른다. 컴퓨터의 기능이 사람의 명령에 따라 정보처리를 해주는 것이라면 AI는 사람처럼 사고(思考)하고 문제를 해결해 주는 두뇌 역할을 함으로 사람보다 AI를 더 의존하는 사태가 벌어질지도 모른다.

문학예술 그중에서도 소설은 항상 상상력으로 시대를 앞서 예견하고 창작해 왔다. 그러나 이제 소설은 그 기능을 AI에게 빼앗기고(?) 만 셈인가. 이제 예술인들은 AI와 경쟁을 하든지 그 기능을 최소화 할 수밖에 없을 것이다.

모 문예지에서는 AI가 쓴 시가 문학상 후보에 올랐다고 하여 한바탕 웃은 적이 있다. 요즘 초등생들은 숙제할 때, 챗봇에게 물어보고 한다. 이런 시국에 글 쓰는 일을 전업으로 하는 소설가는 기로를 헤매고 있다. 옛날에는 소설책 한권 히트치면 출판사와 작가가 돈방석에 올랐다고 한다.

그런데 지금은 그 말이 전설처럼 되어 버렸다. 오히려 작가가 자비 출판으로 출판사를 먹여 살리는 지경에 이르렀다. 국제적인 문학상을 받은 작가 이외에 이제 더 이상 베스트셀러는 없다는 게 소설가들의 공통된 의견이다. 예전부터 문학적 위기는 항상 있어 왔다.

그런데 언제부터인가 문학이 필요 없다는 무용론이 대두되더니 출구가 안 보인다. 각종 영상 매체와 컴퓨터 인터넷 유투브 스마트폰으로 독자들이 대거 이동한 것이다.

그러함에도 평생 이어온 창작 기능을 놓칠 수 없어 다시 컴퓨터 앞에 앉아 자판을 두들기고 있다. AI 만능시대에 정신은 아날로그 시대를 헤매며 꺼져가는 불빛을 살리려 애를 쓰고 있다. 창작을 핑계로 여행을 하며 낭만가이를 외치고 있다.

소설을 쓰면서도 스스로 소설의 기능에 대해 회의한다.

때때로 생각한다. 진정한 성공의 기준과 의미에 대해서. 행복에 대한 가치척도에 해서도 생각해 본다. 일반인들이 돈과 명예 건강을 행복의 기준으로 삼는다면 예술인들은 자기 영역에서의 성공을 행복으로 말할 것이다.

모 작가는 말했다. 자신은 성공의 기준을 다른 사람과의 비교우위에 두지 않고 자신의 과거와 현재의 모습에 두고 있다고. 현재가 과거보다 나은 모습이면 그게 바로 성공이라고. 오케이. 나도 그의 말에 전적으로 동의한다. 그렇다면 나도 성공한 인생인가. 나는 때때로 여행을 떠나며 창작 기능을 위한 상상 드라마에 빠진다.

어느날, 춘천 여행을 하다 마을금고 앞에 있는 안내판을 보았다.

여러 기관명이 있었는데 그중 눈에 띄는 글자가 있었다. 대한 영양사 협회 지부 강원도 영양사회'라고 적혀 있었다. 순간 젊었을 때 내 직업이 떠오르면서 취업할 용기(?)가 생겼다.

그러다 아차! 했다. 내 나이를 깜빡한 것이다. 퇴직 연령이 지나도 한참 지난 60대 중반을 넘어선 것을 순간적으로 깜빡한 것이다.

순간순간 나이를 잊고 행동할 때가 얼마나 많은지 모른다. 말로는 늙었다고 하면서도 마음은 여전히 젊은 시절을 헤매고 있는 것이다. 흔히 노인들이 하는 말이 있다. '몸은 늙어도 마음은 청춘이다, 아직도 어리다'라고.

그 말을 남의 이야기로만 알고 살았다. 나잇값 못하고 주제 넘치는 행동하는 사람들을 보면 속으로 얼마나 비웃었는지 모른다. 이제 노령에 접어든 나는 그들 못지않게 착각과 실수를 반복하고 살고 있다. 얼마나 우세스러운지 모른다. 특히 여행을 하다 보면 나이를 잊고 젊었을 때 기억으로 회귀할 때가 많다.

몇 달 전만 해도 시골 초등학교를 바라보면서 영양사로의 재취업을 생각했다. 대학 졸업하고 처음 취업한 곳이 시골 초등학교였기 때문이다. 지금은 법이 바뀌어 학교 영양사를 하려면 교육학을 이수해야 하고 병원 영양사는 대학원을 졸업하고도 2년마다 자격증을 갱신해야 한다.

내가 근무할 40년 전에 비해 취업문은 엄청 넓어졌다지만 자격증을 취득하는 과정은 무척 힘들어졌다고 한다. 대학 때 전공을 까마득히 잊고 소설작가로 생활한 지도 30년 가까운 세월이 흘렀다. 그런데 다 늙은 나이에 젊었을 적 전공을 살려 취업할 생각을 하다니 스스로 생각해도 너무나 어이가 없었다.

그깟 자격증이 뭐 그리 대단하다고 60대 중반을 넘어서 70을 바라보는 나이에 취업을 꿈꾸다니, 나가도 한참 빗나간 것이다. 가끔 후회한다. 소설작가 대신 전공인 영양사 직업을 계속했더라면 지금보다 형편이 좋아지지 않았을까. 그러나 이건 순전히 잘못된 계산이고 착각이다.

영양사를 사직하고 나왔을 때 나 자신에게 한 다짐이 있었다. 길가에 앉아 장사를 할망정 차라리 막노동을 할망정 다시는 영양사 노릇은 하지 않겠다. 그러고 나서도 삶이 힘들어지니까 몇 번인가 재취업을 시도한 적이 있었다. 물론 번번이 실패였다. 그러다 나이 50이 되어 출장뷔페 영양사로 취업했다.

자격증을 담보로 알바하는 식이었다. 법이 많이 바뀌었을 뿐만 아니라 전문지식이 전혀 생각 안 나 업무 자체가 안 되었다. 이미 작가로 활동하던 중이었고 직원들도 모두 알고 있던 터라 부르는 호칭이 두 가지였다. 평소에는 영양사님이라고 했다가 기분에 따라 작가님으로 바뀌었다.

아무래도 좋았다. 그곳에서 근무하는 동안 나는 소설 습작을 완전 작파(作破)했었다. 돈 가뭄을 해결하는 게 더 시급했다. 그러나 정신적 가뭄이 더 혹독하게 몰아쳤다. 그곳을 나와서는 알바를 하면서 계속 작품 활동을 이어 갔다. 알바를 쉬는 날에는 여행을 하는데 작품 구상하느라 그런지 몰라도 나이를 잊고 계속 착각을 하는 것이다. 꿈속에서도 영양사로 취업해 근무하는 불안한 꿈을 여러번 꾸었다.

그렇다면 내 무의식 남아 있는 진짜 원하는 속뜻은 무엇일까. 그토록 진저리치며 싫어했던 직업을 왜 이제 와서 꿈꾸는 것인지. 내 열등감을 무마하기 위한 것인지 헷갈릴 때가 정말 많다. 가만히 생각해 보니 영양사로의 취업을 생각한 동기는 안정성 때문이었던 것 같다.

현재의 알바 자리는 절대 안정적이지 못하기 때문이다. 아무래도 영양사로 재직한다면 4대 보험이나 퇴직 연금 등 혜택이 많고 중간에 해고될 염려도 적을 것이다. 공무원이면 더욱 안정적일 것이다. 사실 공무원으로 근무했을 때 급여가 적어서 그렇지 해고될 염려는 없었다.

두 달에 한 번씩 상여금도 있었고 무엇보다 안정적이었다. 지금 나이 60 넘어 알바라도 하는 걸 천운으로 생각하며 감사하긴 하지만 불안정하긴 마찬가지다. 해마다 근무일수가 줄어들고 AI의 발달로 제일 먼저 사라질 직군에 속하기 때문이다. 평생 숙원인 소설작가의 꿈을 이루고 나름 성과(?)도 있었다고 자부하고 살았던 터라 영양사로의 취업은 꿈에도 없는 줄 알았다.

그런데 그게 아니었던 모양이다. 재취업을 꿈꾸다니. 세상 살면서 남한테만 속은 줄 알았는데 이제 보니 나 자신에게도 속고 있었던 것이다. 뭐 대단한 직업이었다고 아직까지 미련을 못 버렸단 말인가. 나 자신에게 속고 나이에 속고 믿을 건 오직 하나님 한 분뿐이다.

그러나 인생 여정 속에서 꿈을 꿀 수 있다는 건 참으로 감사한 일이다. 지금이라도 자격증 하나 내밀고 취업하려고 하면 불가능한 일도 아닐 테니까. 이루지 못할 꿈이라도 꿀 수 있다면 그건 자유이고 희망이다. 다시 과거로 돌아갈 수 없다면 꿈이라도 왕창 꾸자. 그다지 손해 볼 일도 없을 테니까.

난 지난달부터 치매 예방 인지 놀이에 대한 강좌를 듣고 있다.

초고령화 시대에 예방 차원과 치료 목적으로 고안된 인지 놀이 강좌는 여러 프로그램으로 진행되는데 음악이나 미술 등 어느 한 곳 AI가 침투하지 않은 곳이 없다. 앞으로 더 발전될 AI 세상은 무소불위(無所不爲)처럼 보일 날이 멀지 않을 것이다. 농담 같지만 인간의 생각과 마음까지 조종하는 세상이 오지 않을까 걱정될 정도다.

이제 남은 건 인간의 자유의지뿐, 앞으로 어떤 세상이 펼쳐질지 가슴 한켠이 무너져 내리는 것만 같다.

세상은 빠르게 급변하고 있다. 아날로그에서 디지털로 인터넷에서 유투브로 지금은 인공지능 AI 만능시대가 되었다. 재작년에는 AI가 제작했다는 마동석이 주인공으로 나오는 영화를 보았는데 뭔가 미진한 느낌이 들었다. 억지로 짜맞춘 구성에 현실감도 떨어지고 재미도 감동도 별로 없었다.

사람이 직접 제작한 영화가 재미와 감동이 훨씬 더 좋았다. 아무리 시대가 변천하고 AI 기술이 발전한다 해도 인간의 창조 능력을 결코 따라잡지 못할 것이다. 작년부터 나는 지공녀(지하철을 공짜로 타는 여자)가 되었다. 서울시에서 발행하는 어르신 교통카드 하나면 수도권을 통과하는 전동차를 무료로 탑승할 수 있다.

얼마나 신나는 일인가. 여행의 기쁨을 맘껏 누리게 된 것이다. 너무나 감사하고 행복한 일이다.

올해로 난 등단 29년 차가 되었다. 초등학교 시절부터 나의 소원은 작가가 되는 것이었다. 이 소중한 꿈이 현실로 나타나면서 처음으로 형통의 축복을 누렸다. 우여곡절도 많았지만 기쁨과 보람도 있었고 작가로서의 긍지도 느꼈다. 그리고 꿈이 현실로 기도가 응답으로 바뀌는 기적도 많이 체험했다.

그 기적의 하나님을 향해 난 오늘도 고백한다.

'인생은 살만한 것이다, 오직 여호와 하나님으로 인하여'

지난 12월 한국소설에 발표한 단편 〈재회〉는 유투브 책 읽어주는 클라우디아에 올라 조회 수만 9600회가 넘었다. 좋아요 표시도 500회를 넘어 꾸준히 증가하고 있다. 뜻밖의 행운에 하나님께 감사드린다.

이번에 상재하는 '봄꽃은 향기가 없다'는 나의 25번째 창작집이다. 감성 소설과 심리소설로 단편 10편이 수록돼 있다. 감성의 계절 봄이 한발짝 가까이 다가와 있다. 독자들의 삶 속에 봄 향기 가득한 기쁜 소식이 넘치길 기도드린다.

이번에도 나의 창작집을 출간해 주신 도서출판 한글의 동화작가 심혁창 대표님께 감사드리며 독자들의 형통을 빈다.

저자 신외숙